了不起的盖茨比

The Great Gatsby

［美］弗朗西斯·斯科特·菲茨杰拉德 ◎著

赵瑾 ◎译

湖南文艺出版社
HUNAN LITERATURE AND ART PUBLISHING HOUSE

博集天卷
CS-BOOKY

图书在版编目（CIP）数据

了不起的盖茨比 / （美）弗朗西斯·斯科特·菲茨杰拉德著；赵瑾译 . — 长沙：湖南文艺出版社，2020.2
 书名原文：The Great Gatsby
 ISBN 978-7-5404-9348-6

Ⅰ . ①了… Ⅱ . ①弗… ②赵… Ⅲ . ①长篇小说—美国—现代 Ⅳ . ① I712.45

中国版本图书馆 CIP 数据核字（2019）第 155397 号

上架建议：名家经典·长篇小说

LIAOBUQI DE GAICIBI
了不起的盖茨比

作　　者：〔美〕弗朗西斯·斯科特·菲茨杰拉德
译　　者：赵　瑾
出 版 人：曾赛丰
责任编辑：薛　健　刘诗哲
监　　制：邢越超
策划编辑：王　维
特约编辑：何琪琪
营销支持：傅婷婷　文刀刀　周　茜
整体装帧：利　锐
内文排版：百朗文化
封面图片：视觉中国
出　　版：湖南文艺出版社
　　　　　（长沙市雨花区东二环一段 508 号　邮编：410014）
网　　址：www.hnwy.net
印　　刷：河北鹏润印刷有限公司
经　　销：新华书店
开　　本：880mm×1270mm　1/32
字　　数：208 千字
印　　张：7.5
版　　次：2020 年 2 月第 1 版
印　　次：2020 年 2 月第 1 次印刷
书　　号：ISBN 978-7-5404-9348-6
定　　价：42.00 元

若有质量问题，请致电质量监督电话：010-59096394
团购电话：010-59320018

目 录
contents

那就戴顶金帽子，如果能打动她的心肠；
如果你能跳得高，就为她也跳一跳，
跳到她高呼："情郎，戴金帽、跳得高的情郎，
我一定得把你要！"

托马斯·帕克·丹维里埃 [1]

---

[1] 作者的第一部小说《人间天堂》中的一个人物。

了不起的盖茨比

第一章

在我年纪尚轻、涉世未深时，父亲教导过我一句话，至今言犹在耳。

"当你想开口批评别人的时候，"父亲对我说，"你要想到，这个世界上不是所有的人都像你一样，拥有那么多优越的条件。"

他没再多说——我们之间一向话不多，却能相互理解。从那以后，我就习惯于对所有的人保留自己的判断，这个习惯也使得很多性格古怪、爱发牢骚的人对我敞开了心扉。一个正常人表现出这样的品性，心理不正常的人往往会很快察觉并抓住不放。大学期间就有人指责我是政客，只因为我知道很多放荡不羁的无名小卒的小秘密和忧伤往事。其实绝大多数隐私都不是我刻意打听来的，实际情况是，每当我敏感地意识到又有人要对我倾诉衷肠时，我就表现得昏昏欲睡、若有所思、心不在焉，甚至是不屑一顾、充满敌意。因为我很清楚年轻人倾诉的所谓衷肠，至少他们倾诉时所用的语言大多是剽窃来的无病呻吟，有时候甚至词不达意，所以，不妄加评论或者沉默不语，是最明智的选择。直到今天，我仍然担心自己会一不小心就忘记了父亲的忠告——父亲曾以自命不凡的姿态暗示过的，我如今又以自命不凡的姿态重复的：人从出生的时候起，具备的道德观念就是参差不齐的。

在夸耀完我的宽容大度之后，我必须承认，我这种宽容是有限度的。人们的行为基础可能坚硬如岩石，也可能稀软如沼泽，可是一旦超越某种限度，我就不再关心它是建立在什么基础之上。去年秋天，从东部回来以后，我就希望全世界的人都穿上军装，并且保持同样高度的道德水准。我再也不想参与什么荒唐的游乐，再也不想听别人倾诉衷肠、偶尔窥见别人的内心世界。但是有一个人例外，他就是本书书名中提到的那个人——盖茨比。盖茨比，我从内心里鄙视他所代表的一切。如果一个人的品格是由一系列的成功造就的，那么他的身上则笼罩着一种特殊的光彩，他能敏锐地捕捉到人生的每一个希望，就像一台精密的仪器可以准确地感应到万里之外的每一次地震信息。这种敏感不同于所谓的"创造性气质"，而是一种永葆希望的激情，一种富于浪漫的感性，这是我在别人身上从未发现过的，我想大概以后也不会发现。当然，盖茨比本人这一生倒是无可非议的；让我对人生短暂的欢乐、痛苦和悲伤失去兴趣的，是那些伤害、亵渎盖茨比心灵的东西，是那些在盖茨比的幻梦破灭以后随之而来的乌烟瘴气。

我们卡拉韦家，三代以来都是这个中西部城市里有头有脸的家族，并且绝对算得上名门望族。根据家里的传说，我们是苏格兰贵族巴克卢公爵的后裔，不过我们这一支真正的创建者是我祖父的哥哥。他一八五一年来到这里，花钱找人替他参加南北战争，自己则做起了五金批发生意，直到现在，我父亲还在经营这一买卖。

我从未见过这位开创家族辉煌的伯祖父，但据说我跟他长得非常像，挂在父亲办公室里那张板着面孔的画像就是最好的证明。一九一五年，我从纽黑文①毕业，距我父亲从此处毕业正好四分之一个世纪。紧接着，我参加了被称为世界大战的、延迟的条顿民族大迁徙②。在打完令人激动的反击战之后，我退伍回到家里，顿觉百无聊赖。中西部荒凉得像宇宙的边缘，与温暖的世界中心隔着千里万里。在一番思索之后，我决定去东部，学做债券生意。我认识的人几乎个个都做债券生意，因此我觉得自己也能靠这个谋生。长我一辈的亲戚们像替我挑选私立高中③一样商量着，最终，他们表情严肃而犹疑地对我说："好吧……就按你说

---

① 位于美国康涅狄格州，耶鲁大学所在地。

② 条顿人即日耳曼人，条顿大迁徙，是主人公对第一次世界大战的幽默说法。

③ 为富家子弟创办的私立寄宿学校。

的去做吧。"我亲爱的父亲也同意为我提供一年的费用。几经周折，我终于在一九二二年春天去了东部，自以为这下是一去不复返了。

离开了中西部宽阔的草地和茂盛的树木，我在东部的生活首先要从找一套房子居住开始。那时正值温暖的季节，因此，当一位同一办公室的年轻人向我提议去郊外合租一套房子的时候，我觉得这是个绝妙的主意。他找了一处近郊的平房。那是一座饱经风雨侵蚀的木板平房，每月租金八十美元。就在我们要搬去的最后一刻，公司把他调去了华盛顿，我只好一个人搬进了那座小木屋。陪我同去的有一条狗——虽然它跟了我几天就跑了，还有一辆旧的道奇汽车、一个芬兰女佣。她每天为我收拾房间、做早饭，早饭的香味伴着她不停咕哝着的芬兰谚语，一同弥漫在我的小木屋里。

最开始的几天我觉得很孤单，直到有一天早上，我在路上遇到一个向我问路的人。

"请问西卵怎么走啊？"他一脸无可奈何。

告诉他之后，我继续往前走，从那一刻开始我不再孤单了。这个突然冒出来的问路人，让我觉得自己仿佛是这里的原始居民，是这片土地的开拓者。给他指路，让我有一种荣誉市民的优越感。

阳光明媚起来，树木争着长叶，就像电影里的植物在快速生长一样，转眼间就郁郁葱葱。我的信念又回来了——生命随着夏天的来临，翻开了新的篇章。

郊外清新宜人的空气让我神清气爽，我也需要多读一点书来充实自己的头脑。为此，我买了十多本银行业、信贷和投资理财方面的书，它们有着红色烫金的封皮，一本本整齐地立在书架上，仿佛铸币厂新造的金币，将为我揭示弥达斯[1]、摩根[2]和米赛纳斯[3]的致富秘诀。除了这些以外，我还想读一些别的书。我上大学的时候颇有文才，曾经给《耶鲁新

---

[1] 希腊神话中的国王，曾求神赐予点金术。

[2] 美国金融巨头。

[3] 古罗马大财主。

闻》写过一系列虽平淡无奇但绝对严肃的社论。现在，我想重拾自己的文学兴趣，让自己成为"多才多艺的人"，也就是说，成为那种博而不精的"专家"。别以为这只是一句俏皮的警语——毕竟仅从一个窗口去观察，人生要显得成功得多。

纽约市正东方向有个形状奇特的细长小岛，上面有北美洲最离奇的小镇，纯属偶然，我租的房子就位于这个小岛。那里除了有其他大自然鬼斧神工的奇观外，还有两处地形不同寻常。离城大约二十英里① 处，有一对硕大的鸡蛋形状的半岛，二者的外形几乎一模一样，它们一直延伸到长岛海峡，一条小湾从中间把它们隔开了。虽然它们并不是标准的椭圆形，而是像哥伦布故事里所讲的鸡蛋那样，在碰过的那头都呈压碎的扁平状，但是如此相似的外貌，哪怕是从此地飞过的海鸥，也会惊讶不已。人类虽然没有翅膀，却能发现更多有意思的现象：这两个"鸡蛋"除了外形极其相似外，其他方面则截然不同。

我住在西卵，两个"鸡蛋"中不算时髦的那个。其实用"时髦"这样的词，真不足以表达这两个地方之间各种诡异的不同。我租的房子恰好位于鸡蛋的顶端，离海湾只有五十码② 的距离，左右两边是每季度租金一万二到一万五的豪华别墅。右边那一栋，无论用什么标准衡量，都算得上一个庞然大物，而且简直就是诺曼底某市政厅的翻版——一边矗立着一座崭新的塔楼，上面爬着稀疏的常春藤，还有一座用大理石砌成的游泳池，偌大的草坪和花园足足有四十多英亩③ ——这就是盖茨比的公馆。准确一点说，这是一位姓盖茨比的有钱人住的公馆，因为我现在根本不知道盖茨比是何方神圣。相比之下，我的小木屋实在太简陋了，我有点庆幸它那么小，那么不引人注意，这样我才可以自在地欣赏海景，欣赏盖茨比公馆一望无际的草坪。并且，与这样一位百万富翁做邻居，我感到欣慰，而这一切只需要我每月拿出八十美元。

---

① 英美制长度单位。1 英里合 1.6093 千米。

② 英美制长度单位。1 码合 0.9144 米。

③ 英美制地积单位。1 英亩合 4046.86 平方米。

小湾的对岸就是东卵。东卵有一片豪华的住宅区，洁白的、宫殿似的豪宅在水边熠熠生辉。故事就在我开车去东卵的汤姆·布坎南夫妇家吃饭的那个晚上拉开了序幕。汤姆是我在大学时就认识的，他的夫人黛西是我的远房表妹。在大战刚刚结束的时候，我和他们在芝加哥待过两天。

我表妹的丈夫汤姆擅长各种运动，曾是纽黑文有史以来最出色、最伟大的橄榄球运动员之一，可以说是全国闻名。像这种二十一岁就在某一领域登峰造极的人，想要超越自己就变得很困难，此后的人生也仿佛走了下坡路。他家财万贯，早在大学时代就因挥霍无度而遭人非议，这次从芝加哥搬到东部来，那排场更叫人咋舌，用"叹为观止"来形容也毫不夸张。举个例子来说吧，为了打马球，他竟然从森林湖运来一大群马。在我辈人中，竟有人如此阔绰，干这种"烧钱"的事，若非亲眼所见，我是万万没法相信的。

至于汤姆夫妻俩为什么搬到东卵来，我不知道。或许根本没什么特别的理由。他们曾经在法国待过一年，后来一直居无定所，东飘西荡。他们去过的地方有两个共同点，就是周围都是有钱人，这些有钱人都喜欢打马球。我表妹黛西在电话里跟我说过，他们这次来就算是定居了。对此我很难相信，我表妹的心思我向来是看不透的，至于她的丈夫汤姆，我觉得他会因为迷恋而追逐每一场不可测的马球比赛，从而继续这样东飘西荡下去。

就这样，在一个微风徐徐的温暖的晚上，我开车去东卵拜访这两个我并不了解的老朋友。他们的房子比我想象的还要豪华气派——一座乔治王殖民时代风格的豪宅，以红白为主色调，光彩耀目地矗立在长岛湾畔。还有四分之一英里长的草坪从海滩起步，一路穿过日晷、砖径和红火的花园，直到豪宅跟前，然后仿佛又借着势头爬上墙，变成了绿油油的常春藤。房子正面一溜儿法国式落地窗迎着黄昏的暖风敞开，并在夕阳的映照下反射着灼目的光芒。前门廊下，汤姆·布坎南身穿骑装，叉开双腿站着。

跟纽黑文时代比，他的样子变了很多。如今三十岁的他，头发呈稻草色，嘴角略带狠样，看上去体格健壮，举止高傲。两只炯炯有神而傲慢的眼睛引人注目，给人一种盛气凌人的印象。优雅得近乎女气的骑装也难以掩饰他身躯的强壮——他仿佛填满了那双雪亮的皮靴，连皮靴的每根带子都撑得紧绷绷的；当他转动肩膀的时候，你可以看到他薄薄的上衣下一大块移动的肌肉。这是一个力大无比的、残酷无情的身躯。

他说话的声音粗鲁而沙哑，反映出性情的暴戾。他说起话来爱带一种长辈教训人的口气，哪怕对喜欢的人也是这样，因此在纽黑文时代就有不少人对他恨之入骨。

他的样子像是在说："虽然我力气比你们大，我比你们更有男子汉气概，但你们可别以为这些问题都是我说了算。"当年我们参加过同一个高年级学生联谊会，但是并没有发展起多么亲密的关系。我觉得他是很看重我的，而且带着他特有的野蛮、粗横的神气，希望我也看重、喜欢他。

在阳光照耀的门廊上，我们聊了一会儿。

"我这里很不错。"他一边四处张望，一边跟我说。

他用一只胳膊将我转过来，大手对着眼前的景物一挥——这些景物包括一座下沉式的意大利风格的园林，半英亩浓郁的玫瑰园，一艘在岸边随浪潮起伏的翘鼻子的汽艇。

"这里原来属于石油大王德迈纳。"他又将我转了回去，客气但不容分说，"去里面看看吧。"

于是我们穿过一道很高的走廊，来到一间玫瑰色的、宽敞明亮的客厅，两头的落地窗把它巧妙地嵌在这座房子当中。半敞着的窗子晶莹闪亮，映衬出一片外面的草坪，宛若那绿油油的草一直长到了屋子里。微风吹过，两头的窗帘一边往里摆，一边向外扬，就像是一面面白旗卷曲着扑上有着结婚蛋糕似的装饰图案的天花板，然后落下来，有如风吹海面般拂过绛色的地毯，留下一道阴影。

整间屋子里唯一完全静止的东西要算那张庞大的沙发椅了，上面两个年轻的女人就像浮在一个固定的大气球上。两个人都穿着白衣，衣裙在微风中飘荡，好像她们刚绕房子飞行了一圈似的。我肯定是站了好一会儿，我听见风吹过窗帘的噼啪声和掀动墙上壁画的嘎吱声。突然砰的一声，汤姆·布坎南把后面的落地窗关上了，室内的余风渐渐平息，窗帘、地毯和那两个年轻女人也终于缓缓地降落到地面上。

两个女人中比较年轻的那个，我不认识。她在长沙发的一头平躺着，身子纹丝不动，下巴稍稍向上仰，好像在极力平衡着生怕掉下来的什么东西。也许她用眼角看到了我，但她没做任何表示；这反而让我觉得自己的到来惊扰了她，差点张口跟她道歉。

另外那个女人，我的表妹黛西，表情真诚，身体微微前倾，好像要站起身来。突然，她轻轻地扑哧一笑，滑稽又可爱。我跟着她笑了，随即走上前去。

"我高兴得瘫……瘫掉了。"

她好像觉得自己说了一句俏皮话，又笑了一下。她拉住我的手，仰起脸看着我，好像这世界上她最想见的人就是我了。这是她特有的表情，她低声地告诉我那个仰着下巴搞平衡的姑娘姓贝克（听说黛西这样喃喃低语只是为了让人更靠近她，不过这不相干的闲话丝毫无损她那巨大的魅力）。

不管怎么样，贝克小姐总算微微动了一下嘴唇，几乎让人察觉不出地冲我点了点头，接着又赶紧恢复到原来的姿势——好像她一直在保持平衡的东西歪了一下，吓了她一跳。我又一次忍不住要道歉了。她这种我行我素的神态真让我大开眼界、佩服得很。

我转过头看我的表妹，她开始用她那低低的让人激动的声音向我提问。这是种让你不得不侧耳倾听的声音，好像她的每句话都是一串不会重新演奏的音符。她的脸庞忧郁而美丽，蕴含着丰富的内容；她有明媚的眼睛、热情的嘴、飞扬的神采。她的声音里含着一种让人激动的特质，是那些为她倾倒的男人难以忘怀的：那声音抑扬顿挫，有喃喃低语，有种种暗示，有丝丝魅力，她用它讲述刚刚做过的开心事，就好像很快还有更开心的事发生一样。

我告诉她，在我来东部的途中曾经在芝加哥逗留了几天，那里有十几位朋友让我代他们向她问好。

"他们都很想念我吗？"她简直是欣喜若狂地喊道。

"整座城市都凄凄惨惨。所有人都把汽车的左后轮涂上黑漆当花圈，城北的湖边更是整夜哀号声不绝于耳。"

"简直太棒了！汤姆，我们明天就回去吧！"随即她又说了句毫不相干的话，"你应该看看我们的宝宝。"

"我很想看看。"

"她现在睡着了。她已经三岁了。你从没见过她吗？"

"嗯，从没见过。"

"哦，那是应该看看她。她……"

汤姆·布坎南原本一直忐忑不安地在屋子里走来走去，现在走到我身边，一只手搭在我的肩膀上。

"尼克，你现在干什么买卖呢？"

"债券投资。"

"在哪家公司？"

我告诉了他我所在的公司。

"嗯，从没听说过。"他很干脆地说。

这让我觉得很不舒服。

"你会听到的，"我有点不满，"在东部待久了，你就会知道的。"

"哦，你放心，我肯定会在东部待下来的。"说这话的时候，他先看看黛西，又看看我，好像生怕自己说错了什么会引起误会，"除非我变成天字第一号傻瓜才会搬到别的地方去。"

"那是肯定的。"贝克小姐突然说。我吃了一惊。进屋这么久，我还是第一次听到她说话。大概她自己也觉得有点吃惊吧，她随即打了个哈欠，跟着一连串灵巧的动作，她迅速地站了起来。

"我好像都麻木了，"她抱怨着，"真不知道在那张沙发上躺了多久。"

"别看我，"黛西说，"整个下午我可都在劝你去纽约呢。"

"不要了，谢谢，"贝克小姐对着刚从食品间端上来的鸡尾酒说，"我正在进行正儿八经的锻炼呢。"

男主人以难以置信的表情看着她。

"是真的吗？"他喝下自己杯里的酒，好像那是最后一滴，"我实在不知道你能干成什么事。"

我看看贝克小姐，对她能"干成"什么事感到纳闷儿。我挺喜欢看她的。她身材娇小，一副小鸟依人的样子。当她像军校的年轻学员那样昂首挺胸时，就显得姿态挺拔了。她用那双被太阳晒得眯起来的灰色眼睛看着我，可爱的小脸略显苍白，又带着愠色，流露出彬彬有礼的好奇心。这让我觉得好像在哪里见过她，或许是见过她的照片。

"你是住在西卵吧，"她带着轻蔑的口气对我说，"我认识那边的一个人。"

"我谁也不认识……"

"盖茨比你总该认识吧？"

"盖茨比？"黛西追问道，"你说的是哪个盖茨比？"

我还没来得及说盖茨比是我的邻居，用人就进来宣布开饭了。汤姆·布坎南不由分说，架着我的胳膊把我推出了房间，就像把一颗棋子从棋盘的一个方格推到了另一个方格。

两位女士手搭在腰上，袅袅婷婷地摇曳着，先于我们走到了玫瑰色的阳台上。落日的余晖洒在阳台上。风小了很多，餐桌上有四支蜡烛，烛光在微风中闪烁。

"干吗要点蜡烛？"黛西皱着眉满脸不悦地说，用手指掐灭了烛火，"再过两个星期，就要迎来一年中最长的一天了。"她看着我们，满面春风，"你们是不是总在等这最长的一天，结果还是错过了？我就老是在等这一天，可是每次都会错过。"

"我们应该计划一下干点什么才好。"贝克小姐打着哈欠说，好像要上床睡觉了似的在桌边坐了下来。

"好啊，"黛西说，"我们计划干点什么好呢？"说着她把脸转向我，一副无可奈何的表情，"人们都在计划些什么呢？"

我还没来得及回答，她就一脸严肃地把目光转向了她的小手指。

"看，"她嘟囔着，"我把手弄伤了。"

于是我们大家都看到了她有点青紫的小手指。

"是你干的，汤姆，"她责备道，"我知道你不是故意的，可确实是你干的。谁让我嫁给了一个粗野的男人，又大又笨拙……"

"我讨厌笨拙这个词，"汤姆抗议道，"哪怕开玩笑也不行。"

"笨拙。"黛西继续犟嘴。

有时候黛西和贝克小姐闲聊，内容毫不引人注意，也就是无关紧要的玩笑话，也算不上唠叨，就像她们那白色的衣裙以及她们那超然无欲的眼睛一样淡漠。她们坐在这里应酬汤姆和我，如同客客气气地应酬客人。她们也知道很快晚饭就会吃完，这一晚上就会过去，时间不过是被随随便便打发掉罢了。这一点和西部完全不同。在那里，晚上待客都是非常迫切地从一个阶段进入另一个阶段，最后推向尾声，整个过程让人充满期待而又不断地感到失望，要不然就是紧张地等待着结束时刻的到来。

"黛西，你让我觉得自己很不文明，"喝完第二杯带着软木塞气味、但口感相当不错的红酒，我坦白地说，"你就不能谈谈庄稼或者别的什么吗？"

我说这句话本来没什么别的用意，却出乎意料地引发了话题。

"文明正在崩溃，"汤姆气势汹汹地说，"我最近对这个世界非常悲观。你看过戈达德写的《有色帝国的崛起》吗？"

"哦，没看过。"我对他的口气感到很吃惊。

"我跟你说，这是一本非常不错的书，每个人都应该读一读。这本书主要讲的是，如果我们不加小心，白种人就会……就会被淹没。书上讲的都是科学道理，都已经被证明了。"

"汤姆现在变得很深刻了。"黛西说，脸上带着点忧伤的表情，"他看过一些深奥的书，书里有很多深奥的字眼，对了，那是个什么字来着，我们……"

"我跟你说，这些书都是有科学依据的。"汤姆继续说，很不耐烦地瞅了她一眼，"那家伙已经把一切都讲得一清二楚了。我们白种人是占统治地位的人种，我们必须提高警惕，要不然其他有色人种就会掌控一切……"

"我们必须打倒他们。"黛西低声说道，同时不停地对着炽热的太阳眨眼。

"你们应该到加利福尼亚州去安家……"贝克小姐刚开口，汤姆就在椅子里费力地挪动了一下他庞大的身躯，打断了她的话。

"这本书主要的观点是我们作为北欧日耳曼民族——我是，你是，你也是，还有你……"他略微迟疑了一下，点了一下头，算是把黛西也包括进去，这时黛西冲我眨了一下眼，"我们创造了所有构成文明的东西，包括科学、艺术，所有的一切。你们明白吗？"

他那专心致志的劲头，让我觉得有点可怜。现在的他好像比刚才还要自负，可他自己觉得这还远远不够。就在这时，电话铃响了，男管家离开阳台去屋里接电话。黛西立刻抓住这个机会，把脸凑到了我跟前。

"我要跟你说个家里的秘密，"她很兴奋地在我耳边说道，"是关于男管家的鼻子。你想知道这其中的故事吗？"

"这不就是我今晚来的目的吗？"

"你知道吗，他原来不是做管家的。他原来在纽约给人擦银器，那家人有一套供两百人用的银餐具，他每天从早到晚地擦，渐渐地鼻子就受不了了……"

"后来情况越来越糟。"贝克小姐接了一句。

"是的，后来情况越来越糟，最后他不得不辞职了。"

有那么一刻，夕阳的余晖温情脉脉地洒在她红润的脸上，她那独特的声音让我不由自主地凑上前侧耳倾听。余晖渐渐消逝了，每一道光都恋恋不舍地离开了她，就像孩子们在黄昏时依依不舍地离开热闹的街道一样。

　　男管家回来了，凑在汤姆的耳边叽咕了几句，汤姆听完眉头一皱，把椅子往后一推，一言不发地走进了屋子。汤姆的离去好像使黛西重新活跃了起来，她又一次向前探身，声音像唱歌似的动听。

　　"能在我的餐桌上见到你，我真的很高兴，尼克。你让我想到了一枝……一枝玫瑰，一枝真正的玫瑰，是这样吗？"她转向贝克小姐，期待她的附和，"一枝真正的玫瑰，是吗？"

　　这纯粹是胡说，我跟玫瑰哪里有一点相似之处呢？她就是随口一说，可其中饱含动人的激情，好像她的一片真心就藏在那热情洋溢的话语里，亟待向你倾诉。突然，她把餐巾往桌上一扬，说了句"对不起"，就走进屋里去了。

　　贝克小姐和我交换了一下眼色，里面并没有任何意思的表述。我刚要开口说话，她猛地坐直身子，警告似的"嘘"了一声。这时我听见屋子里传来低低的、激动的谈话声。贝克小姐探过身去毫无顾忌地仔细倾听着。低语声有几次几乎能够听清，紧跟着又低了下去，之后又变高，最后完全消失了。

　　"刚才你提到的那位盖茨比先生，是我的邻居……"我提起话头。

　　"别说话，我要听听到底出了什么事。"

　　"出了什么事吗？"我天真地问。

　　"难道你不知道？"贝克小姐一脸惊奇，"我以为大家都知道呢。"

　　"我可是一点都不知道。"

　　"哎呀，这个……"她迟疑了一下，跟我说，"汤姆在纽约有个女人。"

　　"有个女人？"我茫然地重复着她的话。

　　她点了一下头。

　　"我觉得她起码应该识点大体吧，怎么能在吃饭的时间打来电话，你说呢？"

　　我还没明白她的意思，就听见一阵衣裙的窸窣声和皮靴的嘎吱声，黛西和汤姆回来了。

"真是没办法。"黛西强作欢颜，大声地说道。

她坐下来，先看了贝克小姐一眼，又朝我看了一下，接着说道："我刚才到外面看了一下，外面真是浪漫极了。我看到草坪上有一只鸟，可能是搭丘纳德或者白星轮船公司 [①] 的船过来的，好像是一只夜莺。它一直在那里不停地歌唱……"她的声音也宛若歌唱，"真的浪漫极了，是吗，汤姆？"

"真是浪漫至极。"他说，然后又一脸沮丧地转向我说，"吃完饭天还早的话，我带你去我的马棚看看。"

就在此时，屋里的电话又响了起来。所有人都吃了一惊。我看到黛西果断地对汤姆摇了摇头，于是，关于马的话题——事实上所有的话题，就此化为乌有。在我残破的记忆里，我记得最后五分钟，餐桌上的蜡烛不知怎么又点着了，那一刻，我很想看看大家都是什么表情，同时又极力地躲避所有的目光。我猜不出汤姆和黛西在想些什么，我怀疑甚至像贝克小姐这样我行我素、玩世不恭的人，对这个第五位客人尖锐刺耳的铃声是否能做到置若罔闻。也许对某些人来说，这样的局面还挺有趣，我本能的反应却是打电话给警察局。

不必说，马棚的事没人再提了。在暮色中，汤姆和贝克小姐慢慢地溜达着去了书房，那样子就像是去灵堂守夜一般。而我一面装聋作哑，一面表现得饶有兴趣，跟着黛西穿过一连串走廊来到前面的阳台。夜色苍茫中，我们在一张柳条编的长椅上坐了下来。

黛西把脸捧在手心里，像是在轻轻地抚摩自己可爱的脸庞。她出神地望着天鹅绒般的暮色，看得出来她心潮澎湃。于是我问了几个关于她小女儿的问题，想以此缓解一下她的情绪。

"我们彼此并不熟悉，尼克，"她忽然对我说，"虽然我们是表亲。你连我的婚礼都没参加。"

[①] 当时的两家著名英国轮船公司。

"那时候我还在打仗。"

"也是。"她犹豫了一下，"唉，我过的这日子，可真够受的，尼克，我几乎把什么都看透了。"

很明显，她话里有话。我等着听，可是她没有接着往下说。沉默了一会儿，我只好又支支吾吾地把话题转移到她的小女儿身上。

"我想她肯定会说话、会吃饭，什么都会吧？"

"嗯，是啊。"她心不在焉地对我说，"尼克，听我说，你想知道她出生的时候我说了什么话吗？你想听吗？"

"非常想听。"

"你听完，就会知道我为什么要这样看待世事了。她出生还不到一个小时，汤姆就不知道跑哪里去了。我从麻醉中醒来，觉得孤苦伶仃，立刻问护士是男孩还是女孩。她跟我说是个女孩，我接着就转头哭了起来。'好吧，'我说，'我很高兴是个女孩。我希望她将来是个傻瓜——这是女孩在这世上最好的出路了，做个美丽的小傻瓜。'"

"你知道了吧，我觉得一切都糟糕透顶，"她用一种确凿无疑的语气继续对我说，"我知道，每个人都这样认为，那些了不起的人也不例外。我哪里都去过了，什么人都见识过了，该干的都干过了。"她两眼炯炯有神地环顾着四周，那副不可一世的神情像极了汤姆，然后她放声大笑，笑声里充满了可怕的嘲讽，"真是饱经世故……天哪，我真是饱经世故。"

当她话音刚落、不再勉强我关注和相信她时，我就觉察到她刚刚说的根本不是真心话。这让我觉得不安，好像整个晚上完全是个圈套，一切只是为了使我相信她并付出一份感情。我沉默了。果然，过了一会儿，她看着我时可爱的脸上带着明显的假笑，像是在告诉我，她和汤姆一样，都属于那个上流社会的秘密团体。

那边的屋子里灯火辉煌。汤姆和贝克小姐分坐在长沙发的两头，她念《星期六晚邮报》给他听，声音很低，语调没有任何起伏，每一字每一句都让人心神安定。灯光在汤姆的皮靴上闪亮，却把贝克小姐的黄褐色头发映衬得很暗淡，她翻过一页时，胳膊上细细的肌肉颤动着，灯光则一晃一晃地打在纸上。

我和黛西走进了屋子，贝克小姐举起一只手示意我们不要说话。

"待续。"说着，她把杂志扔到了桌上，"欲知后事，请见下期。"

她膝盖一挺，噌地站了起来。

"十点了，"她说，好像天花板上写着时间，"我这个好孩子该上床睡觉了。"

"乔丹明天要去韦斯特切斯特参加锦标赛。"黛西解释道。

"哦，你是乔丹·贝克。"

我现在终于明白为什么她看起来那么眼熟了，她那可爱的傲慢表情，曾经出现在众多报道阿什维尔、温泉城和棕榈滩体育赛事的报刊上。当然我还听说过她的一些闲话、绯闻之类，但具体是关于什么我可早就忘了。

"明天见。"她轻声说，"八点叫我吧，好吗？"

"只要你起得来。"

"我肯定起得来。晚安，卡拉韦先生。改天见。"

"你们肯定会再见面的，"黛西肯定地说，"其实，我觉得我该做个媒。尼克，你多来几趟，我想办法……呃……把你俩凑到一起。比如说，不小心把你俩单独关在储藏室里，又或者把你们一起拽到小船上往海里一推，诸如此类……"

"明天见吧，我什么也没听见。"贝克小姐从楼梯上喊道。

"她可是个好孩子，"过了一会儿汤姆说，"他们真不该让她这样到处乱跑。"

"谁不该？"黛西冷冷地问。

"当然是她家里人。"

"她家里只有一个老姑妈。再说，以后尼克就可以照应她了。是不是，尼克？今年夏天她将在这里度过很多个周末，我觉得这里的家庭环境对她绝对大有好处。"

黛西和汤姆就那样彼此看了一会儿，什么也没说。

"她是纽约人吗？"我赶紧找了个话题。

"她是路易斯维尔①人。我们一起在那里度过了少女时代。我们那美好纯真的……"

"刚刚在阳台上，你是不是把你的心里话都跟尼克说了？"汤姆忽然质问道。

"我说了吗？"她看着我，"我不记得了。不过我记得我们好像谈到了日耳曼民族。嗯，我想起来了，我们不知不觉就谈到了这个话题。你没意识到呢……"

"尼克，不要听到什么都信以为真。"他告诫我。

我装作很轻松地说我没听到什么。几分钟后，我跟他们告别。他们送我到门口，两个人在一片明亮的灯光里并肩站着。我发动汽车刚要走，黛西突然命令似的冲我喊道："等等！"

"有件很重要的事差点忘了问你，我听说你在西部跟一个姑娘订婚了，是真的吗？"

"对啊，我们都听说你订婚了。"汤姆客客气气地附和说。

"那绝对是造谣。我穷得叮当响。"

"可是我们都听说了啊。"黛西坚持道，她又像花朵般绽放开来，让我感到很惊讶，"我们可是听三个人说过呢，那肯定是真的。"

我心里明白他们说的是什么事，可是我真的没有订婚。小道消息说我订了婚，这也是我到东部来的原因之一。毕竟，你不能因为流言就和老朋友绝交，我也不可能因为害怕别人的闲言碎语就去结婚。

但是，这次他俩对我的关心让我挺感动的，也显得他们不是那么势利和高不可攀了。即便如此，在开车回家的路上，我还是觉得有点困惑，甚有点厌烦。我觉得黛西应该抱着孩子离开这里才对，但很显然她根本没有这样的想法。至于汤姆在纽约有个女人这种事，我倒没觉得有什

---

① 美国肯塔基州的城市。

么好奇怪的，我奇怪的是他竟然会因为一本书而感到沮丧。不知是什么东西让他开始从陈腐的学说里汲取精神食粮，好像他那壮硕的体格里蕴含的自大已经不再能滋养他那唯我独尊的心灵了一样。

一路上，我发现无论是小旅馆，还是路边汽油站前，都已经是一片盛夏的景象，一台台鲜红的加油机蹲在电灯光圈里。回到西卵的住处后，我把车停在小车棚里，院子里有一架闲置的锄草机，我过去坐了一会儿。晚风已经停了，我眼前的这个夜晚明亮而充满嘈杂的声音。鸟雀在树上不断地拍打着翅膀，青蛙鼓足了劲儿发出连续不断的风琴一般的叫声。月光中，一只猫的侧影在慢慢地移动，当我转过头去看它的时候，我发现自己并不是一个人——五十英尺①之外，有个人从我隔壁豪宅的阴影中走了出来，他两手插在口袋里，仰望着那银白色的星光。从他那悠闲的动作和双脚稳踏草坪的姿态，我断定他就是盖茨比先生，他大概是出来确定一下哪一片天空是属于他的。

我决定跟他打声招呼。贝克小姐不是在吃饭时提到过他吗，权当介绍了。可是我并没招呼他。因为我看到他突然做了个动作，好像很享受这种独处的状态——他对着幽暗的海水伸出两只胳膊，样子很古怪，虽然我离他很远，但是我肯定他正在发抖。我情不自禁地朝海上望去——什么都看不到，只有一盏绿灯，那么远，那么小，可能是一座码头的尽头。当我再去看盖茨比时，他已经不见了，于是我又一个人待在了这暗流涌动的黑夜里。

---

① 英美制长度单位。1 英尺合 0.3048 米。

第二章

大约在西卵和纽约的正中间，公路匆促地与铁路会合了，又与它并行了四分之一英里，为的是躲开一片荒凉的地区——灰烬山谷。那里，无穷无尽的灰土像麦子一样生长，长成山脊、山丘和各种奇形怪状的园子；又堆成房屋、烟囱和炊烟的样子；最后经过超绝的努力，堆成了一个个灰蒙蒙的人，还隐隐地在走，又慢慢地在尘土飞扬中消失。有时候，会有一列灰色的火车沿着一条根本看不见的轨道慢慢地爬过来，嘎吱一声鬼叫似的停下，马上一群灰乎乎的人就拖着铁铲一窝蜂地拥上去，扬起漫天的尘土，叫你完全看不清他们的举动。

这是一片灰蒙蒙的土地，它的上方永远浮动着尘埃，你很快就会从中辨认出 T. J. 埃克尔伯格大夫的眼睛——蓝色、庞大，光瞳仁就有一码高。这双眼睛并非长在什么人的脸上，它们从一副宽大无比的黄色眼镜下往外看着，眼镜则架在一个不存在的鼻子上。这该是一个多么异想天开的眼科医生啊，想出竖这样一座大广告牌来招揽生意。大概这位医生已经永远闭上了眼睛，或是撇下它们搬到别的地方去了。由于年深日久，饱经日晒雨淋，两只眼睛的油漆已经剥落，光彩也不比从前，但依然若有所思地俯视着这片阴沉的灰堆。

灰烬山谷旁边有条肮脏的小河。每当有驳船通过，河上的吊桥就会拉起来，途经此处的火车便停下来，等待通行，此时车上的乘客就有约半小时来面对这片凄凉的景象了。就算平时，火车在此至少也要停靠一分钟。恰因如此，我才第一次见到了汤姆·布坎南的情妇。

所有认识汤姆的人都知道他有个情妇。他经常带着她下时髦的馆子，留她一个人在桌旁坐着，自己则走来走去，跟所有他认识的人聊天。我虽然很好奇想看看她到底是个怎样的人，但是我又不想和她见面。最终，我还是见到了她。一天下午，我和汤姆一起坐火车去纽约，当我们在灰堆旁停下来的时候，他突然一下子跳了起来，不由分说地抓住我的胳膊肘儿，硬把我拖下了车。

"我们在这儿下车，让你见见我的女朋友。"他霸道地说。

也许那天中午他喝多了，这种逼我作陪的做法简直就是暴力行为。也或许他傲慢地以为，星期天下午我根本没有比这更有意思的事可做。

我跟着他跨过一排低低的刷得雪白的铁路栅栏，然后在埃克尔伯格大夫目不转睛的注视下，沿着公路往回走了一百码。眼前唯一的建筑物是一小排黄色的砖房，坐落在这片灰烬的边缘，一条小型"主街"① 大概是为本地居民提供生活必需品的，左右两边什么也没有。这一小排房子一共只有三家店铺：其中一家正在招租；另外一家是个二十四小时营业的饭馆，门前用炉渣铺成了一条小道；第三家是个汽车修理行，招牌上写着："乔治·B. 威尔逊。修理汽车。买卖汽车。"我随汤姆走进了第三家。

店里空空的，一副不景气的模样。我只看见一辆汽车，那是一辆福特车，破旧不堪且落满了灰尘，颓废地蹲在阴暗的角落里。刹那间我有一个念头，这空荡荡的车行也许只是个幌子，为的是掩盖楼上奢华气派的房间。就在这时，车行老板出现了，他站在一间办公室的门口，拿一块抹布不停地擦着手。他头发金黄，面无血色，不大有精神，样子还不算难看。一看到我们，他那对浅蓝色的眼睛立即流露出一丝暗淡的希望。

"嘿！威尔逊，"汤姆一边嘻嘻哈哈地说，一边拍拍他的肩膀，"你这家伙，最近生意怎么样？"

"还行吧，"威尔逊毫无底气地回答道，"你想好什么时候把那部车子卖给我了吗？"

"下星期吧。我的司机现在正整修它呢。"

---

① 美国小城镇往往只有一条大街，商店集中在这条街上，通称"主街"。

"他干得很慢，是吗？"

"不，他干得一点都不慢，"汤姆没好气地说，"如果你这么想，我看我还是把它拿到别的地方去卖好了。"

"别，我不是这个意思，"威尔逊连忙解释，"我只是觉得……"

他支支吾吾，最后声音逐渐消失，与此同时，汤姆不耐烦地向车行四面张望。接着楼梯上传来脚步声，不一会儿，办公室门口的光线就被一个结实的女人挡住了。她看上去三十五六岁的样子，身子胖胖的，但是像有些女人一样，胖得很美。她穿着一件沾了油渍的深蓝色双绉连衣裙，从她的脸庞上，找不到一丝一毫的美丽，但是她的活力显而易见，好像她全身的神经都在不停地燃烧一样。她慢慢地笑了一下，接着大摇大摆地穿过她丈夫的身边，就好像那男人只是个幽灵。她走过来跟汤姆握手，两眼直直地盯着他，然后用舌头润了润嘴唇，连头也没回，就那么低低地、粗声粗气地对她丈夫说：

"你怎么不知道拿两把椅子让人家坐下？"

"是，好的。"威尔逊连忙答应，接着向小办公室走去，他的身影和墙壁上的水泥色马上混成了一片：他深色的衣服、浅色的头发，以及周围的一切，都被一层灰白色的尘土笼罩着——除了他的妻子。她走到汤姆身边。

"我要见你，"汤姆急切地说道，"就搭下一班火车走。"

"好吧。"

"我在车站的报摊旁边等你。"

她点了点头，然后从他身边走开，这时威尔逊从办公室里搬出来两把椅子。

就这样，我们在公路上没人看得见的地方等她。过不了几天就是七月四日①了，路边有一个骨瘦如柴、同样灰蒙蒙的意大利小孩在沿着铁轨放一排"鱼雷炮"。

---

① 美国独立纪念日。

"这是个多么可怕的地方，是不是？"汤姆一边皱起眉头看着埃克尔伯格大夫，一边对我说。

"糟透了。"

"所以换个环境对她有好处。"

"她的丈夫同意吗？"

"你说威尔逊？他肯定以为她去纽约是看她妹妹。那是个蠢得要命的家伙，连自己的死活都不知道。"

于是，汤姆·布坎南、他的情人，还有我，三个人一同踏上去往纽约的旅程——也许不能说是一同去，因为威尔逊太太很识相地坐到了另一节车厢里。汤姆做出这样的让步，大概是为了避免引起可能在这趟车上的东卵人的反感。

威尔逊太太换上了一件棕色花布连衣裙，火车到达纽约，在汤姆扶她下车的时候，她那又肥又胖的屁股紧紧地裹在花布裙子里。在报摊上，她买了一份《纽约闲话》和一本电影杂志；在车站的药店①里，她买了一瓶冷霜和一小瓶香水。在楼上那阴暗有回音的车道旁，她放过了四辆出租车，最后选中了一辆新车：淡紫色的车身，灰色的坐垫。我们便坐着这辆车子驶出阴暗庞大的车站，开进了明媚的阳光里。突然，她又猛地从车窗前扭回头，身子一探，敲打着前面的玻璃。

"我要买一只那样的小狗。"她无比热切地说，"多有意思啊，养只狗。我要买一只那样的小狗养在公寓里。"

于是，我们把车子退到一个白发老头跟前，他长得像极了约翰·D.洛克菲勒②，真有点滑稽。在他的脖子上挂着一个篮子，里面趴着十几只刚出生的、难以确定品种的小狗崽。

"它们都是什么品种？"老头刚走到出租的窗口，威尔逊太太就急切地问道。

"什么品种都有。您要什么品种，太太？"

---

① 美国药店兼售糖果、香烟、饮料及其他杂货。

② 美国石油大王，亿万富翁。

"我想要一只警犬。我看你那儿不一定有吧？"

老头怀疑地望望他的竹篮，把手伸进去捏着颈皮拎起来一只，小狗的身子直扭。

"这不是警犬。"汤姆说。

"是的，这不一定是警犬，"老头说，声音里满是失望，"这可能是一只硬毛猎狗。"他用手抚摩着狗背上棕色毛巾似的皮毛，"你看看这皮毛，多好的皮毛，这只狗绝对不会伤风感冒给您找麻烦的。"

"真好玩，"威尔逊太太高兴地说，"多少钱？"

"这只狗吗？"老头开始用赞赏的神气看着它，"要十美元。"

就这样，这只硬毛猎狗转了手——它的血统里肯定有什么地方跟硬毛猎狗有关，但是它的爪子出奇地白 [1]——它很快就安然躺进了威尔逊太太的怀里，她则欢天喜地抚摩着它那不怕伤风着凉的皮毛。

"它是母的还是公的？"她委婉地问。

"您说那只狗吗？那只狗是公的。"

"那是只母狗，"汤姆不容置疑地说，"给你钱，拿去再买十只狗。"

我们坐着车子来到第五大道。在这个夏天的星期日下午，空气温暖柔和，很有田园风味。就算有一大群雪白的绵羊突然从街角拐出来，我也不会感到奇怪。

"停车，"我说，"我要在这儿跟你们分开了。"

"不行，你不能走，"汤姆连忙插话说，"如果你不上公寓去，默特尔要生气的。是不是，默特尔？"

"去吧，"她恳求我，"我打电话把我妹妹凯瑟琳叫来。很多有眼力的人都说她很漂亮。"

"唉，我很想去，不过……"

于是，我们继续前行，又掉头穿过中央公园，向西城一百多号街那边驶去。出租车驶入一百五十八号街。这条街上有一大排白色蛋糕似的

---

① 这种狗背上和身体两侧往往是黑色的，其余部位是棕色的。

公寓，车子在其中一幢前停了下来。威尔逊太太四下扫视一番，俨然一副皇后回宫的架势，然后捧起小狗和她买的其他东西，趾高气扬地走了进去。

"我要请麦基夫妇上来，"我们乘电梯上楼时她宣布道，"当然，我还要给我妹妹打电话。"

他们的房间在最高一层——一间小客厅、一间小卧室、一间小餐厅，还有一个洗澡间。一套大得很不相称的、带织锦靠垫的家具把客厅挤得满满当当，如果在室内走动的话，你将会不断地绊倒在法国仕女在凡尔赛宫花园里荡秋千的画面上。一张放得特别大的照片算是墙上挂着的唯一的图片，乍一看，好像是一只母鸡蹲在一块模糊的岩石上；可从远处看过去，母鸡则化成了一顶女帽，一个胖老太太笑眯眯地俯视着屋子。桌子上放着书报：几份旧的《纽约闲话》，一本《名字叫彼得的西蒙》①，还有两三本百老汇②的黄色小刊物。威尔逊太太首先关心了一下她的狗。一个开电梯的工人很不情愿地弄来一个垫了稻草的盒子和一些牛奶。他还自作主张买了一盒又大又硬的狗饼干——在装满牛奶的碟子里泡了一块，就那样泡了半天也没人管。这时，汤姆打开一个上着锁的柜子，拿了一瓶威士忌出来。

我这辈子只喝醉过两次，第二次就是在那天下午，所以虽然公寓里到晚上八点的时候依然阳光明亮，但现在想来当时所发生的一切都好像在雾里一样模糊不清。威尔逊太太坐在汤姆的膝盖上打电话，一口气打了好几个。后来香烟没了，我就到街角的药店去买烟。回来的时候，他俩都不见了，我很识相地坐在客厅里，看了《名字叫彼得的西蒙》中的一章——或许是书写得太糟，或许是威士忌把东西变得面目全非，因为我完全看不出来一点名堂。

汤姆和默特尔（喝完第一杯酒之后威尔逊太太和我就彼此喊教名了）刚刚重新露面，客人们就陆续来敲公寓的门了。

---

① 当时流行的一部通俗小说。

② 纽约戏院集中的地区。

默特尔的妹妹凯瑟琳，苗条、俗气，三十岁左右，有一头短而浓密的红头发，脸搽得像牛奶一样白。她的眉毛是拔掉后又重画的，画的角度有点俏皮，可是天然的力量要恢复旧观，因此把她的脸部弄得有点眉目不清。她走动的时候，不断发出叮叮当当的声音，因为她胳膊上的许多假玉手镯会跟着上上下下地抖动。她大模大样地走进来，像主人一样；又对家具扫视一番，好像东西是属于她的，这也让我怀疑她是否就住在这里。但是等我问她的时候，她先是放声大笑着大声重复了我的问题，然后告诉我，她和女友一同住在旅馆里。

麦基先生是一个白净的、有点女气的男人，住在楼下一层。他刚刮过胡子，颧骨上还带着一点白色的肥皂沫。在和屋里的每个人打招呼时，他都毕恭毕敬。他跟我说他是"吃艺术饭的"，后来我才知道他是摄影师，墙上那幅威尔逊太太母亲的放大照片就是他拍的，那照片像一片胚叶似的模糊。他老婆没精打采，说起话来尖声尖气，人虽漂亮但非常令人讨厌。她得意扬扬地跟我说，结婚以来她丈夫已经给她拍过一百二十七次照了。

不知什么时候威尔逊太太又换了一套衣服，她现在穿了件下午做客穿的礼服——一件精致的奶油色雪纺绸连衣裙。她在屋子里转来转去，衣裙窸窣作响。她的个性也因衣服的影响起了变化。原来在车行里那明显的活力变成了目空一切的傲慢①。她的言谈举止、她的笑声和姿势，都变得越来越矫揉造作，同时随着她的自我膨胀，屋子显得越来越小；后来，满屋烟气缭绕，她仿佛坐在一个咯吱作响的木轴上不停地转着——

"亲爱的，"她装腔作势地大声跟她妹妹说，"这年头谁都想欺骗你。他们脑子里只有钱。上星期我找了个女的来看脚，等她给我账单的时候，不知道的话你肯定以为她给我割了阑尾呢。"

"那个女人姓什么？"麦基太太问。

"埃伯哈特太太。她经常上门给人看脚。"

---

① 原文为法语"hauteur"，意为"傲慢"。

"你这件衣服真漂亮，我喜欢。"麦基太太说。

威尔逊太太非常不屑地一扬眉毛，否定了这句恭维话。

"这不过是件破烂的旧货，"她说，"我不在乎自己形象的时候，就随便穿一穿。"

"可是你穿着显得特别漂亮，"麦基太太紧接着说，"如果切斯特能把你这个姿势拍下来，那一定会是幅杰作。"

我们都默默地看着威尔逊太太，她撩开眼前的一缕头发，笑盈盈地看着我们。麦基先生歪着头，目不转睛地端详着她，然后伸出一只手在面前慢慢地来回比画。

"我得调整光线，"过了一会儿他说，"我很想表现面貌的立体感。并且我要把后面的头发全部拍进来。"

"我觉得根本不应该调整光线，"麦基太太大声地说，"我认为……"

这时她丈夫"嘘"了一声，于是我们大家又把目光转向了摄影的题材。就在这时汤姆·布坎南大声地打个哈欠，站了起来。

"麦基家两口子你们喝点什么吧，"他说，"默特尔，再弄点冰和矿泉水来，要不大家都要睡着了。"

"我早就跟那小子说过送些冰来。"默特尔一扬眉毛，对下人的懒惰无能表示绝望，"这些人！你不盯着他们是不行的。"

说着她看看我，忽然就莫名其妙地笑了起来。接着，她连蹦带跳地跑到小狗跟前，欢天喜地地亲了亲它，然后又大摇大摆地走进了厨房，仿佛那里有十几个大厨师在等候她的吩咐。

"在长岛那边我拍过几张好的。"麦基先生肯定地说。

汤姆看看他，一脸茫然。

"楼下那两幅镶了镜框的就是那次拍的。"

"两幅什么？"汤姆追问道。

"两幅习作。其中一幅我给它起名叫《蒙托克角——海鸥》，另一幅我叫它《蒙托克角——大海》。"

这时那位叫凯瑟琳的妹妹在我身边的沙发上坐了下来。

"你也住在长岛那边吗？"她问我。

"我住在西卵。"

"是吗？大约一个月以前，我去那儿参加过一次聚会。是在一个姓盖茨比的人的家里。你认识他吗？"

"我就住在他家隔壁。"

"哦，人家说他是德国威廉皇帝的侄子，或者什么别的亲戚。他的钱就是那么来的。"

"真的吗？"

她点了点头。

"他让我觉得害怕。我可不愿意落到他手里。"

麦基太太突然伸手指着凯瑟琳，打断了这段关于我邻居的引人入胜的"报道"。

"切斯特，我觉得你肯定能给她拍一张好的！"她大声地嚷嚷着，但麦基先生只是懒洋洋地点了点头，注意力又转移到了汤姆身上。

"如果有人介绍的话，我很想在长岛多搞点业务。他们能帮我开个头。这是我唯一的要求。"

"问默特尔好了。"汤姆哈哈笑着说，正好这时威尔逊太太端着个托盘走了进来，"她可以给你写封介绍信。是吗，默特尔？"

"写什么信？"她吃了一惊。

"你写一封介绍信给麦基，叫他拿着去见你丈夫，那样他就可以给你丈夫拍几张特写。"他的嘴唇动了动，但没发出声音，接着又胡诌，"《乔治·B. 威尔逊在油泵前》，或诸如此类的玩意儿。"

这时，凯瑟琳凑到我身边，小声地跟我说："他俩谁都受不了自己的那口子。"

"是吗？"

"是的。"她先看看默特尔，又看看汤姆，"要我说，既然受不了，何必还在一起过呢？换成是我，我就离婚，然后马上重新结婚。"

"她也不喜欢威尔逊吗？"

出乎我的意料，默特尔恰巧听见了这个问题，就用既粗暴又不干净的话答复了我。

"你看吧！"凯瑟琳得意扬扬地大声说。接着，她又压低了嗓门说道："其实是他老婆弄得他们不能结婚。她是天主教徒，不赞成离婚。"

可我知道黛西并不是天主教徒，这个煞费苦心的谎言让我有点震惊。

"等哪天结了婚，"凯瑟琳接着说，"他们计划到西部去过段日子，避避风头再回来。"

"到欧洲去更稳妥些。"

"哦，你喜欢欧洲吗？"她突然兴奋地叫了起来，"我刚从蒙特卡洛①回来。"

"是吗？"

"是啊。去年，我和另一个姑娘一起去的。"

"在那里待了很久吗？"

"没有，我们取道马赛，只去了蒙特卡洛就回来了。动身的时候我们带了一千二百多美元，但是不出两天就在赌场的小房间里被人骗光了。回来的路上，我们可真是吃了不少苦头。跟你说，老天，我真的恨死那座城市了。"

窗外，傍晚的天空闪烁生辉，宛如蔚蓝甜蜜的地中海。瞬时，麦基太太尖锐的声音又把我的神思唤回到屋子里。

"我差点也犯了错误，"她精神振奋，大声地说，"我差点嫁给了一个犹太小子，他追了我好几年。我知道他配不上我。所有人都对我说：'露西尔，那个人比你差远了。'但是，如果我没碰上切斯特的话，他肯定会把我搞到手。"

"就是，好在你并没有嫁给他啊。"默特尔·威尔逊摇头晃脑地说。

"我当然没嫁给他。"

---

① 世界著名的赌城。

"但是，我嫁给了他，"默特尔一语双关地说，"这就是为什么你的情况和我的情况不同。"

"可是你为什么嫁给他呢，默特尔？"凯瑟琳质问道，"也没有人强迫你。"

默特尔想了一会儿。

"我以为他是个上等人，所以才嫁给了他，"她半天才说，"我还以为他能有点教养，谁知道他连舔我的鞋都不配。"

"可是你有一阵子爱他爱得发疯。"凯瑟琳说。

"什么！爱他爱得发疯？"默特尔大受冤枉似的喊道，"谁说我爱他爱得发疯啦？我从来没爱过他，就像我没爱过那个人一样。"

她突然用手指向我，于是大家都用责备的目光看着我。我极力做出一副并不指望什么人爱我的样子。

"跟他结婚是我这辈子做的唯一发疯的事。我很快就知道我犯了个错误。结婚那天他穿的是别人做客穿的衣服，还一直没告诉我，直到后来有一天他不在家，人家来讨还衣服。'哦，这套衣服是你的吗？'我说，'我还真没听过这事呢。'虽然这么说，我还是把衣服给了他，然后我躺到床上，痛哭了整整一个下午。"

"她其实真该离开他，"接着凯瑟琳跟我说下去，"十一年了，他们一直住在那汽车行的楼顶上。汤姆还是她的第一个相好呢。"

已经是第二瓶威士忌了。此刻大家都喝个不停，只有凯瑟琳，什么都不喝就已经飘飘然了。汤姆按铃叫来了看门的，让他去买一种很出名的三明治，据说吃了能顶一顿晚餐。外面暮色柔和，我应该出去向东朝公园方向走走，但每当我起身打算告辞时，一阵嘈杂、刺耳的争论就会裹挟住我，就好像有根绳子又把我拉回到椅子上。我们这排黄澄澄的窗户高踞在这座城市上空，在暮色苍茫的街道上，如果有过客观望，他一定会遐想：不知道这窗后隐藏着多少人类的秘密。而我仿佛已经看到了这个人，一面观望，一面寻思。对这人生的千变万化，我既身在其中又置身其外，既感陶醉又觉厌恶。

这时，默特尔把她的椅子拉到我的椅子旁边。她吐出的热气立刻朝我喷来，她絮絮叨叨地跟我讲起了她和汤姆初次见面的故事。

"事情发生在火车上，当时我俩就坐在一向剩到最后的那两个面对面的小座位上。那次我去纽约看我妹妹，打算在她那儿过夜。他穿着一身礼服，一双漆皮鞋。我总是忍不住去看他，但他每次一看我，我就假装是在看他头顶上方的广告。等我们走进车站的时候，他紧靠着我，雪白的衬衫前胸蹭着我的胳膊，于是我对他说我要叫警察了，但他心里很清楚我在说假话。我就那样神魂颠倒地跟着他上了一辆出租车，还以为是上了地铁。当时我心里翻来覆去地只想着一句话：'你不能永远活着，你不能永远活着。'"

她转过头去跟麦基太太说话，不自然的笑声充满了整间屋子。

"亲爱的，"她喊道，"在这件衣服穿过之后我就把它送给你。明天我得重新买一件。我得把所有要办的事情列个单子：按摩，烫头发，给小狗买条项圈，买一个烟灰缸——小巧玲珑的有弹簧的那种；还有，给妈妈的坟上买一个假花圈，挂黑丝结的可以摆一个夏天的那种。为了不忘掉做哪些事，我一定得列个单子。"

已经九点了——一会儿，等我再看表时已经十点了。麦基先生两手握拳放在大腿上，倒在椅子上睡着了，好像一张活动家的相片。我拿出手帕，擦掉了他脸上那一小片叫我看着难受了一下午的干肥皂沫。

小狗在桌子上坐着，两眼在烟雾中迷茫地张望，不时轻轻地哼一声。屋子里的人忽隐忽现，商量着到什么地方去，突然又找不到对方，找来找去，却发现彼此近在咫尺。快到半夜的时候，汤姆·布坎南和威尔逊太太面对面地站着争吵起来，争吵的主题是威尔逊太太有没有权利提黛西的名字。两个人的声音都非常激动。

"黛西！黛西！黛西！"威尔逊太太几乎声嘶力竭地喊着，"我愿意什么时候叫就什么时候叫！黛西！黛……"

汤姆·布坎南敏捷地伸出手，一巴掌把威尔逊太太的鼻子打出了血。

紧接着，浴室里满地都是沾了血的毛巾。一片混乱中，只听见女人的骂骂咧咧声，其间夹杂着断断续续的、痛楚的哀号声。这时麦基先生醒了，懵懵懂懂地朝大门口走去。走到一半，他又转过身来对着屋子里的景象发呆——他老婆和凯瑟琳一边骂一边哄，手里拿着急救用的东西在拥挤的家具中间跌跌撞撞地来回跑着，至于那个躺在沙发上的凄楚的身影，一面血流不止，一面还在把一份《纽约闲话》往织锦椅套的凡尔赛风景上铺。麦基先生又掉转身子，继续朝门外走去。我把帽子从衣架上取下来，跟着他走了出去。

"改天过来一起吃午饭吧。"在我们的叹息声中，电梯下行，麦基先生提议说。

"在什么地方呢？"

"随便什么地方都行。"

"不要碰电梯开关。"开电梯的工人很不客气地说。

"对不起，我不知道我碰到了。"麦基先生神气十足地说。

"好吧，我一定奉陪。"我同意了他的提议。

我站在麦基先生的床边，而他在两层床单中间坐着，只穿着内衣，手里捧着一本大相册。

"《美女与野兽》……《寂寞》……《小店老马》……《布鲁克林大桥》……"

后来，我在宾夕法尼亚车站下层很冷的候车室里半睡半醒地躺着，一边看着刚出的《论坛报》，一边等着清早四点的那班火车。

第三章

　　整个夏天的夜晚，我的邻居家都有音乐声传过来。在他蔚蓝色的花园里，男男女女如飞蛾般漫步在笑语、香槟和繁星中。下午涨潮的时候，我看到客人从他的木筏高台上跳水，或是躺在他私人海滩的热沙子上晒太阳，他的两艘小汽艇也乘风破浪，拖着滑水板驶过翻腾的浪花。每到周末，他那辆劳斯莱斯轿车就成了公共汽车，从早晨九点到深更半夜，不断地往来城里接送客人；他的旅行车也像一只轻捷的黄硬壳虫，一刻不停地去火车站接所有的火车。每到星期一，八个仆人及一个临时园丁，会来收拾前一晚的残局，他们要用拖把、板刷、榔头、修枝剪等工具，整整苦干一天。

　　每个星期五，都会有五箱橙子和柠檬从纽约的一家水果行送到这里。每个星期一，这些橙子和柠檬就变成一座半拉果皮堆成的小金字塔从后门运出去。他的厨房里有一台半小时之内可以榨两百只橙子的榨汁机，男管家只要用大拇指把按钮按两百次就行。

　　至少每两个星期一次，大批包办筵席的人从城里来到这儿，带来足有好几百英尺的帆布帐篷，以及无数的彩色电灯，盖茨比巨大的花园很快就被布置得像一棵圣诞树一样。自助餐桌上放好了琳琅满目的冷盘，一条条五香火腿紧挨着五花八门的沙拉、烤得金黄的乳猪和火鸡。大厅里面，布置着一个装有真正的铜栏杆的酒吧，配备各种杜松子酒和烈性酒，以及早已被遗忘的甘露酒，而大多数的女客太年轻，根本分不清哪个是哪个。

　　乐队在七点以前到达，可不是什么五人小乐队，而是配备齐全的整班人马，双簧管、长号、萨克斯管、大提琴、小提琴、短号、短笛、高低音铜鼓，应有尽有。最后一批游泳的客人也已经从海滩上回来，此刻正在楼上换衣服。车道上停着从纽约来的轿车，五辆一排。所有的穿堂、客厅、阳台都已五彩缤纷，女客们的发型争奇斗艳，戴着卡斯蒂利亚[1]人做梦也想不到的头纱。酒吧那边也是一派兴隆景象，一盘盘鸡尾酒被传送到外面花园里的每个角落，空气里充满了欢声笑语——脱口而出、转眼就忘的打趣寒暄，以及彼此始终不知姓名的女士们之间亲热无比的会见倾谈。

太阳蹒跚着离开了大地，电灯显得越发明亮，此刻乐队正在演奏淫靡的鸡尾酒会音乐，如大合唱般的人声又提高了一个音阶。笑变得越来越容易，每时每刻都在毫无节制地倾泻而出，一句笑话就可以引起哄然大笑。人群变化得也越来越快，忽而随着新加入者增大，忽而又分散，然后又立即重新组合。有些人已经开始东游西荡——在比较稳定的人群中间，脸皮厚的年轻姑娘钻进钻出，一会儿成为一群片刻欢腾的人注意的中心，一会儿又在不断变幻的灯光下穿过变幻不定的面孔、声音和色彩，得意扬扬地滑进另一群人。

忽然间，一个浑身上下珠光宝气的姑娘从这些像吉卜赛人的女人中跑出来，伸手抓来一杯鸡尾酒，一口干下去壮了壮胆子，接着像弗里斯科[2]一样手舞足蹈地一个人跳到了篷布舞池中间开始表演。片刻的寂静之后，乐队指挥殷勤地为她改变了节拍。随后突然响起了一阵叽叽喳喳的说话声，谣言迅速传开——此人是富丽秀[3]剧团的吉尔达·格雷[4]的替角。晚会就此正式开始。

那天晚上是我第一次到盖茨比家去，我相信我是少数几个真正接到请帖的客人之一。人们并不都是被邀请来的——他们是自己来的。

---

① 西班牙的一个地区，因刺绣制品而出名。

② 西班牙喜剧舞蹈演员。

③ 二十世纪初百老汇的一种歌舞综艺秀，以风姿绰约的女演员、华丽的场景来吸引观众。

④ 名噪一时的纽约舞星。

他们坐上汽车到了长岛，之后就莫名其妙、不约而同地出现在盖茨比家的门口。到了之后总会有认识盖茨比的人给他们介绍一下，然后他们就开始像在娱乐场所一般言谈行事。有时候他们从来到走连主人的面都没见到，他们这一心赴会的满腔热忱，大概可以算得上一张入场券了吧。

而我的确受到了邀请。在那个星期六的清早，一个身穿蓝绿色制服的司机穿过我的草地，替他的主人送来一封请柬，措辞非常客气。大意是说——今晚如蒙我光临他的"小小聚会"，他将不胜荣幸；他之前已经看到过我几次，并且早就打算拜访我，但由于种种原因一直未能如愿。下面是落款"杰伊·盖茨比"，笔迹非常神气。

晚上七点一过，我便走过去到了他的草坪上。身穿一套白色法兰绒便装的我，在一群群不认识的人中间晃荡，感觉颇不自在——虽然偶尔也会遇见一张我在区间火车上见过的熟面孔。我很快就注意到客人中有很多年轻的英国人：他们个个衣着整齐，面有饥色，并且都在低声下气地跟殷实的美国人谈话。我敢说他们肯定都在推销什么——债券、保险或者汽车。最起码他们都敏锐地意识到，赚钱的机会近在咫尺，并且他们相信只要说几句投机中听的话，钱就到手了。

我一到地方就想去找主人，可是找了两三个人打听，他们都颇为惊异地瞪着我，并且一致否认知道他的行踪。最后我只好悄悄地溜到供应鸡尾酒的桌子那里去——一个单身汉可以流连一下而不显得无聊和孤独，整座花园里也就只有这个地方了。

就在我百无聊赖地准备喝个酩酊大醉的时候，乔丹·贝克从屋里走了出来。她在大理石台阶的最上一级站定，身体微微向后仰，用轻蔑的神气俯瞰着整个花园。

不管人家欢不欢迎，我觉得我必须依附一个人，不然，恐怕我就要跟来来往往的陌生客人寒暄了。

"嘿！"我大喊一声，朝她走去。在花园里我的喊声听上去似乎大得很不自然。

"我猜想你也许会来的，"等我走到跟前，她心不在焉地回答我，"我记得你住在隔壁……"

她不带感情地拉了拉我的手，以示她待会儿再来搭理我，然后侧耳去听站在台阶下两个穿着同样黄色连衣裙的姑娘讲话。

"嘿！"她们一起喊道，"可惜你没赢。"

她们说的是高尔夫球比赛。她输掉了上星期的决赛。

"你不知道我们是谁，不过大约一个月以前我们在这儿见过面。"其中一个穿黄衣的姑娘说。

"你们后来染过头发了。"乔丹说。我听了一惊，可是两个黄衣姑娘漫不经心地走开了，所以她这句话就当是说给早升的月亮听了。无疑，她这句话和这顿出自酒席包办者篮子的晚餐一样，都是顺手捞出来的。我把乔丹纤细、金黄的手臂挽起，我们从台阶上走下来，在花园里四处闲逛。暮色苍茫中一盘鸡尾酒飘到我们面前，我们就找了一张桌子坐下来，同座的还有那两个穿黄衣服的姑娘和三个男人。给我们做介绍的时候，他们全都咕哝着一带而过。

"你经常来参加这些晚会吗？"乔丹问她旁边那个姑娘。

"我上次来就是见到你的那一次。"姑娘回答，声音机灵而自信。接着她转身问她的朋友："露西尔，你是不是也一样？"

露西尔也是一样。

"我喜欢来这里，"露西尔说，"只要玩得痛快就行，我从来不在乎干什么。上次我来这里，衣服在椅子上刮破了，他就问了我的姓名和住址——不出一个星期，我就收到了克罗里公司送来的包裹，里面是一件新的晚礼服。"

"你收下了吗？"乔丹问。

"当然收下了。本来今晚我准备穿的，可是它的领口太大，必须改一改才行。那是件淡蓝色的礼服，上面镶着淡紫色的珠子。二百六十五美元。"

"竟会有人干这样的事，真是有点古怪，"另外那个姑娘说，"他谁也不愿意得罪。"

"谁不愿意？"我问。

"盖茨比。有人跟我说……"

两个姑娘和乔丹把头诡秘地靠到了一起。

"有人跟我说，他们认为他杀过一个人。"

这话让我们大家都感到十分惊异，那三个男人也把头伸过来，竖着耳朵听。

"我觉得不是那么回事，"露西尔不以为然地分辩道，"很可能因为他在大战时期当过德国间谍。"

这时，三个男人中有一个点头表示赞同。

"我也听人这样说过，这个人对他可是一清二楚，从小跟他一起在德国长大的。"他确定无疑地说。

"哦，不对，"第一个姑娘接着说，"那是不可能的，因为大战期间他明明在美国军队里。"于是我们又倾向于相信她的话。

她兴致勃勃地把头伸向前说道："趁他以为没人看他的时候，你只要看他一眼就会明白。我敢打赌他杀过一个人。"

说完，她眯着眼睛颤抖起来。露西尔也开始哆嗦。我们大家转过身去，四处张望着寻找盖茨比。有些人早就认为这个世界上没有什么事情需要避讳，但现在这样窃窃私语地谈起盖茨比，从这一点也足以看出来，他确实引起了人们极为浪漫的遐想。

这时候第一顿晚饭——午夜后还有一顿——开始了，乔丹请我去花园那边跟她那桌的朋友一起坐。那边一共有三对夫妇，还有一个陪乔丹一起来的男大学生，这个人有点死乞白赖，老是旁敲侧击，很显然他认为乔丹早晚会委身于他。这帮人并不到处溜达，而是正襟危坐，自成体系，俨然把自己当成了庄重的乡村贵族代表——东卵的人屈尊光临西卵，却又对它灯红酒绿的欢乐小心翼翼地提防着。

"咱们离开这儿吧，"乔丹低声跟我说，这时候差不多半个小时已经被莫名其妙地浪费了，"对我来说，这里真是太斯文了。"

于是我们站了起来，她称因为我从来没见过盖茨比，所以我们要去找主人，我为此感到非常局促不安。那名大学生一副玩世不恭的神情，闷闷不乐地点了点头。

我们先到酒吧间看了一下，那里挤满了人，但盖茨比并不在那里。她站在台阶上往下看，没发现他；又看看阳台，他也不在。我们满怀希望地推开一扇很神气的门，走进一间高高的哥特式图书室。图书室的四壁镶着英国雕花橡木，看上去像是从海外某处古迹上原封不动拆过来的。

一个矮矮胖胖的中年男人，正醉醺醺地坐在一张大桌子边上，他戴着一副很大的猫头鹰式眼镜，迷迷糊糊、目不转睛地看着书架上一排排的书。看到我们走进去，他兴奋地转过身来，把乔丹从头到脚打量了一番。

"你觉得怎么样？"他冒冒失失地问。

"什么怎么样？"

他把手朝书架一扬。

"它们。其实我已经仔细看过了，都是真的。你用不着仔细看了。"

"这些书吗？"

他点点头。

"绝对是真的—— 一页一页的，什么都有。一开始我还以为是些装帧好的硬纸壳子，可实际上它们确实是真的。一页一页的——等等！我拿给你们看。"

他认为我们必定跟他一样多疑，就赶忙跑到书橱前，拿回来一本《斯托达德演讲集》卷一[1]。

"看！"他得意地嚷道，"这可真是一本地地道道的印刷品。我完全被它蒙住了。这家伙简直就是个贝拉斯科[2]。简直是巧夺天工啊。多么逼真！多么一丝不苟！并且知道见好就收——连书页都没裁开。但是你还

---

[1] 斯托达德，美国演说家，著有《斯托达德演讲集》十卷。

[2] 美国舞台监督，以布景逼真闻名。

要怎么样呢？你还指望怎么样呢？"

他把那本书从我手里一把夺走，一边急急忙忙地放回书架的原处，一边嘟囔着如果挪开哪块砖头的话，整个图书室就有可能塌掉。

"谁带你们来的？"他问道，"或者是不请自来的？我是有人带我来的。多半客人也是别人带来的。"

乔丹机警而高兴地看着他，但并没有答话。

"一位姓罗斯福的太太带我来的，"他继续说，"克劳德·罗斯福太太。你们认识她吗？昨天晚上我也不知道在什么地方碰上了她。我以为在图书室里坐一会儿可以醒醒酒，我已经醉了大约一个星期了。"

"那你醒了吗？"

"我觉得可能醒了一点吧。还不好说。我才在这儿待了一个小时。对了，我跟你们说过这些书吗？它们可都是真的。它们是……"

"你跟我们说过了。"

我们庄重地和他握了握手，然后走出了图书室。

这时花园里有人在篷布上跳舞。有老头子推着年轻的姑娘，一边向后倒退，一边无休无止地绕着难看的圈子；有高傲的男女抱在一起扭来扭去，守在一个角落里跳着时髦的舞步；还有许许多多单身的姑娘，或者在跳单人舞，或者帮乐队弹一会儿班卓琴，或者敲一会儿打击乐器。到了午夜时分，狂欢更加热闹。有一位著名的男高音唱着意大利歌曲，还有一位声名狼藉的女低音唱着爵士乐曲，在两个节目中间还有人在花园里到处表演"绝技"……花园里，欢乐而空洞的笑声响彻夏夜的天空。那两个黄衣姑娘——原来她们是一对双胞胎——演了一出化装的娃娃戏。与此同时，一杯杯香槟被端了出来，杯子比洗手指用的小碗还要大。月亮越升越高，三角形的银色天秤在海湾里漂着，并随着草坪上班卓琴铿锵的琴声微微颤动。

我仍然和乔丹·贝克在一起。跟我们同坐一张桌子的有一位与我年纪差不多的男子，还有一个小姑娘，她吵吵闹闹的，动不动就要放声大笑。现在我也玩得挺开心了。喝过两大杯香槟后，我眼前的这片景色变成了一种意味深长的、根本性的、充满奥妙的东西。

在娱乐节目中间休息的时候，同桌的那位男子微笑着看着我。

"您很面熟，战争期间您是在第一师吗？"他很客气地说。

"是啊。我就在步兵二十八连。"

"我在十六连，一直到一九一八年六月。刚才我就觉得以前肯定在哪儿见过您。"

接着我们谈了一会儿法国一些阴雨连绵的灰暗的小村庄，很显然他就住在附近，因为他跟我说他刚买了一架水上飞机，明天早晨准备去试飞一下。

"老兄，你愿不愿意跟我一块儿去呢？就在海湾沿着岸边转转。"

"什么时候？"

"只要你方便，随便什么时候都行。"

我刚想问他的名字，话已经到了嘴边，这时乔丹转过头来朝我一笑。

"现在玩得开心吧？"她问我。

"好多了。"我转过头对着我的新朋友，"对我来说这真是个奇特的晚会。到现在我连主人都还没见到呢。我就住在那边……"我朝着远处看不见的篱笆挥了一下手，"这位姓盖茨比的先生派他的司机给我送了一份请帖。"

他看了我一会儿，好像没听懂我的话。

"我就是盖茨比。"他突然说道。

"啊！什么！"我忍不住惊叫了一声，"哦，真是对不起。"

"我以为你知道呢，老兄。我恐怕算不上是个好主人。"

他心领神会地笑了笑——这是种极为罕见的笑容，远不止心领神会，其中含有你这一辈子都不会遇见几次的、永久的、善意的感情。它在一刹那面对或者似乎想要面对的是整个永恒的世界，然而在你身上凝住了，仿佛为了表现对你不可抗拒的偏爱。他了解你，恰好到你本人希望被了解的程度；他相信你，就像你乐于相信你自己那样。更重要的是，他让你感觉到他对你的印象恰恰就是你最希望给予别人的印象。就在这一刻，他的笑容消失了——于是我看到的只是一个风度翩翩的年轻男子，三十一二岁，说起话来文质彬彬，甚至有点可笑。说话字斟句酌——这是他在表明身份之前留给我的强烈印象。

几乎就在他说明自己身份的那一刻，一个男管家急急忙忙地跑过来，向他报告说有芝加哥的长途电话找他。他微微欠身道歉——对我们大家。

"实在抱歉，需要什么你尽管开口，老兄，"他很诚恳地对我说，"过会儿再来奉陪。"

他走了之后，我马上转向乔丹，迫不及待地要把我的惊异告诉她。我原本以为盖茨比先生肯定是个中年人，红光满面，肥头大耳……

"你可知道他是谁？"我急切地问。

"他就是一个姓盖茨比的人呗。"

"我是问他是干什么的，从哪儿来。"

"现在连你也开始琢磨这种问题了，"她有点厌倦地笑着说，"他曾经跟我说他上过牛津大学。"

他的背景刚要从模糊转向清晰，突然又被她接下来的这句话重新拉入雾里。

"可是，我并不相信。"

"为什么不相信？"

"我不知道，但我就是不相信他上过牛津大学。"她固执地说。

她的这种语气让我想起刚才那个姑娘说的话——"我敢打赌他杀过一个人"，于是我的好奇心被大大地激发了。你说盖茨比出生于路易斯安那州的沼泽地区也好，出生于纽约东城南区[①]也罢，随便哪里都是可以理解的，我都可以毫无疑问地接受。但是他这么年纪轻轻，不知从什么地方悄悄地出现，并且在长岛海湾买下这么一座宫殿式的别墅，真是太

---

① 当时的贫民窟。

匪夷所思了——反正我是这么认为的。

"但是不管怎么说，他举办了大型宴会，而我也喜欢大型宴会，"像大多数城里人一样，乔丹不屑于谈具体细节，所以换了话题，"这样显得多亲热。如果你想和某人说个秘密，在小聚会上是绝对不可能的。"

一阵大鼓轰隆隆响过，乐队指挥的声音突然传来，盖过了花园里嘈杂的喧闹声。

"女士们、先生们，"他大声说道，"应盖茨比先生的要求，现在我们为大家演奏弗拉迪米尔·托斯托夫先生的最新作品，这部作品五月份在卡内基音乐厅曾经引起许多人的关注。那可是轰动一时的事件，各位看看报就知道了。"

他微微一笑，带着轻松而居高临下的神气接着说："那可真叫轰动！"这句话引得众人放声大笑。

最后，他用洪亮的声音说："这支乐曲就叫作《弗拉迪米尔·托斯托夫的爵士音乐世界史》。"

这个托斯托夫先生的乐曲是怎么回事，我并没有继续追究。因为演奏刚开始，我就看到了盖茨比，他独自一人站在大理石台阶上，满意的目光在人群中间流转。他的皮肤晒得黑黑的，紧紧地绷在脸上，很漂亮；短短的头发，看上去好像每天都修剪似的。我实在看不出他身上有什么诡秘的迹象。也许因为他不喝酒，他跟他的客人们就截然不同；随着人们的欢闹，气氛越发高涨，他却显得越发端庄了。等到《弗拉迪米尔·托斯托夫的爵士音乐世界史》演奏完毕的时候，姑娘们变得姿态各异：有的像小哈巴狗一样乐滋滋地靠在男人的肩膀上，有的开玩笑似的向后晕倒在男人怀里，甚至倒进人群里——她们知道肯定有人会把她们托住。但是没有人靠到盖茨比的肩头，也没有姑娘晕倒在他的怀里，更没有人组织四人合唱团来拉盖茨比加入。

"对不起。"

这时盖茨比的男管家忽然站在了我们身旁。

"贝克小姐？对不起，盖茨比先生想单独跟您谈谈。"他说道。

"跟我谈？"她明显吃了一惊，大声地说。

"是的，小姐。"

她慢慢地站了起来，对我惊疑地扬了扬眉毛，然后跟着男管家向房子走去。这时我注意到她穿所有的衣服，包括穿晚礼服，都像穿运动服一样——她的动作矫健，仿佛她当初学走路的时候是在空气清新的高尔夫球场上。

我又成了独自一人。已经快两点了。有好一会儿，一阵阵杂乱而引人入胜的声音从阳台上一间长长的、有许多窗户的房间里传过来。乔丹的那名大学生这会儿正在和两个歌舞团的舞女大谈助产术，还邀请我加入，但是我溜掉了，走到了室内。

大房间里挤满了人。其中一个穿黄衣的姑娘在弹钢琴，一个高高的红发少妇站在她身旁唱歌，她来自一个有名的歌舞团。她大概喝了太多的香槟，在她的歌声中好像一切都那么不合时宜、异常悲惨——她不仅在唱，而且还在哭。但凡歌曲中停顿的地方，她都用抽抽噎噎的哭声来填补，接着继续用震颤的女高音去唱。眼泪经画得浓浓的睫毛阻挡之后变成了黑墨水，犹如两条黑色的小河，在她的脸上慢慢地往下流。有人拿这个开玩笑，建议她不如唱脸上的那些音符，她听了之后两手往上一甩，醉醺醺地倒在一张椅子上，呼呼大睡起来。

"有个自称是她丈夫的人刚跟她打过一架。"我身旁一个姑娘解释说。

我看看四周，现在女客中的多半都在跟她们所谓的丈夫吵架。连和乔丹一起从东卵来的那伙人，也由于意见不合四分五裂了。男客中有一个正和一个年轻的女演员谈得劲头十足，他的妻子一开始还装作满不在乎，想保持尊严、一笑置之，但后来完全撑不住了，开始旁敲侧击起来——她时不时从他身边冒出来，像一条发出嗖嗖声的、愤怒的响尾蛇一般，对着他的耳朵生气地低声说："你答应过的！"

然而，不舍得回家的并非只有这些任性的男客。此刻穿堂里就有两对夫妇：丈夫们毫无醉意，怒气冲天的太太们正提高嗓门朝着对方诉苦。

"每次一看见我玩得开心，他就要回家。"

"这辈子我就没见过像他这么自私的人。"

"我们每次都是第一个走。"

"我们也是。"

"但是，今晚我们差不多是最后了，"其中一个男人怯生生地说，"半个小时以前乐队就走了。"

虽然两位太太确信这样大煞风景简直是心肠恶毒，但二人还是被各自的丈夫拖抱起来，两腿乱踢着消失在黑夜里—— 一场争辩终于在短暂的揪扯中结束了。

我在穿堂里等我的帽子被送来的时候，乔丹·贝克和盖茨比一同从图书室里走了出来，他还在跟她说着什么。这时有几个人走过来和他告别，他陡然收敛了原先热切的态度，变得拘谨起来。

乔丹带来的那一伙人早就不耐烦了，在阳台上一个劲儿地喊她，可她还是逗留了一会儿，跟我握了握手。

"刚才我知道了一件天大的、惊人的事，"她神秘地小声说，"我们在那里边待了多长时间？"

"哦，大概一个小时吧。"

"这件事情……真的太惊人了，"她简直有点出神似的重复着，"我发誓绝不告诉别人，可是我现在已经逗着你了。"她对着我的脸轻轻地打了个哈欠，"如果你有空就来找我吧……电话打到西戈尼·霍华德太太名下，她是我的姑妈。"她一边说着，一边活泼地挥了一下那只晒得黑黑的手以示告别，然后就跟她那一伙人一块儿消失在门口了。

第一次来就待到这么晚，我觉得怪难为情的，于是走到包围着盖茨比的最后几位客人那边去。我要跟他解释一下我刚来就四处找过他，顺便为刚才在花园里与他面对面却不知道他是谁向他道个歉。

"没关系的，"他很诚恳地跟我说，"千万别放在心上，老兄。"他非常友好地拍拍我的肩膀，这动作比那个称呼还显得亲热，"记得明天早上九点我们要乘水上飞机上天。"

这时，男管家来了，站在他背后。

"先生，有一个费城的长途电话找您。"

"好，知道了。告诉他们我这就来。晚安。"

"晚安。"

"晚安。"他微微一笑。一下子，我成了最后走的那一个，但这好像是他所希望的，里面有着某种愉快的深意，他说："晚安，老兄……晚安。"

可是，当我走下台阶时，我才发现晚会并没有完全结束。离大门五十英尺的地方，在十几辆汽车的前灯照射下，我看到了一个不寻常的、闹哄哄的场面：一辆新的小轿车，一只轮子被撞掉了，右边向上，奄奄一息地躺在路旁的小沟里。这辆车离开盖茨比的车道不到两分钟的行程，车轮脱落的罪魁祸首大概就是那堵墙的突出部分。现在，有五六个好事的司机在好奇地围观，但是这样一来他们自己的车子就挡住了路，后面车上的司机就不停地按着喇叭，本来就很混乱的场面被这一片刺耳的噪声搅得更让人不堪忍受。

从撞坏的车里出来的一个穿长风衣的男人，此刻正站在大路中间。他看完车子看轮胎，看完轮胎又开始看旁观的人，脸上的表情愉快又困惑。

"快看！车子开到沟里去了。"他解释说。

显然，他对这个事实感到不胜惊奇。这不平常的惊奇口吻引导我认出了这个人——他就是早些时候在盖茨比的图书室遇到的那位。

"怎么搞的？"

他耸了耸肩膀。

"我对机械可是一窍不通。"他肯定地说。

"究竟怎么回事？你撞到墙上去了吗？"

"别问我，"他说，"我不大懂开车，我对开车几乎一无所知。我只知道事情反正已经这样了。"他把事情推得一干二净。

"既然你知道自己车开得不好，干吗还要在晚上开？"

"可是我根本没试过，"他气呼呼地解释说，"我连试也没试啊。"

旁观的人听了几乎惊得说不出话来。

"你是不是想自杀？"

"还好只是撞坏了一只轮子！根本就不懂开车，甚至没有试驾过！"

"你们都不知道怎么回事，""猫头鹰眼镜"罪人继续解释说，"我根本就没有开车。还有一个人在车子里。"

这句解释引起了一连串的"哦……啊……啊"的惊呼。就在这时，那辆小轿车的门慢慢打开了。人群——这会儿已经是一大群了——不由得向后一退，片刻阴森、可怕的停顿之后，车门完全敞开了。一个脸色煞白、摇来晃去的人一点一点地从撞坏了的汽车里出来，一只大舞鞋在地面上试探着。

这个摇晃着出来的幽灵被汽车前灯的亮光照得睁不开眼，汽车喇叭声让他更加稀里糊涂。他站在那里，又晃荡了一会儿，才认出那个穿风衣的人。

"怎么啦？我们的车没汽油了？"他很镇静地问道。

"你自己看！"

五六个人指着撞下来的车轮跟他说，他瞪了那车轮一眼，然后抬头看看天，仿佛在怀疑轮子是从天上掉下来的。

"轮子撞掉了。"有人跟他说。

他点了点头。

"一开始我还不知道我们停下来了呢。"

又过了一会儿，他深吸一口气，挺起胸膛，声音坚决地说："谁可以告诉我，哪儿有加油站？"

围观的这群好事者，其中几位比他稍微清醒点——开始跟他解释，车子和轮子，现在已经基本脱离关系了。

"倒车，挂上倒车挡。"他又有了新点子。

"轮子都已经掉了！"

"试一试也没关系嘛。"他迟疑了一会儿说。

尖声怪叫的汽车喇叭声达到了高潮，我掉转身，准备穿过草地回家。我回头望了一眼，一轮明月从盖茨比别墅的上空照下来，夜色美好，月光下的花园依旧光辉灿烂，但欢声笑语已消失不见。巨大的空虚，此刻不请自来地从那些窗户和巨大的门里冒出来。盖茨比正站在门廊上，举起一只手做出正式的告别姿势，那模样显得无比孤独。

重读一遍以上所写的东西，给人的印象好像我所关注的就是这三个晚上所发生的事情。事实恰好相反，这些都只是小事，是夏天里的插曲罢了，我关心自己的私事远胜过关心它们；直到后来，它们才引起了我的特别注意。

我大部分时间都在工作。每天清早太阳升起的时候，我就沿着纽约南部摩天大楼之间的白色裂口朝着"正诚信托公司"匆匆走去。年轻的债券推销员和其他的办事员都跟我混得很熟，我和他们一起去阴暗拥挤的小饭馆里解决午饭——吃点猪肉小香肠加土豆泥，喝杯咖啡。我甚至和一个姑娘谈了一场短暂的恋爱，她在会计处工作，住在泽西城①。可她的哥哥大概看我不顺眼，爱给我脸色看，于是我趁她七月里出去度假，就让这事悄悄地黄了。

晚饭我一般在耶鲁俱乐部吃——说不上为什么，这是我一天中最凄凉的时候——饭后我会去楼上的图书室待一个小时，学习、研究一下投资和证券知识。俱乐部里经常会有几个爱玩爱闹的人来，好在他们从不进图书室，所以那里倒是个工作的好地方。学习结束以后，如果天气好，我就沿着麦迪逊大街溜达，一路经过古老的默里山饭店，再穿过三十三号街，最后走到宾夕法尼亚车站。

我觉得我开始喜欢纽约了。奔放冒险的夜晚情调、川流不息的男

---

① 在纽约市附近。

男女女和往来车辆，都给我的眼睛带来了前所未有的满足。我喜欢在第五大道上溜达，在那里我可以放肆地看人群中风流的女人，幻想着或许几分钟之内就要进入她们的生活，并且永远也不会有人知道这件事，更不会对这种事说什么。我有时会在脑海里想象我跟着她们走到神秘的街道拐角，到了她们所住的公寓门口，她们回眸一笑，接着穿过那扇门，隐没在温暖的黑暗之中。大都市迷人的黄昏，让我时常感到一种难以排遣的寂寞。我觉得很多人都会有这种感觉，比如那些徘徊在橱窗前的穷困的青年小职员，总是独自去小饭馆打发晚饭时光——黄昏中的青年小职员虚度着夜晚，虚度着生命中这最令人沉醉的时辰。

有时候到了晚上八点，出租车就五辆一排、热闹非凡地挤满四十几号街那一带阴暗的街巷——都是前往戏院区的。每到这时，我心中就升起了一种莫名的惆怅。出租车在路口暂停的时候，车里的人身子靠在一起，讲着听不见的笑话，欢笑一阵阵地传出来，点燃的香烟在车里造成一个个模糊的光圈。想象中，我也成为他们中的一员，匆匆赶去寻欢作乐，分享他们内心的激动，于是我在心底暗自为他们祝福。

我有好久没见到乔丹·贝克了，一直到仲夏时节我才又找到了她。刚开始我觉得能陪她到各处去很荣幸，因为她是个高尔夫球冠军，她的大名无人不知，但后来我对她产生了另一种感情。我并不是真的爱上了她，而是我对她产生了一种温柔的好奇心。因为大多数装模作样的言行到最后都是为了掩盖点什么，所以我觉得她对世人摆出的那副厌烦而高傲的面孔后面肯定掩盖了点什么，终于有一天我发现了那是什么。有一次，我跟她一起到沃威克参加一场别墅聚会，下雨的时候，她没把借来的车子的车篷拉上就停在了雨里，后来却说了个谎。突然间，我想起了那天晚上在黛西家里想不起来的那件关于她的事——在她参加的第一个重要的高尔夫锦标赛上，发生了一场差点闹到登报程度的风波，有人说在半决赛那一局她在一个不利的位置上移动过球。这简直要成为一桩丑闻，但后来事态平息了：一个球童收回了他说的话，另一个仅有的见证人也表示可能是他搞错了。

虽然如此，但这个事件和她的名字留在了我的脑子里。

现在我终于明白为什么乔丹·贝克本能地回避聪明机警的男人，大概是因为她以为，只有在对越轨行动不以为然的社会圈子里活动才比较保险。她的虚伪简直到了不可救药的地步。她绝对不能容忍自己处于不利地位，为了在世人面前保持傲慢的冷笑，同时为了满足她那生硬、矫健的自身的要求，我想她大概从很年轻的时候起就开始耍各种花招和手段、撒各种谎了。

对我来说，这完全无所谓。女人撒谎，这是再平常不过的事了，我只是微微感到些许遗憾，很快就忘了。我跟她曾经有过一次关于开车的奇怪的谈话。那次我俩一起去别人家做客，她开着车经过几个工人身旁，因为靠得太近，车子的挡泥板蹭掉了一个工人外衣的纽扣。

"你真是太粗心了，"我提出了抗议，"你应该小心点，不然你干脆就别开车。"

"我已经很小心了。"

"不，你根本不小心。"

"没关系，反正别人很小心。"她完全没当回事。

"可是，他们小心跟你开车有什么关系？"

"他们会小心地躲开我，"她依然固执，"只有双方都不小心才可能造成车祸嘛。"

"如果你碰到一个像你这样不小心的人呢？"

"我希望永远都不会碰到，"她说，"我最讨厌不小心的人了，所以我喜欢你。"

她笔直地盯着前方，灰色的眼睛在太阳的照耀下眯得紧紧的，她有意改变了我们的关系，有那么一瞬间我觉得自己爱上了她。但是，我迟钝的思想和满脑袋的清规戒律，对我的情欲起着刹车作用，并且我很清醒地想到了家乡那段还没结束的感情纠葛——我每星期都会写一封签着"爱你的尼克"的信；更重要的是，我心里总能想到那位小姐每次打过网球后，她的上唇上边都会出现的一溜像小胡子一样的汗珠。不可否认，我跟家乡那位之间有点模糊的意思，只有先委婉地将它解除掉，我才能自由。

　　大概每个人都觉得自己至少有一种最主要的美德，对我来说它就是：在我认识的人里面，诚实的并不多，而我自己，恰好就是这为数不多的人中的一个。

第四章

星期天的早晨，当沿岸村镇响起教堂的钟声的时候，时髦社会的男男女女又来了，在盖茨比别墅的草坪上寻欢作乐。

那些少妇一边享受着他的鸡尾酒一边在他的花园里闲逛，还不停地窃窃私语："他是个私酒贩子，他曾经杀过一个人，那个人知道他是兴登堡[1]的侄子，魔鬼的表兄弟。亲爱的，给我一朵玫瑰，再往那只水晶杯里给我倒最后一滴酒。"

有一次，我把那年夏天到盖茨比别墅来过的人的名字记在一张火车时刻表的空白处，表上印着"本表自一九二二年七月五日起生效"的字样。现在这张时刻表已经破旧不堪，有折痕的地方几乎要断了，但那些暗淡的名字我还认得出，他们给你的印象绝对比我的笼统概括更清楚。那些人对盖茨比一无所知，却到他家里做客，好像这也表达了一种对他的微妙的敬意。

让我来一一介绍吧，从东卵来的有：切斯特·贝克尔夫妇、利奇夫妇，一个姓本森的是我在耶鲁认识的，还有韦伯斯特·西韦大夫（去年夏天在缅因州淹死了）；霍恩比姆夫妇、威利·伏尔泰夫妇以及布莱克巴克全家，这帮人总是在一个角落里聚集，对走近的每一个人，他们都会像山羊一样翘起鼻孔；还有伊斯梅夫妇、克里斯蒂夫妇（或者更确切地说是休伯特·奥尔巴克和克里斯蒂先生的老婆）以及埃德加·比弗，据说他的头发在一个冬天的下午无缘无故地变得雪白。

我还记得有个叫克拉伦斯·恩狄的是从东卵来的。他穿着一

---

① 兴登堡（Von Hindenburg，1847—1934），德国元帅，在第一次世界大战期间任德军总司令。

条白灯笼裤，只来过一次，还在花园里跟一个姓埃蒂的二流子干了一架。也有从岛上更远的地方来的人：奇德尔夫妇、O.R.P. 施雷德夫妇、佐治亚州的斯通瓦尔·杰克逊·艾布拉姆夫妇，还有菲什加德夫妇和里普利·斯内尔夫妇。这个斯内尔在去坐牢的前三天还来喝得烂醉，他在石子车道上躺着的时候，尤利塞斯·斯韦特太太的汽车恰巧从他的右手上轧过。还有当西夫妇、年过六十的 S.B. 怀特贝特、莫里斯·A. 弗林克、汉姆海德夫妇、烟草进口商贝路加及贝路加的几个女儿。

从西卵来了一群跟电影界有这样那样关系的人：波尔夫妇、马尔雷迪夫妇、塞西尔·罗巴克、塞西尔·舍恩、州议员久利克、卓越影片公司的后台老板牛顿·奥基德、埃克豪斯特、克莱德·科恩、小唐·S. 施瓦策以及阿瑟·麦卡蒂。还有卡特利普夫妇、本贝格夫妇、G. 厄尔·马尔登（他的兄弟就是那个后来勒死妻子的姓马尔登的人）。投机商达·丰塔诺也来了，还有埃德·勒格罗、詹姆斯·B. 费里特（诨名"坏肠"）、德·容夫妇和欧内斯特·利利——他们都是来赌钱的。当你看到费里特开始逛花园的时候，这就表示他已经输得精光，联合运输公司的股票第二天肯定又将涨落一番，让他有利可图。

有一个姓克利普斯普林格的男人来的次数又多，待的时间又长，大家就叫他"房客"——我有点怀疑他是不是根本就没有家。格斯·威兹、霍勒斯·奥多纳文、莱斯特·迈耶、乔治·德克维德和弗朗西斯·布尔来自戏剧圈。来自纽约城里的还有克罗姆夫妇、贝克海森夫妇、丹尼克夫妇、拉塞尔·贝蒂、科里根夫妇、凯莱赫夫妇、迪尤尔夫妇、斯库利夫妇、S.W. 贝尔彻、斯默克夫妇、现在离了婚的小奎因夫妇和亨利·L. 帕默多——后来他在时代广场跳地铁自杀了。

本尼·麦克莱纳汉总是带着四个姑娘一同来。每次来的都是不同的姑娘，但模样都很像，所以看上去好像是以前来过的。她们的名字我都不记得了——大概叫杰奎琳，要么就是孔苏埃拉，或者格洛丽亚，或者朱迪，或者琼。至于她们的姓氏，不是音调悦耳的花名和月份的名字，就是美国大资本家的庄严的姓氏，如果有人追问，她们就会承认他们是自己的远亲。

除了这些人，我还能记得一些人：至少来过一次的福斯蒂娜·奥布赖恩、贝德克尔姐妹、小布鲁尔（他的鼻子在战争中被枪弹打掉了）、阿尔布鲁克斯伯格先生和他的未婚妻哈格小姐、阿尔迪塔·菲茨－彼得夫妇、曾当过美国退伍军人协会主席的 P. 朱伊特先生、克劳迪娅·希普小姐和一个被认为是她的司机的男伴，还有一位亲王——我们管他叫公爵，也许我曾经知道他的名字，但后来忘掉了。

上面说的这些人都在那年夏天到过盖茨比的别墅。

七月底的一天，早上九点，盖茨比华丽的汽车沿着岩石车道颠簸着，开到了我家门口，三个音符的喇叭发出一阵悦耳的声音。这是他第一次来我家——在这之前我已经去过两次他的晚会，在他的热情邀请之下时常借用他的海滩，并乘过他的水上飞机。

"早上好，老兄。今天我们一起进城吧，中午一起吃饭。"

他在车子的挡泥板上站着，以美国人特有的灵活保持着身体的平衡——年轻时没干过重活，并且通过各种运动造就了这优美自然的身姿。他本来是个举止有点拘谨的人，此时却一刻也不安静：要么一只脚在什么地方轻轻地拍着，要么一只手不耐烦地一开一合。

他看出我对他的汽车流露出了赞赏的目光。

"很漂亮，是吧，老兄？"他跳下车来，以便我看得更清楚一些，"怎么，以前你从没看到过它吗？"

我当然看到过，所有人都见过。瑰丽的奶油色车子，镀镍的地方闪着耀眼的光芒，车身四处鼓出琳琅满目的帽子盒、食品盒和工具盒，层层叠叠的挡风玻璃映射出十来个太阳的光辉。我们跨进温室一样的车厢，在绿皮椅上坐下，向城里进发。

在过去的一个月里，我跟他曾有过五六次谈话，但我发现他没多少话可说，这让我很失望。所以我渐渐觉得我当初把他看作一位相当重要的人物是不对的，他更像是隔壁一家豪华的郊外饭店的老板。

那次的同车之行实在让我有些窘迫。我们还没到西卵，盖茨比就把他文绉绉的话打住了，用手拍打他穿着酱色西装裤的膝盖，显出犹疑不决的样子。

"我说，老兄，"他出其不意地大声说，"你到底是怎么看我的？"

我一下子有点发蒙，只好含糊其词地搪塞他。

"算了，还是让我来告诉你我的事情吧。"他打断了我的话，"你肯定听说了很多闲话，我可不希望你对我产生什么误会。"

我这才知道，那些他客厅里关于他的流言蜚语他一直都知道。

"上帝做证，我跟你说的都是老实话。"他突然举起右手，仿佛准备接受上天的惩罚似的，"我出生在中西部一个有钱的人家，不过家里人都死光了。我在美国长大，在牛津接受教育——我家祖祖辈辈接受的都是牛津教育，这是家庭传统。"

说完，他斜着眼睛看了看我——我这才明白为什么乔丹·贝克会说他在撒谎。他说"在牛津接受教育"这句话的时候，急匆匆地一带而过，吞吞吐吐又含糊其词，一副心虚的模样。有了这样的怀疑，我就觉得他说的这些话都有点不靠谱，我猜他肯定有什么不可告人的秘密。

"中西部什么地方？"我随口一问。

"旧金山①。"

"哦。"

"我家里人都死了，所以我继承了很多钱。"

他的声音很严肃，仿佛在为家族的突然消亡而悲痛。有一刻我怀疑他是在耍我，但看了他一眼之后，我便知道不是我想的那样。

"后来，我就跟那些年轻的东方王公一样，到欧洲各国的首都去当寓公——巴黎、威尼斯、罗马，有时候搞点珠宝收藏，当然主要是红宝石，有时候打打狮子、老虎，有时候画点画，都是为了消遣，同时让自己尽量忘掉好久以前的一件伤心事。"

我好不容易才憋住笑，他的话实在令人难以置信。他那一堆陈腐的

_____

① 旧金山在美国西海岸，不属于中西部。

措辞，让我在脑子里勾勒出了这样的形象：傀儡戏里一个裹着头巾的"角色"，在布洛涅公园①里追着打老虎，一边跑一边有木屑从身子的每个孔洞往外漏。

"后来，战争开始了，老兄。对我来说，这倒是莫大的宽慰。虽然我想方设法去找死，但是冥冥之中好像有神灵保佑着我。战争刚开始，我被授予中尉军衔。阿贡森林战役中，我带领两个机枪连的小分队勇往直前，结果因为两边都有半英里的空地，步兵无法跟上推进，于是我们一百三十个人，十六挺刘易斯式机枪，在那儿待了两天两夜。等到后来步兵上来的时候，在堆积如山的尸体中发现了三个德国师的徽记。于是我被提升为少校，所有同盟国政府都给我发了一枚荣誉勋章——其中甚至包括亚得里亚海上那个小小的黑山王国。"

小小的黑山王国！他仿佛把这几个字举了起来，并冲着它们点头微笑——他了解黑山王国动乱的历史，并对那儿人民的英勇斗争怀有同情之心。他完全理解那个国家所有的情况，而正是这些情况使得黑山王国小小的心发出了这种热情的颂扬。此时此刻我的怀疑变成了惊奇，简直就像匆匆忙忙翻阅了十几本杂志一样。

他伸手到口袋里去掏，于是一块系着缎带的金属片滑进了我的手掌心。

"这一个就是黑山王国给我的。"

我惊异地发现，这块金属玩意儿竟然好像是真的。那上面刻着一圈铭文——"达尼洛勋章，黑山王国国王尼古拉"。

"翻过来。"

"杰伊·盖茨比少校，英勇过人。"我念道。

"我还有一件随身携带的东西，是在三一学院校园里照的，属于牛津时期的纪念品，我左边那个人现在是唐卡斯特伯爵。"

相片上有五六个年轻人，穿着运动外衣，悠闲地站在一条拱廊下，

---

① 在巴黎郊外，有大片森林。

背后可以看见许多建筑物的尖顶①，盖茨比也在里面，手里拿着一根板球棒，看上去比现在年轻一点，但也年轻不了多少。

这样看来，盖茨比刚刚说的都是真的了。我的脑海里浮现出一幅幅画面：在他那座大运河上②的宫殿里挂着一张张五色斑斓的老虎皮，他打开一箱箱红宝石，借它们浓艳的红光来稍稍抚慰一下他那颗破碎的心。

"今天我有件大事要请你帮忙。"他一面说，一面很满意地收起他的纪念品，"因此我觉得应该让你了解我的情况。我不希望你把我看成一个不三不四的人。其实，我经常跟陌生人打交道，因为我想东飘西荡，好尽量忘记那件伤心事。"他犹疑了一下，"今天下午你就可以知道那是件什么事了。"

"吃午饭的时候？"

"不，今天下午。我刚好听说你约了贝克小姐喝茶。"

"难道说你爱上贝克小姐了吗？"

"不，老兄，我没有。贝克小姐同意我跟你谈谈这件事。"

我压根就不知道"这件事"指的是什么，我也没什么兴趣知道，反倒有点厌烦。我请贝克小姐喝茶，可不是为了谈论杰伊·盖茨比先生。我敢肯定他一定有什么异想天开的事，有那么一会儿，我真后悔当初踏上他那客人过多的草坪。

他什么也不说了。离城越近，他好像变得越发矜持。途经罗斯福港时，一艘远洋轮船正泊在那里，船身漆着一圈红漆。然后我们沿着一条贫民区的石子路疾驰而过，路的两旁排列着依然有人光顾的阴暗酒吧，它们是二十世纪初褪色的镀金时代的产物。接着，灰烬山谷从我们两边伸展开去，车子疾驰而过时，我瞥见浑身是劲儿的威尔逊太太在加油机旁喘着气替人加油。

汽车的挡泥板像翅膀一样张开。车子一路飞奔着，好像半个阿斯托

----

① 牛津校舍大多为哥特式建筑，塔尖林立。

② 指意大利威尼斯城的大运河。

里亚①都被我们带进了光明中——只能是半个，因为当我们在高架铁路的支柱中间穿行的时候，一辆机器脚踏车熟悉的"嘟——嘟——噼啪"声响了起来，接着一名气急败坏的警察出现在车旁。

"好了，老兄！"盖茨比喊道。我们放慢速度停下了车，盖茨比从皮夹里拿出一张白色卡片，在警察眼前晃了一下。

"行了，好了，"警察满口应承着，并轻轻地碰了碰帽檐，"不好意思，盖茨比先生，下次就认识您啦。请原谅！"

"你给他看了什么？"我问道，"是那张牛津的相片吗？"

"不是。我曾经帮过警察局局长一次忙，所以他每年都寄给我一张圣诞贺卡。"

大桥上，阳光透过钢架，照在川流不息的车辆上闪闪发光，河对岸城区的楼像一堆堆白糖块一样，高耸在眼前，但愿它们都是花了没有铜臭味的金钱盖起来的。从大桥上看过去，这座城市永远像第一次看见时那样引人入胜，世界上所有的神秘和瑰丽仿佛都藏在其中。

这时，我们身旁经过了一辆装着死人的灵车，车上堆满了鲜花；两辆马车跟在灵车后面，拉着遮帘；还有几辆比较轻松的马车拉着亲友，从他们忧伤的眼睛和短短的上唇可以看出他们是东南欧那一带的人。这些亲友从车子里朝我们张望，在他们凄惨的出丧车队中能看到盖茨比华丽的汽车，我很替他们高兴。经过布莱克韦尔岛的时候，我们的车子被一辆大型轿车超过了。司机是个白人，车厢里坐着两个花花公子和一个女孩，三个都是时髦的黑人。他们满脸傲慢争先的神气，还冲我们翻白眼，我看了忍不住放声大笑。

"过了这座桥，什么事都有可能发生，"我心里想，"什么事都有可能……"

因此，出现盖茨比这种人，也完全用不着大惊小怪。

---

① 皇后区的一个地段。

炎热的中午。我赶往四十二号街一家电扇大开的地下餐厅，盖茨比约我在这里一起吃午饭。我先眨了眨眼，把外面马路上的亮光驱散，然后才隐隐约约认出了盖茨比，他正在休息室里跟一个人说话。

"卡拉韦先生，这是我的朋友沃尔夫斯海姆先生。"

一个鼻孔里长出两撮浓毛的塌鼻子矮小犹太人抬起他的大脑袋，打量着我。又过了一会儿，我才在半明半暗的光线中发现了他的两只小眼睛。

"……于是，我瞥了他一眼，"沃尔夫斯海姆先生一边继续说着一边热情地跟我握手，"然后，你猜我干了什么事情？"

"什么事？"我很有礼貌地问道。

但很显然他并不是在跟我讲话。因为他放开了我的手，同时把他那富有表现力的鼻子对准了盖茨比。

"我把那笔钱交给了凯兹保，同时对他说：'凯兹保，就这样，如果你再不住嘴，一分钱也拿不到。'他马上就住了嘴。"

盖茨比一手挽着他，一手挽着我，走进了前面的餐厅。沃尔夫斯海姆先生咽下了他刚想说的一句话，露出如醉如痴的神情。

"要姜汁威士忌吗？"服务员领班问道。

"这家馆子不错，但是我更喜欢马路对面那家。"沃尔夫斯海姆先生抬头望着天花板上的仙女说。

"好的，来几杯姜汁威士忌。"盖茨比对服务员说，然后，转向沃尔夫斯海姆先生，"那边太热了。"

"的确是又小又热，"沃尔夫斯海姆先生说，"可是充满了回忆。"

"那边哪一家馆子？"我问。

"老大都会。"

"老大都会，"沃尔夫斯海姆先生闷闷不乐地回忆道，"多少朋友曾经在那里聚集过，如今他们都不在人间了。我只要活着，就不会忘记那个晚上，他们开枪打死了罗西·罗森塔尔。我们一桌六个人，罗西大吃大喝了一夜。快天亮的时候，服务员面带尴尬的表情来到他跟前说外面有个人找他。'好吧。'罗西说着立刻就要站起来，我一把把他拉回到了椅子上。

"'罗西，那些杂种要找你，就让他们进来，但你千万不要离开这间屋子。'

"那时候已经是早上四点了，掀起窗帘就会看到外面天已经亮了。"

"他去了吗？"我天真地问。

"当然去了。"沃尔夫斯海姆先生把他的鼻子气呼呼地向我一掀，"走到门口的时候他还回过头来说：'别让服务员收了我的咖啡！'说完，他就走到了外面的人行道上。那伙人朝他吃得饱饱的肚皮放了三枪，然后开车跑掉了。"

"其中有四个人坐了电椅被处死了。"我想起了这件事。

"连贝克尔在内五个。"他带着对我感兴趣的神情把鼻孔转向我，"我听说你在找一个做生意的关系。"

他这两句话听得我莫名其妙。这时盖茨比替我回答道："不是，他不是那个人。"

"不是吗？"沃尔夫斯海姆先生似乎很失望。

"我跟你说过我们改天再谈那件事嘛。他只是一位朋友。"

"对不起，我弄错人了。"沃尔夫斯海姆先生说。

一盘鲜美的肉丁烤菜端了上来，于是沃尔夫斯海姆先生忘掉了老大都会的温情气氛，有滋有味地大吃起来。同时他缓慢地转动着两只眼睛，把整个餐厅巡视了一圈；接着他又转过身打量了一番靠着我们后背坐的客人。我想，如果我没坐在这儿的话，他肯定会把我们的桌子底下也巡视一遍。

"我说，老兄，早上在车子里的时候我恐怕惹你生气了吧？"盖茨比伸过头来跟我说话。

那种笑容又出现在了他的脸上，可是这次我无动于衷。

"我不喜欢故弄玄虚，"我说，"我不明白你为什么不能坦率地说出来你要什么，为什么非得通过贝克小姐。"

"哦，请你相信这绝对不是什么鬼鬼祟祟的事情，"他跟我保证，"你知道的，贝克小姐是一位大运动家，她绝对不可能做不正当的事。"

突然他看了看表，跳了起来，匆匆离开了餐厅，留下我和沃尔夫斯海姆先生在桌子上。

"他要去打电话，"沃尔夫斯海姆先生一边说，一边目送他出去，"是个好人，是吧？一表人才，并且人品极好。"

"是的。"

"他出身牛劲①。"

"哦！"

"他上过英国的牛劲大学。你知道牛劲大学吗？"

"听说过。"

"全世界最有名的大学之一。"

"你认识盖茨比很长时间了吗？"我问道。

"认识好几年了，"他心满意足地答道，"战争结束后，一个偶然的机会我认识了他。我跟他谈了一个小时，就知道自己遇上了一个非常有教养的人，于是我对自己说：'他就是你愿意带回家介绍给母亲和妹妹认识的那种人。'"说到这里他突然停了下来，"我知道你在看我的袖扣。"

我本来并没有看，但他一说我就看了看——它们是用几片小象牙镶造的，看上去有点眼熟，又有点奇怪。

"它们是用精选的真人臼齿做的。"他跟我说。

"真的！"我仔细看了看，"这个主意不错。"

"是的。"说着他把衬衣袖口缩回到衣服里面，"不错，在女人方面盖茨比是非常规矩的。朋友的太太他连看也不看。"

这个刚被夸完的人回到了桌边。沃尔夫斯海姆先生一口喝掉自己的咖啡，站了起来。

"这顿午饭吃得很高兴，"他说，"现在我要扔下你们走了，免得你们

_____

① "牛津"的讹音。

两个年轻人嫌我不知趣。"

"别着急，迈耶。"盖茨比说道，但你从中丝毫感觉不到他的热情。沃尔夫斯海姆先生则象征性地举了举手。

"你们对我这老一辈的人倒是很礼貌。"他严肃地说，"不过你们坐在这里谈谈体育，谈谈年轻女人，谈谈你们的……"他又把手一挥，代替了他没有说出来的那个名词，"至于我嘛，已经五十岁了，就不再打搅你们了。"

他跟我们握了握手，然后转身离去。我看到他那忧伤的鼻子好像又在颤动。我有点怀疑是不是我说了什么得罪了他。

"他有时会变得很伤感，今天又是他伤感的日子，"盖茨比解释说，"他是百老汇的地头蛇，在纽约是个人物。"

"他到底是什么人？是演员吗？"

"不是。"

"牙科医生？"

"你说迈耶·沃尔夫斯海姆？不，他是个赌徒。"盖茨比犹疑了一下，接着若无其事地补充说，"一九一九年非法操纵世界棒球联赛的那个人就是他。"

"非法操纵世界棒球联赛？"我重复了一遍。

我愣住了。竟然会有这种事！我记得一九一九年世界棒球联赛被人非法操纵的事，但是我一直以为那是一连串必然事件的结果。我从来没想过有人会像一个撬保险箱的贼那样专心致志地愚弄五千万人。

过了一分钟我才反应过来。我问道："他怎么会干那个？"

"他就是看中了机会。"

"他怎么没坐牢呢？"

"他是个非常精明的人。他们逮不住他，老兄。"

我抢着付了账。服务员把找的钱送来时，我看到汤姆·布坎南在拥挤的餐厅的那一边。

"跟我来，"我说，"我看到一个熟人，过去打个招呼。"

一看见我们，汤姆就跳了起来，朝我们这个方向迈了五六步。

"你最近去哪儿了？"他急切地问道，"你总也不打电话来，黛西简直要气死了。"

"这位是盖茨比先生，布坎南先生。"

他们随便握了握手。忽然，我发现盖茨比脸上流露出一种不自然的窘迫表情，这倒真是不常见。

"这阵子你到底在干些什么？"汤姆问我，"这儿这么远，你怎么会到这儿来吃饭？"

"我来这儿是和盖茨比先生一道吃午饭的。"

我转身去看盖茨比，却发现他不见了。

一九一七年十月的一天——当天下午，乔丹·贝克挺直地坐在广场大饭店茶室的一张直靠背椅上，为我做了以下的叙述——我正从一个地方向另一个地方走，一半走人行道，一半走草坪。因为我穿了一双英国鞋，在软绵绵的地面上走，鞋底的橡胶疙瘩会留下印痕，所以我更喜欢走草坪。我还穿了一条新的方格呢裙子，有风吹过的时候，裙子会随风飘扬。当时所有人家门前的红、白、蓝三色旗也在风中展得笔挺，并且好像很不以为然似的发出"啧——啧——啧——啧"的声音。

黛西·费伊家的旗子和草坪都是最大的。她是路易斯维尔的所有小姐中最出风头的一个，刚刚十八岁，比我大两岁。她穿白色的衣服，开一辆白色的小跑车，家里的电话一天到晚响个不停。泰勒营那些青年军官个个为她兴奋着迷，个个想独占她晚上的全部时间——"至少，给一个小时吧！"

那天早上我走到她家门口时，看到她的白色跑车停在路边，车上坐着她和一位我以前从未见过的中尉。两个人全神贯注地彼此对视着，完全没看到我，直到我走到离他们五步远的地方。

"嘿，乔丹，请你过来。"她出其不意地喊道。

在所有年纪比我大的女孩当中，我最崇拜的就是她。现在她要跟我说话，这让我觉得很光彩。她问我去不去红十字会做绷带。我说去。然后她请我告诉他们那天她不能去了。黛西说话的时候，那位军官就一直盯着她看——用的是那种每位姑娘都会巴望的神态。我觉得那真是浪漫极了，以至于后来这个情节我一直记在心里。那个军官的名字叫作杰伊·盖茨比。从那以后大约四年多的时间，我就没再见过他——后来我在长岛遇到他，也没想到原来二者是同一个人。

那　年是一九一七年。到第二年的时候，我有了几个男朋友，同时也开始参加比赛，所以就很少见到黛西。她来往的那帮朋友都比我年纪稍大一点——如果她还跟人来往的话。到处传播着关于她的荒唐谣言——有一个冬天的夜晚，她母亲发现，她正在收拾行装，准备到纽约去和一个即将赴海外的军人告别，家里人成功地阻止了她。但从那天起，有好几个星期，她都不跟家里人说话，并且从那时候起，她再也不跟军人一起玩了，她来往的就只是城里那几个根本不能参军的平足或近视的青年。

直到第二年秋天，她才变得跟以前一样活跃起来。战争结束后，她参加了一次初进社交界的舞会，听说，二月份她跟一个从新奥尔良来的人订了婚。六月份，她跟芝加哥的汤姆·布坎南结了婚。路易斯维尔从未有过那么隆重的婚礼。男方请的客人足足有一百位，包了四节火车车厢一同赶来。他们还在塞尔巴克饭店租了整整一层楼，婚礼的前一天，他送了她一串珍珠，估计值三十五万美元。

我是她伴娘中的一个。婚礼前夕，有场送别新娘的宴会。在宴会开始之前的半个小时，我去了她的屋子，看到她穿着绣花的衣裳，美得像那个六月的夜晚。她一手拿着一瓶白葡萄酒，一手捏着一封信，喝得烂醉，躺在床上。

"恭……喜我，"她口齿不清地咕哝着说，"我从来没喝过酒，今天喝得可真痛快。"

"你怎么了，黛西？"

我当时真有点惊慌失措，我还从没见过哪个女孩醉成那个样子。

"喏，心肝儿宝贝，"废纸篓放在床上，她从里面乱摸了一会儿，翻出了那串价值不菲的珍珠，"把这个拿走，还给它的主人。跟所有人说，黛西改变主意了，就说：'黛西改变主意了！'"

说着她哭了起来——哭个不停。我跑出去找来了她母亲的贴身女佣，我们锁上门，给她洗了个冷水澡。但是她死死地捏着那封信不放。直到进了澡盆，那封信变成湿淋淋的一团，又化成雪花一般的纸屑，她才让我把它拿开放到肥皂碟里。

只是她就此不再说一句话。我们拿阿摩尼亚药水①让她闻，在她脑门上放上冰块，然后又帮她穿好衣裳，把那串珍珠重新套在她的脖子上。半小时以后，我们离开了房间，一场风波就算过去了。第二天下午五点，她就跟没事人一样，跟汤姆·布坎南举行了婚礼，然后出发去南太平洋进行他们三个月的蜜月旅行。

三个月以后，我在圣巴巴拉②见到了他们。我从没见过谁像黛西那样依恋自己的丈夫。只要他离开屋子一会儿，她就会惴惴不安、四处张望，连声问："汤姆上哪儿去啦？"直到他重新出现在她的视线中，她脸上的恍惚神情才会消失。她经常坐在沙滩上，整个小时都坐在那里，让他把头枕在她的膝盖上，她一边无限欣喜地看着他，一边用手指轻轻地按摩他的眼睛。他们俩在一起的那种情景，你看了绝对感动——你会不由得静静地微笑。那时候是八月。在我离开圣巴巴拉大约一星期后的一个晚上，汤姆开车在文图拉公路撞上了一辆货车，撞掉了一只车前轮。同时上报的还有跟他同车的姑娘——圣巴巴拉饭店里一个收拾房间的女佣——她的胳膊撞断了。

第二年四月，他们的女儿诞生了，接着他们去法国待了一年。有一年春天在戛纳③，我见到了他们；后来在多维尔④，我又见过他们；再后来，他们就在芝加哥定居了。你知道的，黛西在芝加哥过得相当风光。

---

① 主要成分是氨水，嗅入本品对昏迷者、麻醉不醒者有催醒作用。

② 加利福尼亚州的海滨旅游胜地。

③ 法国南部海港城市，旅游疗养胜地。

④ 法国西北部旅游胜地。

他们交往的全是些有钱又放荡的年轻人，整日花天酒地的，但是她能出淤泥而不染，名声始终清清白白。这也许跟她不喝酒有关系。在一帮爱喝酒的人中坚持不喝酒，那可真是好处多多——你可以守口如瓶，也可以在别人喝得烂醉的时候搞些小动作，反正那些醉鬼看不见也不会理会。也许黛西从来不爱搞什么桃色事件，即便她的声音里总有点什么异样……

后来，大约六个星期以前，她听到了盖茨比这个名字。这么多年来那是第一次。你还记得吧，就是我问你认不认识西卵的盖茨比那次。你离开之后，她就去了我的房间把我推醒，问我："哪个姓盖茨比的？"我在半睡半醒之间把他形容了一番，她说一定是她过去认识的那个人。她的声音当时极其古怪。那一刻，我才想起当年坐在她白色跑车里的那个军官，并把他跟这个盖茨比联系了起来。

乔丹·贝克说完上面这些差不多用了半个小时，随后我们离开广场大饭店，乘着一辆敞篷马车穿过中央公园。夕阳西下，太阳在西城五十几号街那一带电影明星们居住的公寓大楼后面摇摇欲坠，孩子们像草地上的蟋蟀一样聚在一起，闷热的黄昏中传来他们清脆的歌声：

> 我是阿拉伯的酋长，
> 在我心上有你的爱情。
> 今夜当你睡意正浓，
> 我将爬进你的帐篷——

"多么奇妙的巧合。"我说。

"这根本不是什么巧合。"

"怎么不是？"

"盖茨比之所以买下那座房子，就是因为黛西住在海湾对面。"

这么说来，那个六月的夜晚，他所拥抱的、他所向往的绝对不只是天上的星斗了。想到这里，盖茨比仿佛忽然从他那豪华无比的子宫里分娩出来，成了一个鲜活的生命。

"他想知道，"乔丹继续说，"你能不能找一天下午请黛西到你家里去，他想过去坐一坐。"

我真为这个简单到几乎微不足道的要求感到震惊。他足足等了五年，买下了这座华丽的豪宅，把无数次夜宴和辉煌的灯火给了那些毫无关系甚至根本不认识他的人……竟然为的只是在某个下午去一个陌生人的花园里"坐一坐"？

"让我知道这一切，就是为了拜托我这点小事吗？"

"他怕你不理解。其实他很害怕，因为他等得实在太久了。其实他是非常顽固的。"

我还是觉得纳闷儿。

"他为什么不直接请你安排一次见面呢？"

"他想让她看看他的房子，恰好你的房子在他隔壁。"她解释说。

"哦！"

"我觉得他肯定幻想过她哪天晚上能翩然而至，参加一次他的宴会，"乔丹继续说，"但是她始终没来过。后来，他就开始有意无意地打听她，寻找认识她的人，我就是他找到的第一个人——那天晚上在舞会上他派人去请我就是为了这件事。你是没听到，当时他不知转了多少个弯儿才说到正题，真是煞费苦心。我当时立刻建议他们在纽约一起吃顿午餐，谁知他急赤白脸像要发疯。'我可不是要做什么荒唐事！'他一再强调，'我只想见见她，就在隔壁。'

"后来他听我说你是汤姆的好朋友，又想取消这个计划。他告诉我虽然他几年如一日地看芝加哥报纸，希望碰巧可以看到黛西的名字，但是他并不了解汤姆。"

这时天黑了，我们的马车来到了一座小桥下面。我伸出胳膊，搂过乔丹金黄色的肩膀，请她共进晚餐。那一刻，我想的不是黛西和盖茨比，而是身边这个人—— 一个干净、结实、智力有限、对世间一切抱着怀疑态度的女人。她很识趣地往后靠在我伸出的胳膊上。我忽然想起一个令人激动的警句："世界上只有追求者和被追求者，疲倦的人和忙碌的人。"

"也应该给黛西点安慰。"乔丹喃喃地对我说。

"她愿意见盖茨比吗？"

"盖茨比不想让她提前知道这件事。你只需请她来喝茶。"

经过一排黑黢黢的树丛，五十九号街出现在眼前，楼上雅致苍白的灯光照到了下面的公园里。不同于盖茨比和汤姆·布坎南，不会有什么情人的面影沿着阴暗的檐口和耀眼的招牌缥缈地浮动到我的眼前来。我把身边这个女孩子搂得更紧一点，拉得更近一点。她嫣然一笑，于是我把她搂得再紧一点，直到贴着我的脸庞。

第五章

那天晚上我回到西卵的时候，有那么一会儿，我怀疑我的房子着了火。已经是半夜两点了，但半岛那里的整个一角亮如白昼，光线照得灌木丛像假的一样，路旁的电线映出一丝一丝的闪光。转过弯以后，我才明白，原来我邻居盖茨比的别墅从塔楼到地窖都灯火通明。

开始我以为又是一次狂欢的盛会——整个别墅完全开放，好玩捉迷藏或做"罐头沙丁鱼"之类的游戏，但很快我就觉得不对劲儿，因为晚会不可能一点声音都没有。我的耳边只有风刮过树丛和电线的声音，电灯忽暗忽明，仿佛房子正对着黑夜眨眼。我乘坐的出租车呼呼开走后，我看到了盖茨比，他正穿过他的草坪朝我走来。

"府上看上去像在举办世界博览会。"我说。

"是吗？"他心不在焉地转过头去看了一下，"我刚才随便打开几间屋子看了看。老兄，咱俩开车到科尼艾兰①去玩吧。"

"现在太晚了。"

"嗯，那我们去游泳池里泡一泡怎么样？我一夏天还没泡过呢。"

"我得上床睡觉了。"

"哦，那好吧。"

他眼巴巴地望着我，我知道他在等待什么。

过了一会儿，我开口说："贝克小姐已经跟我说过了，我明天会打电话给黛西，请她来这里喝茶。"

"哦，那好，"他装作漫不经心地说，"千万不要给你添麻烦才好。"

---

① 纽约的一处游乐胜地。

"您哪天方便？"

"应该是您哪天方便？"他马上纠正了我的话，"千万别给您添麻烦。"

"那后天怎么样？"

他想了一会儿，然后有点犹疑地说："我想找人平整一下草地。"

我们不约而同地低头看了看草地——一条泾渭分明的分界线，把我那乱蓬蓬的草地和他那一大片修剪得整整齐齐的深绿色草坪分得清清楚楚。他要平整的肯定是我的草地。

"另外还有一件小事。"他有点含糊，并犹豫了一会儿。

"你是不是希望晚几天再邀请她来？"我问道。

"哦，不是那个意思。起码……"他笨拙得不知该先说什么好，"呃，我猜……呃，我的意思是说，老兄，你挣钱不多，是吧？"

"是，没多少。"

我这个回答使他稍微平静了点，于是他找到了信心似的继续说下去。

"我猜想你挣钱不多，恕我冒昧——你知道，我顺带做点小生意，搞点副业。我觉得既然你挣钱不多——你在卖债券，是吧，老兄？"

"我在学着干。"

"哦，那我接下来说的你可能会感点兴趣。正好有一件相当机密的事，不需要花费多少时间，你就可以挣一笔可观的钱。"

现在想来，当时如果不是处于那种特殊的情况之下，那次谈话也许会带给我的人生一个重要的转折。但是，当时那个建议说得实在太露骨了，很明显是作为我帮他邀请黛西的报酬，于是我别无选择地当场打断了他的话。

"我手头有很多工作要忙，"我说，"我很感谢你的好意，但是我实在忙不过来。"

"你不用跟沃尔夫斯海姆打任何交道。"他以为我是在顾忌中午吃饭时提到的那种"关系"，我很直接地告诉他不是那么回事。他又等了一会儿，希望我能换个话题继续说，但是我完全心不在焉，也没理他，他只好闷闷不乐地回家去了。

那真是个轻飘又快乐的夜晚。我一进门就倒头睡了过去，所以我没法知道盖茨比回家后究竟做了些什么，也许去了科尼艾兰，也许花几个小时继续在他亮如白昼的别墅里"随便看看房间"。第二天早晨，我从办公室打电话给黛西，请她过来喝茶。

"你自己来，别带汤姆。"我警告她。

"什么？"

"别带汤姆来。"

"'汤姆'是谁？"她装傻地问道。

约好的那天，倾盆大雨不期而至。上午十一点，一个身穿雨衣的男人拖着一架刈草机来敲我的大门，说盖茨比先生派他过来给我修剪草坪。他让我突然想起：我忘了通知我的芬兰女佣过来，于是我赶忙开车去了西卵，在一条湿淋淋的、两边是白石灰墙的小巷子里，我找到了她，顺便买了一些茶杯、柠檬和鲜花。

回来后我就发现我买鲜花实在是多余。下午两点，足足一暖房的鲜花从盖茨比家送了过来，还有无数插花的器皿。一个小时以后，大门战战兢兢地打开了，我看到穿白法兰绒西装、银色衬衫、系金色领带的盖茨比，一路慌慌张张地跑了进来。他黑着眼圈，脸色煞白——很明显他一夜没睡好。

"都准备好了吗？"他进门就问。

"草坪看上去漂亮极了。"

"什么草坪？"他一脸茫然，"哦，你的草坪。"他看了一下窗外。看他的表情，我知道他什么都没看见。

"看上去不错，"他随口说，"我看报纸上说四点左右雨会停，好像是《纽约日报》说的。对了，喝茶所需要的东西都准备齐全了吗？"

我带他去了食品间，他貌似有点不满意地看了那芬兰女佣一眼。然后我们把从甜品店里买来的十二块柠檬蛋糕细细打量了一番。

"这可以吗？"我问他。

"可以，当然行！非常好！"接着他又无意识地说了声，"老兄。"

大约三点半的时候，雨渐渐变成了湿雾，不时有几滴雨水像露珠一样飘在雾里。盖茨比拿着一本克莱的《经济学》，心不在焉地翻来翻去。每当厨房的地板被芬兰女佣的脚踩响，他就会像受惊一样，抬头望望模糊一片的窗外，好像外面正发生着什么看不见但又触目惊心的恐怖事件。最后他竟然站了起来，犹犹豫豫地跟我说他要回家。

"嗯？为什么回家？"

"这么晚了，不会有人来喝茶啦。"他看了看他的表，好像要赶着去办什么紧急的事，"我都快等了一整天了。"

"别傻了，再等等，还差两分钟才到四点。"

于是他苦恼地坐了下来，好像我推了他一把似的。就在这时，我们听到汽车拐进巷子的声音。我俩同时跳了起来，接着我也有点慌张地跑了出去。

车道旁的紫丁香树还在滴着雨水，一辆大型敞篷汽车沿车道驶来。车子停下以后，黛西头戴一顶三角形的浅紫色帽子，脸蛋向一边歪着，满面春风、心花怒放地看着我。

"你果真是住在这里吗，我最亲爱的人儿？"

在雨中，她那悠扬的嗓音听了简直让人陶醉。我沉醉在她那高低起伏的声音中，过了一会儿才听出她说了什么。她的脸上贴着一缕潮湿的头发，就像抹了一笔蓝色的颜料。扶她下车的时候，我看到她的手也沾上了晶莹的水珠。

"你是不是爱上我了？"她凑到我耳边悄声说，"不然为什么只请我一个人来呢？"

"那是拉克伦特堡①的秘密。让你的司机把车开走吧，一个小时以后再来接你。"

"一个小时以后再来接我，弗迪。"然后她很认真地低声跟我说，"他

---
① 英国小说家埃奇沃思（Edgeworth, 1767—1849）所著的同名小说中故事的发生地。

叫弗迪。"

"难道汽油味影响到他的鼻子了吗？"

"没有吧，"她天真地说，"为什么呢？"

说着我们走进了屋子。我很惊奇地发现客厅里竟然空无一人。

"天哪，真是太搞笑了！"我大声说。

"有什么搞笑的？"

这时有人很斯文地敲了一下大门，黛西转头去看。我拉开门，看到面如死灰的盖茨比——他两脚站在一摊水里，双手无比沉重地揣在上衣口袋里，神色凄悯地瞪着我。

他大踏步经过我身边，双手依然揣在上衣口袋里，仿佛受牵线操纵的木偶，突然一转身，走进了客厅。那样子可一点也不滑稽。我能感觉到自己的心也在扑通扑通地跳。外面的雨渐渐下大了，我伸手关上了大门。

大概有半分钟，客厅里寂静无声。然后我听到一阵哽咽似的低语声和一点笑声，接着就传来黛西响亮而做作的声音：

"又见到你了，我真是太高兴了。"

又是一阵让人窒息的寂静。时间仿佛被拉长了。一个人待在门廊里怪无聊的，我走进了屋子。

我看到盖茨比斜倚在壁炉架上，两手仍然揣在口袋里，正勉强装出一副悠然自得甚至无精打采的模样。他把头使劲儿往后仰，直到碰到一座早已报废的大台钟的钟面，并从那个位置向下望着黛西。从他的眼睛里我看到了他慌乱的心神。黛西坐在一张硬靠背椅子的边上，虽然神色惶恐，但姿态依然优美。

"我们以前见过。"盖茨比小声地嘟囔。他瞥了我一眼，咧开嘴，想笑又没笑出来。就在这时，那座钟被他的头压得摇晃了一下，于是他连忙转过身来，用颤抖的手抓住它，把它放回原处。然后他直挺挺地坐了下来，胳膊肘儿支在沙发扶手上，手托着下巴。

"对不起，把钟碰了。"他说。

我的脸也像被热带的太阳晒过似的发烫，脑子里挤满了千百句客套话，可是一句也说不出来。

"没关系，不过是个很旧的钟。"我呆头呆脑地跟他们说。

当时那气氛让人觉得，仿佛地板上正躺着一座被砸得粉碎的钟。

"我们有很多年没见了。"黛西尽量用平静的语气说。

"到十一月整整五年了。"

盖茨比脱口而出的回答让我们又愣了至少一分钟。我急中生智，邀请他们去厨房帮忙预备茶点。他俩立刻站了起来，可就在这时，出现了我那魔鬼般的芬兰女佣，她用托盘把茶端了进来。

于是，递茶杯，传蛋糕，小小地忙乱了一把，这种忙乱暂时打破了尴尬，此刻大受欢迎。盖茨比趁机躲到了一边。我跟黛西交谈时，他紧张而痛苦的眼神一刻不停地在我们俩之间转来转去。可是维持平静本身并不是这次喝茶的目的，于是我找了个借口，起身准备出去。

"你去哪儿？"盖茨比显得很惊慌。

"我很快就回来。"

"走之前我跟你说几句话。"

他疯了似的跟着我进了厨房，关上门，然后很痛苦地低声说："哦，天哪！"

"怎么了？"

"这真是个错误，简直大错特错。"他的头摇来晃去。

"你只是难为情罢了，没关系。"幸好我又补充了一句，"黛西也一样难为情。"

"她难为情吗？"他很不以为然地重复着我的话。

"当然，她跟你一样难为情。"

"你小声点。"

"你看上去简直就像个小孩，"我有点不耐烦地说，"并且你很没有礼貌，把黛西一个人孤零零地扔在那里。"

他举起手来打断了我的话，带着让人难忘的怨气看了我一眼，然后战战兢兢地打开门，去了客厅。

我从后门走了出去。半小时之前盖茨比也是从这里出去，绕着房子跑了一圈，松弛了一下他那万分紧张的神经。我走到一棵黑黝黝的盘根错节的大树下面，茂密的枝叶正好充当了一块挡雨的苫布。这时雨又下大了。我那片被盖茨比的园丁修剪得很整齐的草坪，现在布满了小泥潭和沼泽。从树底下望出去，除了盖茨比庞大的房屋之外，实在没有别的什么东西可看，于是我只好盯着它看，就像康德[①]盯着他的教堂尖塔一样，足足看了半个小时。十年前，一个酿酒商在那阵"仿古热"的初期建造了这座房子，还有一个传闻，说他曾答应为周围所有的小型别墅付五年的税款，唯一的条件是各位房主要在屋顶铺上茅草。不料他遭到了拒绝，这对他"创建家业"的计划造成了致命的打击，他立刻衰颓了。丧事的钟声未停，花圈还挂在门上，他的子女就把房子卖掉。这就是美国人，他们可以当农奴，但被当作乡下佬是绝对不行的。

半小时以后，雨停了，太阳又出来了。食品店的送货汽车沿着盖茨比的汽车道开来，给他的仆人送来了做晚餐用的原料，毫无疑问他一口也吃不下。楼上的窗户陆陆续续全部打开了，一个女佣在每个窗口出现片刻，然后，定格在正中的大窗户那儿，她探出身子，若有所思地向花园啐了一口。我想我该回去了。刚才不停下着的雨，就像是他俩的窃窃私语，随着感情高低起伏。现在雨停了，一切重归寂静，房子里面好像也恢复了静默。

进屋之前，我在厨房里弄出了一切可能的声响，就差推翻了炉灶。但我觉得他们肯定什么也没听见，我看见那两个人分坐在长沙发的两端，面面相觑，仿佛有什么问题悬而未决，但脸上已经没什么难为情的样子了。黛西满面泪痕，看到我进去就跳了起来，对着一面镜子用手绢擦起脸来。但是盖茨比身上的变化令人费解。他简直光芒四射，虽然他

---

① 康德（Kant，1724—1804），德国哲学家。

没用任何语言或姿势表示欣喜，但他浑身上下散发出的一种新的幸福感，把那间小屋塞得满满的。

"嘿，老兄。"他热情地跟我打招呼，仿佛多年没见过我似的。有一瞬间我差点以为他还想跟我握手。

"雨停了。"

"是吗？"等他听明白我的话，又看到满屋子的阳光时，他像一个气象预报员，又像一个欣喜若狂的光明守护神，满面笑容、兴奋地把消息转报给黛西，"你看多有意思，雨停了。"

"我很高兴，杰伊。"她的声音听上去哀婉动人，不过她想传达的只是她感到一种意外的喜悦。

"你和黛西一起来我家吧，"他说，"我很想带她参观参观。"

"你真的要我去吗？"

"当然了，老兄。"

黛西去楼上洗脸，盖茨比和我在草坪上等候。我突然羞惭地想起了我的毛巾，可惜已经来不及换了。

"我的房子很漂亮吧？"他问道，"你看，它整个正面都是向阳的。"

我对他的夸耀表示了赞同。

"是的。"说着，他又把他的房子上上下下仔细打量了一番，包括每一扇拱门、每一座塔楼都看了一遍，"买这所房子的钱我只花了三年工夫就挣到了。"

"你的钱不都是继承来的吗？"

"你说的对，老兄，"他脱口而出，"但是我继承的钱有一大半在大恐慌期间损失了——就是战争引起的那次大恐慌。"

我估计他对自己说了些什么也是稀里糊涂的，因为当我问他做什么生意发财时，他竟然回答："那是我的事。"说完之后他也感觉到了不合适。

于是他又改口说："哦，我干过不同的买卖。我做过药材生意，后来又做过石油生意。但是现在我不干了。"说到这里他认真地看了我一眼，

"那天晚上我提的那件事你考虑过没有？"

我还没来得及回答，黛西就从房子里出来了。阳光把她衣服上的两排铜纽扣照得闪闪发亮。

"就是那座巨大的房子吗？"她用手指着大声问道。

"你喜欢吗？"

"我喜欢极了，但是你为什么一个人住在那儿呢？"

"不，那里不分昼夜都挤满了人——有意思的人、干有意思的事情的人、有名气的人。"

我们没有走海边的近路，而是绕到大路上，从巨大的后门进去。黛西用她那迷人的低语对沿途所见的一切赞不绝口，她称赞那衬着天空的中世纪建筑黝黑的轮廓，称赞长寿花活泼的香味、山楂花和梅花扑鼻的清香、金银花淡淡的香气。走到大理石台阶前，我发觉这儿跟往常完全不同，没有衣着鲜艳时髦的人从大门进进出出，除了树上的鸟鸣声，周围一片寂静。真是个奇特的日子。

进门之后，我们漫步穿过了玛丽·安托瓦妮特[1]式的音乐厅、王政复辟时期[2]式样的小客厅，我感觉每张沙发、每张桌子后面似乎都藏着客人，他们奉命屏息不动，直到我们走过为止。当盖茨比关上"默顿学院[3]图书室"的门时，我敢发誓我突然听到了鬼似的笑声——是那个戴猫头鹰眼镜的人发出的。

我们走上楼去。一间间仿古的卧室里，摆满了色彩缤纷的鲜花，铺满了玫瑰色和淡紫色的绸缎。穿过一间间更衣室、台球室和嵌有下沉式浴池的浴室，我们突然进入了一间卧室，看到有一个人正在地板上做俯卧撑，此人穿着睡衣，一副邋里邋遢的样子——那是"房客"克利普斯普林格先生，我曾在海滩上见过他。最后我们走进盖茨比的套房——包

---

① 玛丽·安托瓦妮特（Marie Antoinette，1755—1793），法国国王路易十六的王后，在大革命中被送上断头台。

② 十七世纪中叶英国第一次资产阶级革命失败后，英王查理二世于1660年复辟。

③ 牛津大学的一个学院，以藏书丰富闻名。

括一间卧室、一间浴室和一间小书房。我们在他的书房里坐下，他从壁橱里拿出荨麻酒给我们喝。

他目不转睛地看着黛西，我觉得他是在根据那双他所钟爱的眼睛里的反应对这房子里的一切重新进行估价。他偶尔也会神情恍惚地看看他房子里的布置，仿佛在黛西实在而令人震惊的存在面前，他所有的东西都成了虚幻。甚至有一次他差点从楼梯上滚下去。

在所有的屋子当中，他自己的卧室是最简朴的一间——镜台上一套纯金的梳洗用具，算是唯一奢华点的摆设。黛西很高兴地拿起梳子梳了梳头发，盖茨比看到这个更是乐不可支，他坐了下来，用手遮住眼睛笑了起来。

"多么滑稽啊，老兄，"他高兴得嘻嘻哈哈起来，"我都不敢想象……我想……"

很显然，在经历了两种精神状态后，盖茨比正在进入第三种精神状态——从局促不安到欣喜若狂，又到目前的喜不自胜。这么多年来，他朝思暮想、梦寐以求、咬紧牙关期待着，他那长年累积的感情已经强烈到了不可思议的程度。而此刻，美梦成真，他也像一个发条上得太紧的时钟突然泄了劲儿，以致精疲力竭了。

他逐渐恢复了精神，又打开两个特大号的衣橱，里面装的都是他的西装、领带，以及像砖头一样成打叠的衬衣。

"在英国有专人替我买衣服。每年春秋两季，他都会挑选一些衣物寄给我。"

他抱出一堆衬衫，一件一件扔在我们面前——薄麻布衬衫、厚绸衬衫、细法兰绒衬衫，五颜六色的，抖开来铺了一桌子。我们目不暇接，他则继续像个搬运工那样抱来其他的，于是这个柔软贵重的衬衣堆越来越高——条子的、花纹的、方格的，珊瑚色的、苹果绿的、浅紫色的、淡黄色的，每一件上面都用深蓝色丝线绣着他名字的缩写。突然，黛西一下子把头埋进衬衫堆，号啕大哭起来。

"多么漂亮的衬衫，"她呜咽着，声音被厚厚的衣堆闷着，哑了，"我很伤心，我竟然从没见过这么——这么漂亮的衬衫。”

看完房子之后，我们原打算再去逛逛庭院，看看游泳池、水上飞机，欣赏一下仲夏的繁花，无奈天公不作美，窗外又下起了雨，我们只好在室内站成一排，远远地眺望水波荡漾的海湾。

“如果没有雾，我们便可以看见海湾对面你家的房子，”盖茨比说，“你家的码头上有一盏绿灯，总是通宵亮着。”

黛西突然伸手挽住了盖茨比的胳膊，但他似乎依然在思索自己刚才所说的话。也许他才意识到，那盏绿灯原有的重大意义已经消失了。曾经，黛西对他来说是那么遥不可及，那盏绿灯却与黛西近在咫尺，就像常伴月亮的一颗星星。现在，绿灯还原成了码头上再普通不过的一盏灯，承载他期望的神奇宝物又少了一件。

我在屋里四处闲逛着，在半明半暗的光线下打量着各种各样模糊不清的摆饰。我注意到他书桌前面的墙上挂着一张大照片，上面是一个身穿游艇服的上了年纪的男人。

“这照片上的人是谁？”

“那个？那是丹·科迪先生，老兄。”

有点耳熟的名字。

“他是我最好的朋友。已经死了好多年了。”

我看到五斗橱上有一张小相片，是盖茨比的，也穿着游艇服——昂着头，一副满不在乎的模样。看上去应该是十八岁左右照的。

“我真喜欢这照片，”黛西嚷嚷道，“我喜欢这个笔直向后梳的发型！你留过笔直向后梳的发型，你可从来没告诉过我；你有一艘游艇，你也没告诉过我。”

“来看这些，好多剪报——都是关于你的。”盖茨比赶忙说。

他俩肩并肩站在那里仔细看着那些剪报。这时我想起了他的红宝石，正想要求看，电话响了。盖茨比接起了电话。

“是的……哦，我现在不方便谈……我说，老兄，我现在不方便谈……我说的是个小城……什么是小城他肯定知道……行了，如果他心目中的小城就是底特律，那他对我们一点用处都没有……"

他挂了电话。

"快过来，快！"黛西在窗口喊道。

雨还没停，但西天的乌云已经散开，海湾上空升腾起粉红色和金色的云霞。

"看那边。"她小声地说。一会儿她又说道："我真想摘下一朵粉红色的云彩，把你放在上面推来推去。"

这时我觉得我该走了，但他俩坚决不同意。也许有我在，他俩能待得更心安理得一些。

"我想到干什么好了，"盖茨比说，"让克利普斯普林格弹钢琴。"

他走出屋子，大喊了一声"尤因"，过了几分钟，他带进来一个年轻人，稀疏的金黄色头发，戴一副玳瑁边眼镜，看上去面容有点憔悴，又有些难为情的样子。与刚刚在卧室里撞见时相比，这个人现在穿戴得整齐一些了——开领运动衫、运动鞋，一条分不清颜色的帆布裤。

"刚才我们是不是打扰您做体操了？"黛西很礼貌地问道。

"我在睡觉，"窘迫之中，克利普斯普林格先生脱口而出，"我的意思是，我本来是在睡觉，后来起床了……"

"克利普斯普林格会弹钢琴，"盖茨比打断了他，"是吧，老兄？"

"我弹得不好……我不会……我根本不弹。我好久没弹了……"

"我们去楼下吧。"盖茨比又一次打断了他。他摁了一个开关，瞬间，整个房子大放光明，灰暗的窗户统统消失不见了。

大家走进音乐厅，盖茨比只扭亮了钢琴旁边的一盏灯。他颤抖着手用火柴为黛西点了一支香烟，俩人走到屋子那边远远的一张长沙发边坐了下来。那儿很暗，只有地板反射了一点过道上的亮光。

很快，克利普斯普林格弹完了一曲《爱情的安乐窝》，他从坐着的长凳上转过身来，有点不高兴的样子，幽暗中他四处张望，寻找着盖茨比。

"跟你说我好久没弹了。我都告诉过你了，我不会弹……"

"别说了老兄，"盖茨比命令道，"接着弹吧！"

> 每天早上，
> 每天晚上，
> 玩得欢畅……

外面的风呼呼作响，海湾那边隐隐传来阵阵雷声。这会儿，西卵家家的灯都亮了。电动火车满载着归人，打纽约冒雨而来。这是人事剧烈变幻的时刻，空气中洋溢着兴奋。

> 有一件事千真万确，
> 富的生财，穷的生——孩子。
> 在这同时，
> 在这期间……

我走过去道别时，看到盖茨比脸上又出现了那种惶惑的表情，好像他在怀疑目前的幸福。几乎五年啊！肯定在某些瞬间，他发现黛西远不是他梦想的那样——并非黛西有什么错，他这些年的幻梦实在是太强烈了。他的幻梦超越了现实的她，超越了现实的一切。他以一种超乎寻常的热情创造并投入到这个幻梦中，还不断添枝加叶，不断用华丽的羽毛点缀修饰。再强烈的激情，再饱满的活力，都无力挑战一个男人在幽暗的内心堆积的幻梦。

我注视着他，看得出来，他正努力让自己适应眼前这现实。他握着她的手，当她在他耳边低语时，他就像听到了天籁似的冲动地转过头看着她。大概黛西最让盖茨比着迷的就是她那激越昂扬的声音了，那声音，是无论怎样华丽的梦都不可企及的——那声音简直就是一曲永恒的歌。

看上去他俩已经把我抛到了脑后。黛西抬起头来瞥了我一眼，伸出了手；盖茨比则好像完全不认识我了。我又看了他俩一眼，他们也看看我，沉浸在强烈感情中的两个人此时仿佛远在天涯。于是我识趣地走了，走下大理石台阶，走到了雨里，让那两个人尽情地怀念前尘往事。

第六章

一天早上，有一个从纽约来的雄心勃勃的年轻记者出现在盖茨比的大门口，问他要不要说点什么。

"关于什么方面？"盖茨比很客气地问。

"哦，发表个声明之类的吧。"

鸡同鸭讲地乱侃了五分钟，才弄明白是怎么回事。原来这个人在报社曾听人提起过盖茨比的名字，至于为什么提到盖茨比，他不肯说，或许他自己也不明白。于是趁休假，他就直接跑到盖茨比家里来一探究竟了。

这个记者不过是凭直觉来碰碰运气，但还真让他碰对了。成百上千在盖茨比家做过客的人成了他身世的权威宣扬者，由于他们孜孜不倦的传播和宣扬，盖茨比的名字在这个夏天大放异彩，他几乎要成为新闻人物了。当时流行的各种传奇，比如"通往加拿大的地下管道"之类，也都跟盖茨比挂上了钩；有一个谣言流传得最广，说盖茨比根本不是住在房子里，而是住在一条像房子的船上，并且船沿着长岛海岸秘密地来回移动。至于这个北达科他州的詹姆斯·加茨为什么爱听此类谣言，就无从得知了。

詹姆斯·加茨——这才是他的真实姓名，起码从法律上讲是这样。十七岁那年，在一生的事业刚刚开始的伟大时刻，他改换了姓名——那天下午，身穿一件破旧的绿色运动衫和一条帆布裤在沙滩上游荡的詹姆斯·加茨，看见丹·科迪先生的游艇在苏必利尔湖①最险恶的沙洲上抛

---

① 北美洲五大湖之一。

了锚，于是，他借了一条小船划到"托洛美"号去，将半小时之内可能起大风使游艇覆没的重要讯息告诉了科迪，从那一刻起，他就变成了杰伊·盖茨比。

我猜想他大概很早以前就把新名字想好了。在他的想象中，他大概从未真正承认过那两个碌碌无为的庄稼人是自己的父母。事实上，长岛西卵的杰伊·盖茨比，是他根据自己柏拉图式的理念创造的。他是上帝的儿子——这句话的意思，就是字面上表达的意思——因此他理所当然地要为他的天父效命，致力于追求一种博大、庸俗、华而不实的美——一个十七岁的小青年通常会虚构这样的杰伊·盖茨比；而他，忠于这个理想形象，始终不渝。

有一年多的时间，他奔波在苏必利尔湖南岸，捕鲑鱼，捞蛤蜊，或是干其他任何可以养活自己的杂事。每日风吹日晒，活儿时多时少，他晒得黝黑，身体健壮，过着天然的生活。至于女人，他早已不陌生，而且由于女人的过分宠爱，他反而瞧不起她们。他瞧不起愚昧无知的年轻处女，也瞧不起那些为了某些事大吵大闹的女人，因为那些事情在擅长自我陶醉的盖茨比看来，都是理所当然的。

虽然如此，盖茨比还是有一颗经常处于激荡不安状态中的心。夜晚来临，辗转反侧之际，各种离奇怪诞的幻想便纷至沓来，在他的脑海里展现出一个绚丽得无法形容的宇宙。而此时，他洗脸架上的小钟嘀嗒嘀嗒地响着，如水的月光浸着他扔在地上的乱七八糟的衣服。每个夜晚，他都在幻想的世界里漫游，给他的设计蓝图添枝加叶，直到昏沉沉的睡意定格在一个动人的场景上，他才停下来进入梦乡。有一段时间，这些幻梦为他的想象力提供了一个发泄的途径，让他坚信，眼前这个现实是不真实的，美好的理想世界还是稳稳地建立在仙女的翅膀上。

几个月之前，在追求美好未来的本能的驱使下，他去了明尼苏达州南部路德教的小圣奥拉夫学院。然而他在那里只待了两个星期，他既因学院对他的远大前程、对命运自身的麻木不仁感到失望沮丧，又不想靠干勤杂工赚取学习费用。后来他东飘西荡地又回到了苏必利尔湖。那天他正在找活儿干的时候，丹·科迪的游艇在湖边的浅滩上抛锚了。

科迪当时五十岁，他在内华达州的银矿、育空地区[1]以及一八七五年以来的每一次淘金热中都留下了发家致富的痕迹。他通过做蒙大拿州的铜生意，赚了好几百万，但大概发家的过程使他损耗了大量脑力，所以他健壮的躯体上的脑袋已经接近糊涂。无数女人正是察觉了这一点，所以用尽各种手段想套走他的钱。女记者埃拉·凯抓住了他的这个弱点，像当年的德·曼特农夫人[2]一样，怂恿他乘游艇去航海。一九〇二年，各种耸人听闻的报刊争相报道过她所耍的那些不太体面的手腕。就这样，他乘着游艇航行了五年，沿岸居民都给予了他过分的殷勤和热情，就在这天，他驶入了小姑娘湾，主宰了詹姆斯·加茨的命运。

面对"托洛美"号，年轻的加茨停止了划桨，抬头仰望被栏杆围着的甲板。在他眼中，那艘游艇代表着世界上所有的美好与荣耀。我猜想他当时对科迪笑了笑——他可能早就知道自己笑的时候很讨人喜欢。不管怎样，科迪问了他几个问题（其中一个问题引出了他的新名字），看到了他的聪明伶俐和雄心壮志。几天之后，科迪带他到了德卢斯[3]，替他置办了行头——一件蓝色海员服、六条白帆布裤和一顶游艇帽。等到"托洛美"号起程前往西印度群岛和柏柏里海岸[4]的时候，全新的盖茨比也成了其中的一员。

他的身份不太明确，算是私人雇员吧，在科迪手下，他先后干过听差、大副、船长、秘书，甚至还当过监守——清醒时的丹·科迪很明白自己喝醉之后什么荒唐事都干得出来，为防止意外发生，他越来越信赖盖茨比。就这样，盖茨比跟着他干了五年，在此期间，那艘船绕着美洲大陆转了三圈。直到一天晚上，在波士顿停泊时，埃拉·凯上了船，一星期后，丹·科迪不争气地咽了气。

---

① 加拿大西部地区，十九世纪末叶发现新金矿。

② 十七世纪法国国王路易十四的情妇，后秘密成婚。

③ 苏必利尔湖边的一个港口城市。

④ 埃及以西的北非伊斯兰教地区。

我还记得他那张挂在盖茨比卧室里的照片——一个头发花白、穿着花哨的老头子，长着一张冷酷无情、内心空虚的脸。一看就知道他是那种典型的沉湎于酒色的拓荒者。这帮人在拓荒结束后，把边疆妓院酒馆的粗野狂暴和金钱一起带回了东部滨海地区。盖茨比极少喝酒，这间接归功于科迪。在欢闹的宴会上，时常会有女人把香槟揉进他的头发，但他养成了不喝酒的习惯。

从科迪那里，他可以继承两万五千美元。但是钱没到他手里，埃拉·凯用来对付他的法律手段他不可能搞得懂，于是千百万财产被那女人通通收入囊中。他所得到的是独特的教育和宝贵的经验：如果说先前的杰伊·盖茨比只是个模糊的轮廓，那么现在他已经充实为一个血肉丰满的人了。

这些事情都是盖茨比好久以后跟我说的，我在这里写出来，是为了驳斥之前那些关于他身世的流言蜚语，那都是些没影儿的事。再说，他告诉我这一切的时候，情形确实有点混乱，当时我对有关他的各种传闻也是半信半疑。所以，趁着这个空当儿，我来把这些误解澄清一下，就当让盖茨比喘口气吧。

我和盖茨比的交往，至此也算告一段落。我有好几个星期没见过他，也没接到过他的电话，这期间，我的大部分时间给了乔丹，我跟着她在纽约四处跑，同时忙着讨她那老朽姑妈的欢心。不过最终，在一个星期天下午，我去了盖茨比家。让我吃惊的是，没过两分钟，竟然有人带着汤姆·布坎南进来喝酒；其实我真正应该吃惊的是他以前竟然没来过。

他们一共来了三个人，骑马而来。除了汤姆，还有一个姓斯隆的男人和一个身穿棕色骑装的漂亮女人，她以前是来过的。

"很高兴见到你们，"盖茨比站在阳台上说，"欢迎光临。"

其实他们才不关心主人欢不欢迎呢。

"请坐，快请坐。抽支香烟或雪茄。"盖茨比立刻忙起来，在屋子里跑来跑去，不停地打铃喊人，"喝的东西马上有人送来。"

汤姆的出现使他受到了莫大的震动。但每逢客人上门他都会局促不安，他隐约知道人们来这儿无非是歇歇脚、喝点什么，所以只有极尽招待之能事他才会安心。斯隆先生什么都不要。来杯柠檬水？不，谢谢。香槟？什么都不要，谢谢……对不起……

"你们骑马骑得很开心吧？"

"这一片路很好。"

"大概来往的汽车……"

"就是。"

刚才介绍的时候，汤姆以为是初次见面，但这会儿盖茨比突然情不自禁地转头对着他。

"我们肯定在哪儿见过，布坎南先生。"

"哦，是的，"很显然汤姆并不记得，但不知出于何种原因，他竟然生硬而有礼貌地说，"当然，我记得很清楚我们见过。"

"差不多两星期以前。"

"嗯，对，你跟尼克一起。"

"我认识你太太。"盖茨比接着说，几乎带着点挑衅的意味。

"是吗？"

汤姆转过头看着我。

"你在这附近住吗，尼克？"

"就住隔壁。"

"是吗？"

斯隆先生大模大样地仰靠在椅子上，没有参与谈话。那个女的起初也什么都没说，直到喝完两杯姜汁威士忌，才忽然有说有笑起来，仿佛换了个人。

"盖茨比先生，下次晚会我们都来参加，"她提议说，"你说好吗？"

"当然好了。我很高兴你们能来。"

"那好吧，"斯隆先生毫不领情，"那个……我看我们该回家了。"

"请别着急走。"盖茨比劝他们。现在他已经过了不自在的阶段，很好地控制了自己的情绪，并且他想多看看汤姆，"你们留下吃晚饭如何？也许还有别的人会从纽约过来。"

"还是你去我家吃晚饭吧，"那位太太很热情地说，"你们俩都来。"

这是连我也被邀请了。斯隆先生站了起来。

"走吧。"他说——但只是对她一人说的。

"我是说真的，我真的很希望你们去，都去吧，坐得下。"她坚持说。

盖茨比疑惑地望着我。我看他是打算去，但他没看出斯隆先生并不同意他去。

"我恐怕不能去。"我说。

"那么你自己来。"她依旧不放弃。

斯隆先生凑到她耳边嘟囔了几句。

"如果我们现在立刻出发，根本晚不了。"她固执地大声说。

"可是我没有马，"盖茨比说，"我在军队里骑过马，但我自己没买过。那我只能开车了。不好意思，稍等一下，我马上来。"

我们这几个人来到了外面的阳台上，斯隆先生和那位太太站到一边，开始怒气冲冲地交谈。

"天哪，我看这家伙真的打算去，"汤姆说，"难道他看不出斯隆不想要他去吗？"

"可是她说要他去。"

"她要举行盛大的宴会，去了那儿他谁也不认识。"他皱皱眉头，"我倒纳闷儿，他是怎么认识黛西的。鬼知道呢，也许我的思想太古板了，但我就是看不惯女人到处乱跑，她们什么人都能碰上。"

正说着，斯隆先生和那位太太忽然走下台阶，接着上了马。

"走吧，"斯隆先生对汤姆说，"这么晚了，我们必须走了。"然后他对我说，"麻烦你跟他说我们不能等了，好吗？"

汤姆跟我握了握手，我们余下几个彼此冷冷地点了点头，然后他们就骑马小跑起来，一会儿就消失在了八月的树荫里。这时，盖茨比从大门里走出来，手里拿着帽子和薄外衣。

接下来那个星期六的晚上，汤姆跟黛西一起来参加了盖茨比的晚会——很显然，汤姆已经不放心让黛西单独四处乱跑了。也许是因为他的出现，那次晚会迥然不同于那个夏天盖茨比的其他晚会，而是有一种特殊的沉闷气氛，这鲜明地留在了我的记忆里。还是那些人，或者至少是同一类人，源源不断的香槟、五颜六色的服饰、七嘴八舌的喧闹，情形一如从前，但我总觉得空气中弥漫着一种不愉快的感觉。或许是我本来已经习惯了西卵的标准和大人物，它自成一个独立完整的世界，与外界比并不相形见绌。但这一回，我却不自觉地通过黛西的眼睛去重新审视周遭的一切。从一个新的视角去观察你好不容易适应的事物，总是会让人不舒服的。

那天黄昏时分，他们到了，当我们在上百名珠光宝气的客人中漫步时，黛西开始呢喃起来。

"这一切真让我兴奋，"她低声说，"尼克，今晚任何时候想吻我，告诉我。只要提我的名字，或者出示一张绿色的请帖，我一定高高兴兴地为你安排。我正在散发绿色的……"

"四处去看看吧。"盖茨比提醒她。

"我正在看啊，真是开心极了……"

"在这里，肯定会有许多你听说过的人物。"

汤姆傲慢的眼睛扫过人群。

"我们平时很少出门，"他说，"其实我刚刚还在想，这里我谁都不认识。"

"说不定你认得她。"顺着盖茨比手指的方向望过去，我们看见在白梅树下，端坐着一位如花似玉的美人。汤姆和黛西盯着看，认出她是那个一向只在银幕上见过的大明星后，几乎不敢相信。

"她真美啊。"黛西说。

"她旁边弯着腰与她说话的是她的导演。"

盖茨比带着汤姆和黛西四处走，并庄重地把他们介绍给一群又一群客人。

"布坎南夫人……布坎南先生。"停顿片刻，他又补充说，"马球健将。"

"不是，我可不是。"汤姆连声否认。

但盖茨比很喜欢这个称号，于是整个晚上汤姆就一直是"马球健将"。

"我从没见过这么多名人，我喜欢那个人，就是鼻子有点发青的那个人，"黛西异常兴奋，"他叫什么来着？"

盖茨比报上名来，并说明那是个小制片商。

"哦，反正我就是喜欢他。"

"我宁愿不做马球健将，"汤姆愉快地说，"看着这么多有名气的人，我宁愿是……是一个默默无闻的人。"

黛西和盖茨比跳了舞——我以前从未见盖茨比跳过舞，所以那晚他优雅的老式狐步舞让我备感诧异。后来他俩溜到我家，在我门前的台阶上坐了半个小时，黛西要我在园子里望风。她的理由是："万一着火了或是发大水，诸如此类。"

当我们坐下来一起吃晚饭时，汤姆才又冒了出来。他说："我去和那边的几个人一起吃饭行吗？有一个家伙正在大讲笑话。"

"去吧，"黛西和颜悦色地回答，"给你我的小金铅笔，方便你记地址什么的。"过了一会儿，她四处张望了一下，跟我说那个女孩"俗气但漂亮"。于是我知道，除了跟盖茨比单独待在一起的那半个小时，这一晚上她玩得并不开心。

这场晚会数我们这一桌喝得多。这跟我有很大的关系——盖茨比去接电话了，两个星期前我觉得他们都是些有趣的人，那晚我却觉得一切都索然无味。

"你感觉如何，贝德克尔小姐？"

这个叫贝德克尔的姑娘正准备靠在我肩上，听到这个问题，她直起身来，睁开了眼睛。

"你说什么？"

一个大块头、懒洋洋的女人，一直在怂恿黛西明天到本地俱乐部和她打高尔夫球。这时，她替贝德克尔小姐辩白道：

　　"哦，她根本没事。她每次喝上五六杯鸡尾酒就难免这样大喊大叫。我提醒过她别再喝酒。"

　　"我就是没喝酒。"受到指责的贝德克尔小姐空洞地反驳着。

　　"可是我们听见了你的叫喊声，所以我找到了这位西韦大夫，请他过来帮忙。"

　　"我相信她肯定满怀感激，可是她的头被你按到了游泳池里，衣服全弄湿了。"另一位朋友不客气地说。

　　"我最恨别人把我的头按到游泳池里，"贝德克尔小姐喃喃着，"有一回在新泽西州，我差点被他们淹死在游泳池里。"

　　"那你就不该喝酒嘛。"西韦大夫堵她的嘴。

　　"管好你自己吧！"贝德克尔小姐激烈地抗议道，"我永远不会让你那发抖的手给我开刀！"

　　那天晚上大体就是这样。我记得的最后一件事是我和黛西站在一起，看到那位电影导演和他的"大明星"仍然在那棵白梅树下，脸几乎贴到了一起，中间只隔着一线淡淡的月光。那情景让我觉得他整个晚上都在干一件事——慢慢地慢慢地弯腰，用了一整个晚上，才终于靠近了她。就在我们望着他们的那一刻，他弯下了最后一点距离，亲吻了她的面颊。

　　"我真喜欢她，她太美了。"黛西说。

　　但是除了这个，这里其他的一切她都不容置疑地讨厌。并不是她故意摆什么高姿态，实在是因为她从感情上厌恶西卵——厌恶这里的一个渔村演变成了"胜地"百老汇，别处绝无此例；厌恶这里温文尔雅的传统下流动的原始生命力；厌恶这里引导居民走捷径，白手起家，让命运陡转。由于不理解这种很简单的现象，黛西认为其中肯定藏着什么可怕的东西。

　　我和他们一同坐在大门前的台阶上等车子。四周很黑，只有敞开的门里放射过来的十平方英尺的亮光，冲淡了一点点破晓前的黑暗。楼上化妆室的遮帘上不时有一个个人影掠过——络绎不绝的女客们，正在对着一面我们这些屋外的人看不见的镜子涂脂抹粉。

"这个姓盖茨比的家伙到底是什么人？"汤姆突然质问我，"大私酒贩子？"

"你听谁说的？"我问他。

"不是听说的，是我自己猜的。你知道吧，很多他这样的暴发户都是大私酒贩子。"

"盖茨比可不是。"我缓慢又果断地说。

他沉默了一会儿。汽车道上的小石子在他脚下咔嚓作响。

"我说，他一定费了老大劲儿才张罗了这么一大帮牛头马面。"

微风吹过，黛西毛茸茸的灰皮领子轻轻地抖动着。

"起码他们比我们认识的那些人有意思。"她说，但有点勉强。

"不过你看上去并不怎么感兴趣嘛。"

"不，我觉得很有趣。"

汤姆哈哈一笑，转过脸来朝着我。

"当那个女孩要求给她来个冷水淋浴的时候，你看没看到黛西脸上的表情？"

这时，黛西跟着音乐低声唱了起来，声音沙哑而有节奏，她把每个字都唱出了一种空前绝后的意义——以前从未有过，以后也绝不会再有。当曲调升高的时候，她的嗓音也跟着改变，发挥了女低音的本色，悠扬婉转。伴随着嗓音的变化，空气中散发出她那温暖的颇有人情味的魔力。

"很多人并不是被邀请来的，"她忽然说，"他们并没接到邀请就直接闯进门来，而他又客气得不好意思拒绝。那个女孩子就是这样。"

"我很想知道他到底是谁，是干吗的，"汤姆依然固执于他的问题，"我一定要去打听明白。"

"我现在就可以告诉你，"她说，"他是开药房的，他一手创办了好多家药房。"

这时，那辆大型轿车慢吞吞地开了过来。

"晚安，尼克。"黛西说。

她扭过头，看着灯光明亮的最上一层台阶，一支当年流行的小华尔兹舞曲《凌晨三点》正从敞开的大门里传出来，曲调哀婉动人。盖茨比的晚会里有种不拘小节的气氛，其中蕴含着种种浪漫的可能性，这在她自己的世界中是完全没有的。那支歌曲里有什么东西在呼唤她回到屋里去呢？在这种幽暗的什么都难以预测的时刻，会发生什么事呢？也许会有一位绝世佳人光临。一位艳丽夺目得令人难以置信的少女，她只要对盖茨比看上一眼，只要魔术般的一刹那，他五年来坚贞不移的爱情就将化为乌有。

那个晚上，盖茨比要我待到他可以脱身，所以我等到很晚，并一直在花园里徘徊。我看到最后一群游泳的客人又冷又兴奋地从黑黢黢的海滩上跑上来；看到楼上的客房全都熄了灯，终于他出来了，他那晒得黝黑的皮肤比往常更紧细地绷在脸上，他的眼睛闪亮但带着倦意。

"她不喜欢这个晚会。"他见到我就说。

"她当然喜欢啦。"

"不，她不喜欢，"他固执地说，"我看出她玩得不开心。"

他沉默了，我感到他有一腔无法说出的郁闷。

"我觉得跟她的距离太大，她很难理解我。"他说。

"你说的是舞会的事吗？"

"舞会？"他一挥手勾销了他开过的所有舞会，"老兄，舞会是无关紧要的。"

他心中想的，不过是要黛西跑去跟汤姆说："我从来没有爱过你。"等她跟汤姆之间的事一笔勾销后，他们就可以详细计划今后的路该怎么走。第一步就是，等她恢复自由，他俩就回路易斯维尔，从她家出发去教堂，举行属于他们的婚礼——仿佛五年前一样。

"可是她没懂我，"他说，"以前她是懂我的。我们在一起一坐就是几个小时……"

他忽然又沉默了，开始沿着一条小道走来走去，那条小道脏而乱，扔着许多果皮、丢弃的小礼物和踩烂的鲜花。

"我觉得你不能对她要求太高，"我冒昧地说，"你想重温旧梦是不可能的。"

"不能重温旧梦？"他不以为然地大声喊道，"这是说的什么话？我当然能！我肯定能！"

他有点发狂似的东张西望，仿佛他的旧梦就隐藏在他房子的阴影里，伸手就可以抓到。

"我要让一切都回到过去，把一切都安排得跟过去一模一样，她肯定会看到的。"他边说边坚决地点点头。

接着他开始滔滔不绝地谈起往事。我猜想他可能是希望找回丢失的什么东西，也许是他陷入热恋时的某种理念。多年来，他一直过着凌乱不堪的生活，但是假如他能回到某个出发点，从头再慢慢地走一遍，或许他就能发现那东西是什么了……

五年前一个秋天的夜晚，落叶纷纷，他俩在街上走着，走到一处没有树的地方。月光把人行道照得发白。他们停了下来，面对面站着。秋天的夜晚有着季节更替时特有的凉爽，空气中也洋溢着那种让人觉得有点神秘的兴奋。千家万户宁静的灯火正对着外面的黑暗吟唱，天空中的星星也似乎在进行热闹的活动。在盖茨比的眼中，一段段的人行道连起来构成了一架梯子，他可以通过这梯子到达树顶上方一个秘密的地方。如果能登上去，他就可以吮吸到生命的浆液，大口吞咽那无与伦比的神奇乳汁。

贴近黛西那洁白的脸时，他的心越跳越快。他知道，如果他吻了这个姑娘，他那些无法形容的憧憬就与她的生命气息永远结合了，他的心灵就永远不能再像上帝的心灵那样自由驰骋了。因此他有意让自己停了下来，静静地等着，再倾听一会儿星空的声音，然后吻了她。他轻轻一吻，她就如花朵般绽放了，成了理想的化身。

他的这些话和他难掩的伤感，让我回想起点什么……是我很久以前在某个地方听过的一个迷离恍惚的节奏，或是几句零落的歌词。有句话我想脱口而出，我张开了嘴唇，可好像又有别的什么东西要挣扎着出来。我像哑巴一样发不出声音，于是我想起来的话就永远也无法表达了。

第七章

正当所有人都对盖茨比无比好奇的时候，有个星期六晚上，他的别墅漆黑一片——于是，他莫名其妙开始的特里马尔奇奥[1]式的生活，现在又莫名其妙地结束了。我发现那些乘兴而来的汽车，停留片刻之后又扫兴而归。我疑心他病了，于是去了他的别墅——一个我不认识的面目狰狞的仆人守在门口，满腹狐疑地斜眼看着我。

"盖茨比先生是不是生病了？"

"没有。"停了一会儿，他才慢悠悠地勉强加了句"先生"。

"好久没见到他了，我很担心。请转告他卡拉韦先生来过。"

"谁？"他很不礼貌地问。

"卡拉韦。"

"卡拉韦。嗯，好啦，我告诉他。"

说完，他砰的一声粗鲁地关上了大门。

后来我听我的芬兰女佣说，早在一星期前，盖茨比就辞退了家里所有的用人，重新雇了五六个人，这些人从来不去西卵买东西，而是打电话订购很少的生活必需品。听食品店送货的伙计说，盖茨比的厨房乱得像猪圈，镇里的人觉得这些新人根本不是仆人。

第二天，盖茨比给我打了电话。

"打算出门吗？"我问他。

"不，老兄。"

"听说你辞退了所有的仆人。"

---

[1] 古罗马作家佩特罗尼乌斯的作品《萨蒂利孔》中一个大宴宾客的暴发户。

"我不需要那些爱讲闲话的人——黛西经常在下午过来。"

我这才恍然大悟，原来是由于黛西的不赞成，一座原本富丽堂皇的大酒店就像纸牌搭的房子一样整个塌掉了。

"他们是沃尔夫斯海姆介绍的。他们都是兄弟姐妹，以前开过一家小旅馆。"

"我明白了。"

给我打电话是黛西的意思，黛西叫他问我明天是否可以去她家吃午饭，贝克小姐也去。半小时之后，黛西亲自给我打了电话，听上去对我答应去吃饭感到宽慰。我隐隐觉得一定有什么事。但是我没想到他们竟然会选择在那样一个场合来大闹一场，更没想到会出现盖茨比早些时候在花园里描绘的那种令人难堪的场面。

第二天，天气酷热，虽然夏天快结束了，可那天的确是夏日中最热的一天。我乘坐的火车从地道里钻出来，驶进热腾腾的阳光里。中午闷热的寂静中，传来全国饼干公司喧闹的汽笛声。车厢里，草席坐垫热得像要着火似的。一个妇女坐在我旁边，刚开始她对浸透衬衣的汗水表现得还挺斯文，但后来，当她捏在手里的报纸也变得潮乎乎时，她终于长叹一声，在酷热中颓然往后一倒。啪的一声，她的钱包掉在了地上。

"哎哟！"她喘着气喊了一声。

我懒洋洋地弯下腰，把钱包捡起来递还给她——我把手伸得远远的，只捏着钱包的一个角，以此表示我对她的钱包并无兴趣。但周围所有的人，包括那个女人，依然用怀疑的目光看着我。

"真热！"检票员对熟悉的乘客说，"这鬼天气真热！热……热……热死了……你觉得热吧？你说这天真是……"

当他把我的月票还给我时，上面留下了他手上黑色的汗渍。在这热得要命的天气里，哪里还有人去管他亲吻了谁，哪里还有人去想是谁枕湿了他睡衣胸前的口袋！

盖茨比和我在布坎南的住宅门口等候开门。一阵穿堂风吹过，把电话铃声送了过来。

"主人的尸体？"只听男管家对着话筒大声喊道，"太太，实在对不起，我们真的无法提供——今天太热了，根本没法碰！"

实际上他说的是："是……好……我过去看看。"

他挂了电话，朝我们走来。他接过我们的硬壳草帽时，我看到他脑门上挂着汗珠。

"夫人在客厅等着呢！"他边喊边毫无必要地指了指方向。如此酷热的天气里，每一个多余的动作都叫人看了觉得烦。

屋子外搭有遮阳棚，屋里也还幽暗阴凉。黛西和乔丹躺在一个大沙发上，仿佛两座银像压着自己的白色衣裙，免得电扇呼呼的风把衣裙吹起来。

"我们不能动了。"她俩异口同声地说。

乔丹黝黑的手指上搽了一层白粉，跟我的手指进行了短暂的接触。

"我们的体育家托马斯·布坎南①先生呢？"我问。

话音没落，我就听见了布坎南粗犷、低沉、沙哑的声音——他正在门廊上跟人打电话。

绯红的地毯中央，盖茨比站在那里着迷地四处张望。黛西看着他，笑得甜蜜动人，细微的一缕粉从她的胸口飘入空气中。

"听说汤姆在跟他的情人通电话。"乔丹悄悄地说。

我们都沉默着。门廊里传来汤姆气恼的声音："那行，车子我不卖给你了……我也不欠你什么人情……我真不高兴你在午饭时来打扰我！"

"挂上话筒了还讲得这么起劲儿。"黛西在一边冷嘲热讽。

"不，不是这样的。"我跟她解释说，"这笔买卖是真的，我正好知道这件事。"

门猛地开了，汤姆粗壮的身体一时把门洞挡得严严实实。接着他急匆匆地走了进来。

"盖茨比先生！很高兴见到您！"他朝盖茨比伸出宽大、扁平的手，

---

① 即上文的汤姆·布坎南。汤姆是托马斯的昵称。

这成功地掩饰了他的厌恶，"哦……尼克，你好……"

"给我们上杯冷饮吧！"黛西大声说。

汤姆离开准备冷饮去了。黛西站起身，走到盖茨比跟前，扳低他的脸，亲他的嘴。

"我爱你，你知道。"她喃喃地说。

"你没看到还有一位女客在座吗？"乔丹说。

黛西装作傻傻的样子，故意回过头看了看。

"不如你也亲亲尼克吧。"

"真是个低级、下流的女人！"

"我不在乎！"黛西大声说，接着在砖砌的壁炉前跳起舞来。很快她想起天太热，又乖乖地在沙发上坐了下来。这时，一个衣着整洁的保姆牵着一个小女孩走了进来。

"心肝儿，宝贝，到疼你的妈妈这里来。"她嗲声嗲气地边说边伸出胳膊。

保姆放开手，小女孩从屋子那边跑过来，害羞地把头埋进了母亲的衣裙。

"心肝儿宝贝啊！别把妈妈的粉弄到你黄黄的头发上啦。来，站起来，说'您好'。"

小女孩不情愿地伸出小手，盖茨比和我先后弯下腰，握了握她的小手。盖茨比惊奇地盯着孩子。我猜之前他从未真正意识到这个孩子的存在。

"午饭前我就打扮好了。"小女孩一边说一边把脸转向黛西。

"那是因为妈妈想要炫耀你啊。"黛西低下头，把脸伏在小女孩雪白的小脖子里，"你啊，你是妈妈的宝贝，我独一无二的小宝贝。"

"是啊，"小女孩很平静，"今天乔丹阿姨也穿了一件白色衣裳呢。"

"喜欢妈妈的朋友们吗？你觉得他们漂亮吗？"黛西把她转过来，让她面对着盖茨比。

"爸爸呢？"

"她长得不像她父亲，像我。"黛西解释说，"头发、脸形都像我。"

黛西朝后靠在了沙发上。保姆走过来伸出了手。

"走吧，帕咪。"

"再见，乖乖宝贝！"

小女孩很懂规矩，恋恋不舍地回头看了一眼；保姆拉着小女孩的手，把她带了出去。这时，汤姆端着四杯杜松子利克酒进来，酒杯里面的冰块发出咔嚓咔嚓的响声。

盖茨比拿了一杯。

"这酒可真够凉的。"他试图说点什么让自己不那么紧张。

我们迫不及待地把酒一饮而尽。

"我忘了在哪儿看过一篇报道，说天气会一年比一年热，"汤姆很和气地说，"还说地球可能用不了多久就会掉进太阳里去，哦——说反了，太阳会一年比一年冷。"

"去外面吧，"他对盖茨比说，"请你看看我这个地方。"

于是，我跟着他们一起来到外面的游廊上。海湾上，绿色的海水仿佛被酷热的天气凝固了，一条小帆船正向着新鲜一点的海水慢慢移动。小船牵动了盖茨比的目光，他举起手，指向海湾的对面。

"我就在你的正对面。"

"确实如此。"

我们的目光掠过玫瑰花圃，掠过炎热的草坪和海岸边那些乱草堆，看见那只白色的小船正向蔚蓝清新的天际慢慢地移动。再往前，就是波光粼粼的海洋和星罗棋布的小岛。

"那运动多好，我真想去跟他玩一会儿。"汤姆点着头说。

午饭我们是在餐厅吃的。里面也挺阴凉，大家把紧张的欢笑就着冰凉的啤酒一起喝下了肚。

"今天下午我们做点什么好呢？"黛西大声地说，"明天，还有今后的三十年，我们该做点什么好呢？"

"别发神经了，等秋天到了，天气凉爽，生活又跟以前一样了。"乔丹说道。

"可是我真觉得要热死了，"黛西带着哭腔固执地说，"一切都糟透了。不如我们都去城里吧！"

她的声音冲击着夏日的热浪，仿佛把热气塑成了各种形状。

"我听说过把马房改成车库的，"汤姆对盖茨比说，"但我绝对是第一个把车库改成马房的人。"

"大家谁愿意进城？"黛西依然在坚持。盖茨比的眼光飘向了她。"啊，你看上去真帅！"她喊道。

他俩四目相对，目不转睛地看着对方，仿佛完全超然物外了。费了好大的劲儿，她才把视线移回餐桌上。

"你看上去一直都那么帅。"黛西重复说。

她刚才明明白白地对盖茨比表示出"我爱你"，这连汤姆·布坎南也看出来了。他大为震惊。他的嘴微微张着，看看盖茨比，又看看黛西，仿佛他才认出，她是他很久以前就认识的人。

"你像极了广告里的一个人，"黛西很平静地继续说，"你知道广告里的那个人吧……"

"好啦，"汤姆赶紧打断了她的话，"我很愿意进城去。走吧，我们都进城去吧。"

说着他站了起来，但他的眼睛一直没离开盖茨比和他的妻子。大家都坐着没动。

"走啊！"他有点冒火了，"这是干什么？不是要进城吗？那就走吧。"

他把剩下的啤酒端起来放到嘴边干掉，极力控制着自己，他的手在发抖。黛西开始催促我们，接着大家就来到了外面炽热的石子汽车道上。

"我们这就走吗？就像这样？难道我们不让人家先抽支烟吗？马上就走吗？"她不以为然地说。

"吃饭的时候大家不是一直在抽烟吗？"

"哦，咱们就高高兴兴地玩吧。"她央求他，"这么热的天，别吵了。"

他没有回答。

"随便你好了，"她说，"走啦，乔丹。"

她们去楼上做准备，我们三个男的等在楼下，踢着脚下滚烫的小石子。西天升起一弯银月。盖茨比欲言又止，但汤姆转身对着他，等他说话。

"你的马房在哪里？"盖茨比不得不勉强找个话题。

"沿着这条路走下去，大约四分之一英里的地方。"

"哦。"

又是一阵沉默。

"真搞不懂进城去干什么，"汤姆怒气冲冲地说，"女人就是这样，总是心血来潮……"

"我们需要带点喝的吗？"黛西在楼上窗口喊。

"我去拿点威士忌。"汤姆说着走进了屋子。

盖茨比转向我，语气生硬地跟我说："这是在他的家里，我不好说什么，老兄。"

"她的声音有点太放肆了，充满了……"我犹疑了一下，不知该怎么说。

"她的声音充满了金钱。"他忽然说。

就是这样。我以前一直形容不出来。对，就是充满了金钱。她声音里抑扬起伏的无穷无尽的魅力也正是来源于此——金钱叮当，铙钹齐鸣，歌声飞扬……高高地供在白色的宫殿里，国王的女儿，黄金女郎……

汤姆从屋子里走出来，边走边用毛巾包裹一瓶酒。黛西和乔丹跟在后面，两人头上都戴着窄边金属面料小帽，臂上搭着薄纱披巾。

"大家都坐我的车去吧。"盖茨比提议道，他又摸了摸滚烫的绿色皮坐垫，"我把它停在树荫里就好了。"

"你这车用的是普通排挡吗？"汤姆问。

"是的。"

"这样好了，你开我的小轿车吧，我开你的车进城。"

显然盖茨比不喜欢这个建议。

"可是恐怕汽油不多了。"他委婉地表示拒绝。

"汽油有的是。"汤姆嚷嚷着看了看油表,"如果没油了我找个药房就行了,这年头药房什么都卖。"

汤姆说完这句有点无聊的话,我们都沉默了。过了一会儿,黛西皱着眉头看了看汤姆,与此同时盖茨比脸上闪现出一种难以形容的表情,这种表情我好像以前听什么人描述过,它既陌生又熟悉。

"走吧,黛西,我带你坐这辆马戏团的花车。"汤姆说着,把她朝盖茨比的车子推过去。

他打开车门,但黛西绕了个圈从他胳膊里走了出来。

"你带尼克和乔丹去吧。我们开小轿车跟在后面。"

她紧挨着盖茨比走着,并摸着他的上衣。于是,乔丹、汤姆和我坐进了盖茨比的车子,汤姆试着发动他并不熟悉的车子,接着我们就冲进了无边的闷热里,把黛西和盖茨比远远地甩在了后面。

"你们发现了没有?"汤姆问。

"发现什么?"

他敏锐地看了我一眼,毫无疑问,他明白我和乔丹肯定一直都知道。

"你们都以为我傻,是吧?"他说,"也许我是有点傻,但有时候我有一种第二视觉,它会告诉我该怎么办。你们可能不信这个,但是科学……"

他停顿了一会儿。估计他意识到自己即将陷入理论的深渊,当务之急是把自己拉回来。

"我已经小小地调查了一番这个家伙,我大可以更深入地调查调查,如果我知道……"他继续说。

"你的意思是你找了个巫婆吗?"乔丹幽默地问。

"什么?巫婆?"他看样子有点莫名其妙,瞪眼看着我们哈哈大笑。

"去打听盖茨比的事。"

"打听盖茨比！不，我没有。我的意思是说我已经小小地调查了一番他的来历。"

"调查的结果是你发现他是牛津大学的毕业生。"乔丹说。

"牛津大学的毕业生？"他以一种完全不相信的口气说，"他如果是，那才真他妈的怪呢！他穿一套粉红色的衣服。"

"但他就是牛津大学的毕业生。"

"新墨西哥州的牛津镇吧，或者类似的地方。"汤姆嗤之以鼻。

"我说，汤姆，既然你这么看不起他，干吗还要请他吃午饭？"乔丹有点气恼地质问他。

"是黛西请的他。在我们结婚前他们就认识了——谁知道在什么地方！"

啤酒的劲儿过了，现在我们都有些烦躁，并且都意识到了这一点，所以都不吭声了。车子默默地驶了一会儿，当路的前方出现埃克尔伯格大夫灰暗的眼睛时，我突然想起了盖茨比说的汽油不多的警告。

"我们的汽油开到城里没问题。"汤姆说。

"可是这里明明就有一家车行嘛，大热天的我可不想半路抛锚。"乔丹明确地提出了反对。

于是汤姆很不耐烦地踩下两个刹车，车子扬起一阵尘土，停在了威尔逊的招牌下面。很快，车行老板从里面走出来，呆呆地盯着我们的车子。

"加点汽油！"汤姆粗声粗气地喊道，"你以为我们停下来是为了欣赏风景吗？"

"我病了，病了一整天啦。"威尔逊站在原地没动。

"怎么回事？"

"我的身体垮了。"

"你的意思是让我自己动手吗？"汤姆问，"刚才打电话时，听声音你还挺好的嘛。"

威尔逊吃力地从门口的阴凉地里走出来，喘着大气拧下了汽油箱的盖子。阳光下，我看到他脸色发青。

"我不是故意在午饭时间打扰你，可是我真的急需用钱，所以我想问问你那辆旧车要怎么处理。"他说。

"你看这辆怎么样？我上个星期刚买的。"汤姆问他。

"这黄车挺漂亮的。"威尔逊边说边吃力地打着油。

"想不想买？"

"不可能，没想过，"威尔逊轻轻一笑，"我想的是能在那部车上赚点钱。"

"你突然要钱干什么？"

"我打算离开这里，我在这里待得太久了。我老婆和我想搬到西部去。"

"你老婆想去？"汤姆显然吃了一惊。

"她一直想去，说了十年了。"他靠在加油机上休息了一会儿，把手搭在眼睛上挡着阳光，"现在她终于可以去了。不管她是不是真想去，反正我要让她离开这里。"

这时那辆小轿车从我们身边疾驰而过，卷起了一阵尘土。车上有人朝我们挥了挥手。

"该给你多少油钱？"汤姆粗鲁地大声问。

"就这两天我发现一些事有点蹊跷，"威尔逊说，"所以我要离开这里。所以我才为那辆车的事打扰你。"

"我说该给你多少钱？"

"一块二。"

强烈的热浪让我头晕眼花。我意识到威尔逊还没有怀疑到汤姆，这让我感觉好受了点。威尔逊发现默特尔在他不知道的一个世界里有自己的生活，这让他大为震惊，以至于患了病。我看看他，又看看汤姆——就在不到一小时前，他也有同样的发现。我由此认识到，跟人们在智力或种族方面的差异相比，病人和健康人之间的差异要巨大得多。威尔逊病得如此严重，看上去就像犯了不可饶恕之罪——仿佛他刚刚搞大了哪个可怜姑娘的肚子。

"我把那辆车子卖给你，明天下午给你送来。"汤姆说。

这一带一向隐隐约约让人觉得心神不安，哪怕在耀眼的阳光下也是如此，于是我像要提防什么似的转过头去——在灰堆上方，依然是埃克尔伯格大夫的巨眼守望着这片土地。但是过了一会儿，我发觉在距离我们不足二十英尺的地方，另外有一双眼睛正聚精会神地注视着我们。

车行上面一扇窗户的窗帘向旁边拉开了一条缝，我看到默特尔·威尔逊正从窗帘后面向下窥视着我们的车。她是那样的全神贯注，以至于丝毫没察觉有人已经注意到了她。她的脸上接连流露出一种又一种表情，好像物体在一张正在冲洗的底片上慢慢显影。她的表情很熟悉，我经常会在女人的脸上看到，但是在默特尔·威尔逊脸上出现这些表情似乎毫无意义而且令人难以理解，一开始我真觉得有点蹊跷，直到我发现她那两只充满妒火、睁得大大的眼睛原来盯着的是乔丹·贝克而不是汤姆时，我才恍然大悟——她把乔丹当作汤姆的妻子了。

一个简单的头脑如果陷入慌乱，那绝对不可小视，等我们加完油开车离开的时候，汤姆惊慌失措、心急如焚——就在一个小时前，他的妻子和情妇都安安稳稳在他的掌控之下，他的一切都是不可侵犯的，但现在，这一切都猝不及防地要从他的控制下溜走了。一种本能促使他猛踩油门，这就既可以把威尔逊抛在脑后，又可以赶上黛西。就这样，我们以每小时五十英里的速度飞奔向阿斯托里亚。一直追到高架铁路蜘蛛网似的钢架中间，我们才看见那辆逍遥自在的蓝色小轿车。

"在五十号街附近有些大电影院，里面凉快得很，"乔丹提了个建议，"我喜欢夏天下午的纽约，人都不见了踪影。有一种非常肉感的滋味——仿佛各种熟透了的奇异果实即将落到你手里。"

"肉感"这两个字加重了汤姆的惶恐不安，还没等他找出话来反对，小轿车停了下来，黛西打手势让我们开过去把车停在一起。

"我们去哪儿？"她喊道。

"去看电影吧。"

"太热了，你们去好了。"她抱怨说，"我们要去兜兜风，过会儿和你们碰头。"接着她又勉强说了两句俏皮话，"这样吧，咱们约好在另一个路口碰头。一个抽着两支香烟的男人就是我。"

"我们别在这里讨论了，"汤姆不耐烦地说，后面一辆卡车的司机在拼命地按喇叭，"你们跟着我，把车开到中央公园南边的广场大饭店前面。"

在这一段路程上，他几次扭头去看他们的车子，如果堵车他们落下了，他就放慢车速，直到他们跟上来。我猜想，他肯定害怕一不注意他们就会钻进某条小街，从此永远从他的生活里消失。

但他们没有。我几乎不能理解接下来我们走的这一步——租用了广场大饭店一间套房的客厅。

我们走进那间屋子，终于结束了那长时间的、吵吵嚷嚷的争论。现在我也没弄清楚当时是怎么回事，但是我清楚地记得，在那次混乱中，我的内裤像一条湿漉漉的蛇绕着我的腿来回爬，同时我浑身一阵阵地冒冷汗。租套房的主意源于黛西，开始她提议我们租五间浴室去洗个冷水澡，后来变成了"找个地方喝杯凉薄荷酒"。我们每个人都一个劲儿地强调这是个"馊主意"，于是我们同时开口跟旅馆的办事员讲话，故意装出很滑稽的样子……

那间房子很宽敞，但很闷热。已经是下午四点了，虽然开着窗户，但感受到的也只是公园灌木丛里吹来的阵阵热风。黛西走到镜子前，背对着我们整理头发。

"这间套房真豪华。"乔丹肃然起敬的一句低语，把大家惹得哈哈大笑起来。

"再打开一扇窗户。"黛西头也不回地命令道。

"没有窗户可开了。"

"那我们就打电话要把斧头好了……"

"你应该忘掉热，你这样唠唠叨叨会更难受，会感觉热十倍。"汤姆有点不耐烦地说。

他打开毛巾，把带来的那瓶威士忌放在桌上。

"干吗找她的事呢，老兄？是你自己要进城来的。"盖茨比说。

一阵沉默。啪的一声，挂在钉子上的电话簿掉到了地板上，乔丹低声说了句对不起，但这回没人再笑了。

"我去捡起来。"我赶紧说。

"我捡起来了。"盖茨比认真地看了看断开的绳子，哼了一声，然后一抬手把电话簿扔到椅子上。

"你觉得你这口头禅很不错，是吗？"汤姆尖锐地说。

"什么？"

"张嘴闭嘴'老兄'。从哪里学来的？"

"汤姆，你听着，"黛西从镜子前面转过身来，"如果你要进行人身攻击的话，我马上就离开。打电话要点冰来做薄荷酒。"

汤姆拿起电话，憋得紧紧的热气突然爆发出声音——我们听到门德尔松的《婚礼进行曲》从底下的舞厅传上来，那和弦声此时听上去简直惊心动魄。

"怎么会有人选这么热的鬼天气结婚！"乔丹无比难受地喊道。

"话是这么说——但我就是在六月中旬结的婚，"黛西回忆道，"六月的路易斯维尔！我记得有一个人昏倒了。是谁昏倒了，汤姆？"

"比洛克西。"他慢吞吞地回答。

"是一个姓'比洛克西'的人。做盒子的'木头人'比洛克西，巧的是他又是田纳西州比洛克西① 市的人。"

"是的，有人把他抬到了我家里，因为我家与教堂只隔着两户人家。"乔丹补充说，"结果他在我们家一住就是三个星期，直到爸爸让他走。他走后的第二天，爸爸就死了。"过了一会儿她又补充说，"当然，这两件事并无关系。"

"我从前也认识一个人叫比尔·比洛克西，他是孟菲斯② 人。"我说。

① 木头人、盒子在原文里都和比洛克西谐音。

② 美国田纳西州的一座城市。

"我知道，那是他的堂兄弟。他在我家的那三个星期，我把他的整个家史都了解得一清二楚。他送了我一根打高尔夫球的轻击棒，现在我还在用。"

音乐停了，婚礼开始了。这时从窗口传来一阵很长的欢呼声，接着是一阵阵"好啊——好——啊"的叫喊声，最后响起了爵士乐——跳舞开始了。

"我们都老了，"黛西说，"年轻人都会站起来跳舞的。"

"别忘了比洛克西。"乔丹警告她，"汤姆，你在哪儿认识他的？"

"比洛克西？"他聚精会神地想了想说，"他是黛西的朋友。我不认识他。"

"他哪里是我的朋友，"黛西否认说，"那天以前我根本没见过他。他是坐你的专车来的。"

"对了，想起来了，他说他认识你。他说他在路易斯维尔长大。在最后一分钟阿萨·伯德带了他进来，问还有没有地方让他坐。"

乔丹笑着说："估计他是免费搭车回的家。他跟我说在耶鲁他是你们的班长。"

汤姆和我茫然相对。

"比洛克西？"

"首先，我们根本就没有什么班长……"

这时盖茨比连敲了几下脚，引起了汤姆的注意。

"盖茨比先生，听说你是牛津校友。"

"不完全是。"

"哦，我听说你上过牛津。"

"是的，我上过。"

一阵沉默过后，又是汤姆的声音，他带着怀疑和侮辱的口气说：

"在比洛克西上纽黑文的时候，你去的牛津吧。"

又是一阵沉默。然后一个茶房敲门，拿来了敲碎的薄荷叶和冰，但是在他的"谢谢您"和轻轻的关门声过后，沉默继续。经过了好长时间，这个模糊不清的重大细节现在终于要被澄清了。

"我跟你说过了，我去过。"盖茨比说。

"我知道，可是我想知道你什么时候去的。"

"一九一九年，我在那里只待了五个月。所以我不能自称是牛津校友。"

汤姆瞥了大家一眼，看看我们是不是也表现出跟他同样的怀疑，但是我们都看着盖茨比。

"那是停战以后，他们为一些军官提供的机会。我们可以上任何一所英国或法国的大学。"他继续说道。

我真想站起来拍拍他的肩膀。跟以前一样，他没有辜负我对他的信任。

这时黛西站了起来，微微一笑，走到了桌子跟前。

"汤姆，把威士忌打开，我给你做一杯薄荷酒。"她命令着，"你喝了就不会觉得自己有那么蠢了……你看这些薄荷叶子！"

"等等，"汤姆厉声道，"我还有一个问题要问盖茨比先生。"

"请问。"盖茨比很有礼貌。

"你到底想在我家制造什么矛盾？"

这下子终于把话挑明了，盖茨比倒也舒了口气。

"他没制造矛盾，"黛西有点惊惶，看看这个又看看那个，"请你克制一点。你不要制造纠纷。"

"克制！"汤姆已经完全无法自持，"我猜现在最时髦的事情就是装聋作哑，看着不知从哪儿来的阿猫阿狗跟自己的老婆调情。哼，如果那样才算时髦的话，我绝对不要……这年头人们对家庭生活和家庭制度都开始嗤之以鼻了，再发展下去，他们就该什么都不管不顾了，黑人都要和白人通婚了。"

他一通胡言乱语，脸涨得通红，俨然把自己当成了站在文明壁垒上的最后一个人。

"这屋里的都是白人嘛。"乔丹小声地说。

"我知道我不懂得笼络人心，我从不举行大型宴会。也许这年头，要想交朋友就必须把自己的家搞成猪圈才行。"

虽然我们都感到很气愤，但他每次开口都让我忍不住想笑。明明就是一个酒徒色鬼，这么摇身一变，就成了道学先生。

"我也有话要跟你说，老兄……"盖茨比想说什么，但黛西猜到了他的意图，打断了他的话。

"请你别说了！我们都回家吧。不如咱们都回家吧，好吗？"

"这个主意不错。"我站了起来，"走吧，汤姆。大家都不想喝酒了。"

"不，我想知道盖茨比先生要跟我说什么。"

"你妻子根本不爱你，"盖茨比说，"她从来没有爱过你。她爱的是我。"

"你绝对是疯了！"汤姆脱口而出。

盖茨比也异常激动，猛地跳了起来。

"她从来都没爱过你，你听见了吗？"他大声喊道，"因为我穷，她等我等得不耐烦了，所以才跟你结了婚。不过那真是大错特错。除了我，她心里从没爱过任何人！"

到这个时候，乔丹和我都想走了。但汤姆和盖茨比都硬要我们留下，仿佛是为了证明他们没有不可告人的事，仿佛以为让我们分享他们的感情对我们来说也是一种特殊的荣幸。

"坐下，黛西，"汤姆努力想装出父辈的口吻，但失败了，"到底怎么回事？告诉我事情的经过。"

"怎么回事我已经告诉你了，"盖茨比说，"都五年了，你竟然毫不知情。"

汤姆猛地转向黛西。

"五年来你一直和这家伙见面？"

"不，没见面，我们没法见面。"盖茨比说，"可是我们一直彼此相爱，老兄，但你竟然不知道。想到这些我觉得真是可笑。"但是我看到他眼中并无笑意。

"哦，原来也就这样。"汤姆像牧师一样把他的粗指头并在一起，轻轻地敲了敲，然后一下子靠在了椅子上。

"你就是疯了！"他开始破口大骂，"五年前我根本不认识黛西，发生什么事我没法说。但是我真他妈的想不通，你这种家伙怎么可能跟她联系到一起，难道你把食品杂货送到她家后门口了吗？你说的那些屁话都是他妈的胡扯。黛西跟我结婚是因为她爱我，一直到现在她都是爱我的。"

"不是的。"盖茨比摇摇头说。

"她的的确确是爱我的。她有时候爱胡思乱想，做一些连她自己都莫名其妙的事情。"他做出很理智的样子，点点头，"我也是这样，我很爱黛西。我偶尔也有点荒唐，做点蠢事，但我总会回头，在我心里我始终都是爱她的。"

"你说这些真叫人恶心。"黛西说。她转身面向我，声音降低了一个音阶，这使得整个屋子都充满了一种难堪的轻蔑，"你不知道我们为什么会离开芝加哥到这里来吗？我真纳闷儿，竟然没人跟你讲过那次胡闹的荒唐事。"

盖茨比走过来站在她身边。

"黛西，都过去了，都跟现在没什么关系了。"他认真地说，"你就跟他说实话吧，说你从来没爱过他—— 一切从此就一笔勾销了。"

黛西一脸茫然地看着他。"是啊，我怎么会爱他……怎么可能呢？"

"你从来都没有爱过他。"

她变得犹疑不定。她哀怨的目光落在乔丹和我的身上，好像她刚意识到自己干了什么，好像这并不是她的本意，现在她却干了。

"我从来没爱过他。"她喃喃地说，看得出来她很勉强。

"在卡皮欧拉尼时你也没爱过吗？"汤姆突然质问她。

"没有。"

沉闷的乐声随着一阵阵热浪从下面的舞厅飘上来。

"我把你从'甜酒钵'①上抱下来，为了不让你沾湿鞋子，那时候你也不爱我吗？"他沙哑的声音里流露出柔情，"黛西？"

"请你别再说了。"她的声音仍然是冷淡的，但已经没有了怨气。她看看盖茨比，说："你看看，杰伊。"她点烟的手开始发抖。突然，她把香烟和已经点着的火柴一起扔到了地毯上。

"看啊，你的要求有多过分！"她冲盖茨比喊道，"我现在爱你，这还不够吗？过去的事，你让我怎么挽回？"她无可奈何地抽泣起来，"我曾经爱过他，可我也爱过你。"

我看到盖茨比的眼睛睁开又闭上。

"你也爱过我？"他茫然地重复着。

"都是瞎话，她以为你死了，她根本不知道你还活着。"汤姆恶狠狠地说，"你最好明白，黛西和我之间有太多事，我俩永远都不会忘记，而你永远都不会知道。"

这几句话深深地刺痛了盖茨比的心。

"我要跟黛西单独谈谈，她现在太激动了……"他依然固执着。

"单独谈我也不能说我从没爱过汤姆，"她改用了伤心的语调，"那样说也是骗你。"

"肯定是骗你的。"汤姆附和着。

她转身对着她丈夫。

"别说得好像你还在乎这个似的。"她说。

"当然在乎了。以后我要加倍好好照顾你。"

"你还没明白，"盖茨比有点慌张地说，"你已经没有机会也没有时间再照顾她了。"

"我没有机会了？"汤姆瞪大了眼睛放声大笑，现在他已经能控制自己的情绪了，"你这是说的哪门子话？"

"黛西要离开你了。"

---

① 游艇的名字。

"胡扯。"

"我就是要离开你。"黛西看上去有点费劲儿地说。

"她不会离开我的！"汤姆突然对着盖茨比破口大骂，"为了一个江湖骗子离开我？那绝对不可能。哼！连给她套在手指上的戒指也得去偷的江湖骗子。"

"你再胡说我就走了！"黛西喊道，"大家走吧。"

"你到底是什么人？"汤姆继续嚷嚷着，"你肯定是迈耶·沃尔夫斯海姆的狐朋狗党，这个你瞒不了我，你那些事我都调查过了，明天我还会进一步调查。"

"那随你的便，老兄。"盖茨比镇定地说。

"我打听过，我知道你的那些'药房'是什么名堂。"他转过身来，语速极快地对我们说，"他和那个姓沃尔夫斯海姆的家伙一起，在本地和芝加哥买下了许多小药房，私自卖酒——这就是他那许多小戏法中的一个。我第一次见他就觉得他是个私酒贩子，我的感觉还真准呢。"

"那又如何呢？"盖茨比依然保持着礼貌，"你的朋友瓦尔特·蔡斯，他也跟我们合伙，但他并不觉得丢人嘛。"

"你还敢提他，你们把他坑了，让他在新泽西州蹲了一个月大牢。天哪！你真该听听瓦尔特议论你的那些话。"

"他刚开始找我们的时候还是个穷光蛋。想多赚点钱是他自己乐意的，老兄。"

"你别叫我'老兄'！"汤姆厉声喊道，盖茨比没吭声，"如果不是沃尔夫斯海姆恐吓他让他闭嘴，瓦尔特就去告你违反赌博法了。"

这时我在盖茨比脸上又看到了那种不熟悉可是似曾相识的表情。

"开药房不过个小意思，"汤姆慢慢地接着说，"至于你们现在正在捣鼓的花样，瓦尔特没敢告诉我。"

我看了黛西一眼，她已经吓得目瞪口呆了。她看看盖茨比，又看看她丈夫，再看看乔丹——乔丹似乎又开始在下巴上顶着一件看不见的东西，并竭力保持着平衡。然后我又回过头去看盖茨比，他的表情让我大吃一惊——他看上去就像刚"杀了个人"似的。这么说可不表示我同意他花园里的那些流言蜚语,只不过他脸上那瞬间的表情恰好可以用这句荒唐的话来形容。

这种表情过后,盖茨比开始激动地向黛西解释,他矢口否认一切,还对无人控诉的罪名进行辩解。但他这样只会越说越坏,越描越黑,只是让黛西离他更远,所以他只好停止了这无用的辩白。下午的时光在流逝,唯有盖茨比那将死的梦在继续奋斗着,还在拼命想够到那不可触及的东西,还在痛苦但并不绝望地向着房间那头那个消逝的声音哀告着。

那个声音又在央求着,想要离开。

"求求你,汤姆!我实在受不了了。"

她无比惊惶的眼睛透露出,或许她曾经有过什么想法,有过什么勇气,但在此刻,一切都毫无疑问地烟消云散了。

"你们俩走吧,黛西,你坐盖茨比先生的车子回家。"汤姆说。

黛西惊恐地看着汤姆。他这是以自己的宽大来表示侮蔑。他坚持要黛西这么做。

"去吧,他不会给你找任何麻烦的。他那不自量力的狂妄调情已经结束了。"

就这样,他们俩走了,什么也没说,转眼就消失了。就像一对孤零零的鬼影般无足轻重,连我们的怜悯都隔绝了。

过了一会儿,汤姆站了起来,把那瓶没打开的威士忌重新用毛巾包好。

"要不要来点?乔丹?尼克?"

我没理他。

"尼克?"他又问了一遍。

"什么?"

"来点吗?"

"不要……我刚才突然想起今天是我的生日。"

我三十岁了。展现在我面前的新的十年,看上去凶多吉少、咄咄逼人。

　　七点的时候，我们坐上汤姆的小轿车动身回长岛。一路上，汤姆得意扬扬地说个不停，还不时哈哈大笑，但对乔丹和我来说，他的声音就跟人行道上嘈杂的人声、头顶上高架铁路轰隆隆的车声一样遥远。人类的同情心终归是有限度的，我们只好把刚才他们那些可悲的争论连同城市的灯火一起抛到脑后。三十岁了，展望一下即将到来的十年，可交往的单身人士越来越少，我强烈地感受到一种"头发逐渐稀疏，感情逐渐淡薄"的凄凉。好在我身边有乔丹。她少年老成，不会像黛西那样，把早该忘怀的梦一年一年地藏在心底。汽车驶过黝黑的铁桥，乔丹苍白的脸懒懒地靠在我的肩膀上，她的手紧紧地握着我的手，这有效地驱散了三十岁生日给我带来的巨大冲击。

　　夜色降临，我们在稍微凉快了一点的空气中驶向死亡。

　　那个在灰堆旁边开小餐馆的希腊年轻人米夏埃利斯，是验尸时主要的见证人。他在那个大热天一觉睡到五点多，接着他溜达到车行，去了乔治·威尔逊的办公室，结果发现他病了——真的病了，他浑身发抖，面色苍白得像他本人的头发一样。于是米夏埃利斯劝他上床去休息，但威尔逊不肯，他不愿意耽误生意。就在米夏埃利斯努力做劝服工作的时候，忽然从楼上传来了大吵大闹的声音。

　　"我老婆被我锁在上面了，"威尔逊平静地解释说，"我要让她一直在那里待到后天，然后我们就搬走。"

　　这让米夏埃利斯大吃一惊。他们做了四年邻居，威尔逊可不像是能说出这种话的人。平日里他总是一副筋疲力尽的模样：没活干的时候，他爱搬把椅子坐在门口，望着路上过往的行人和车辆发呆。谁跟他说话他都只是和和气气、无精打采地笑笑。并且他完全听他老婆的，自己根本没什么主见。

　　因此，米夏埃利斯很自然地想知道发生了什么，可威尔逊什么也不肯说。不但如此，他还用一种古怪、怀疑的眼光打量起米夏埃利斯来，并盘问他某些日子某些时间在干什么。就在这时有几个工人从门口经过，朝餐馆走去，这正好给了不自在的米夏埃利斯脱身的机会，他说过一会儿再来，就连忙跑了。但他没有再回来，他说并没有什么原因，只是忘了而已。七点多的时候，他又出来时才想起这番谈话，因为他听见威尔逊太太在楼下的车行里破口大骂。

"你敢打我！"他听见威尔逊太太嚷嚷着说，"你推吧，你打吧，你就是个肮脏没种的东西！"

过了一会儿，她冲出了门，一面挥手一面叫喊着向黄昏中奔去——她甚至还没来得及离开自己的门口，车祸就发生了。

那辆自苍茫暮色中出现的"凶车"——按照报纸上的提法，停都没停；出事后，它好像犹疑了片刻，接着在前面一转弯就不见了。米夏埃利斯甚至连车子的颜色都没看清，第一个警察问的时候他回答说是浅绿色。另一辆反向开往纽约的车，在出事地点前方一百码开外停了下来，司机赶快下车跑回了出事地点——默特尔·威尔逊跪着，发黑的浓血跟尘土混在一起，她死在了公路当中。

米夏埃利斯和这个司机最先赶到她身旁。当他们撕开她汗湿的衬衣时，看到她左侧的乳房已经松松地耷拉下来，显然再去听下面的心脏已经失去意义了。她的嘴张得很大，嘴角撕破了一点，看上去就像她在释放她长期储存的旺盛精力时噎了一下。

我们还没到，远远就看见三四辆汽车和一大群人。

"撞车了！"汤姆判断说，"挺好的。这回威尔逊终于有买卖做了。"

他放慢车速，但并没有要停下的意思。等开到更近一点，看到车行门口那群人屏息敛容的模样时，他才不由自主地把车刹住。

"我们过去看看吧，"他有点犹豫地说，"看一眼就走。"

这时候，我听到一阵阵空洞的哀号声从车行里传出来，等我们走下车到了车行门口时，我才从那翻来覆去、上气不接下气的哀号声中听出"我的上帝啊"这几个字。

"这里出大事了！"汤姆激动地说。

他踮起脚从一圈人的头顶往车行望，车行天花板上点着一盏发着黄光的灯泡，上面罩着一个铁丝灯罩。他喉咙里哼了一声，接着用两只有力的手臂猛然向前一推，挤进了人群。

人群很快又合拢起来，到处是叽叽喳喳的议论声。一开始我什么也看不见，后来又来了很多人，挤乱了圈子，并把我和乔丹也挤到里面去了。

默特尔·威尔逊，确切地说是她的尸体，裹在一条毯子里，外面又盖着一条毯子，仿佛在这炎热的夜晚她还怕冷似的。尸体放在墙边的一张工作台上，汤姆背对着我们一动不动地低头看着。一名摩托车骑警站在他身旁，正在往小本子上记名字，警察流着汗水，写了改，改了写。这时我看见了威尔逊，他站在办公室高高的门槛上，双手抓着门框，身体前后摆动着——我这才找到了车行里回荡的哀号声的来源。有个人在低声跟他说着什么，不时想把一只手放在他肩上，可威尔逊好像听不到也看不见。他的目光在那盏摇晃的电灯和墙边那张停放尸体的桌子之间游移，从灯上慢慢移到尸体上，然后又突然转回到那盏灯上，嘴里不停地发出可怕凄凉的叫声。

"哎哟，我的上……帝啊！哎哟，我的上……帝啊！哎哟，上……帝啊！哎哟，上……帝啊！"

过了一会儿，汤姆猛地抬起头来，目光呆滞地扫视了一遍车行，然后对警察含含糊糊地说了句话。

"M-a-v-"警察念着，"-o-"

"不对，-r-"那人更正说，"M-a-v-r-o-"

"听我说！"汤姆的声音低沉凶狠。

"r-"警察继续说，"o-"

"g-"

"g-"汤姆把他的大手猛地在那个警察的肩膀上一拍，他才抬起头来问，"干什么，伙计？"

"告诉我这里是怎么回事？我要知道。"

"汽车把她撞了，当场死亡。"

"当场死亡。"汤姆两眼发直，重复着警察的话。

"她突然冲到了路中间，接着就被撞了。那狗娘养的连车都没停。"

"当时路上有两辆车，一来，一去。"米夏埃利斯说。

"什么意思？去哪儿？"警察机警地问。

"两辆车去往不同的方向。喏，她，"他抬起手想指指毯子，抬到一半又收了回去，"她当时跑到了外面的路上，正好迎面撞上了从纽约来的那辆车，车子时速大概有三四十英里。"

"这个地方叫什么名字？"警察问。

"没有名字。"

这时一个黑人走了过来，他面色灰白，衣着很体面。

"我看到了，那是一辆黄色的车子，"他开口说，"大型的黄色汽车，新的。"

"你看到事故发生的过程了吗？"警察问。

"没看到，不过那辆黄色的车子从我旁边开过，速度差不多有五六十英里。"

"过来，记一下你的名字。请让开，让他过来，我要记下他的名字。"

这段对话肯定有几个敏感的字传到了办公室门口威尔逊的耳朵里，他还在摇晃着，但一个新的主题出现在他的哀号中：

"你不用说我就知道那是一辆什么样的车！我知道那是一辆什么样的车！"

我看见汤姆肩膀后的那团肌肉在衣服下面紧张了起来。他朝着威尔逊匆匆走过去，在他面前站住，一把抓住了他的上臂。

"你必须镇定。"他粗犷的声音中带着安慰。

威尔逊这才看到站在他面前的汤姆。他吃了一惊，踮起脚，接着又差点跪倒在地，他大概是太伤心太虚弱了，幸亏汤姆及时扶住了他。

"听我说，"汤姆一边说一边轻轻地摇摇他，"我刚从纽约过来，打算把我们谈过的那辆小轿车给你送来。我跟你说，今天下午我开来加油的那辆车不是我的，后来整个下午我都没看到它。你听见了吗？"

那个黑人跟我靠得很近，他听到了汤姆说的话，但那个警察好像也听出了什么，目光锐利，朝这边看过来。

"你说什么？"他质问道。

"我们是朋友。"汤姆回过头来说，两手依然紧紧抓着威尔逊的身体，"他说他认识肇事的车辆……就是那辆黄色的车子。"

本能让警察对汤姆起了疑心。

"你的车是什么颜色？"

"蓝色，一辆蓝色小轿车。"

"我们刚从纽约过来。"我说。

这时，一个一直开车跟在我们后面的人证实了这一点，警察这才打消了怀疑转过头去。

"好吧，请你再说一遍正确的名字……"

汤姆像提玩偶一样把威尔逊提到办公室，并把他放在一把椅子上，接着他自己又回来了。

"过来个人陪他坐着。"他用发号施令的口吻说，并张望着人群。两个站得最近的人互相看了看，有点不太情愿地走进了办公室。然后汤姆关上了门。迈下台阶的时候，他的眼睛有意识地躲开了那张桌子。经过我身边时他低声说了句："咱们走吧。"

他还是用他那强有力的肩膀开路，我们硬是从聚得更多的人群里挤了出来。一位拎着皮包匆匆赶来的医生正往里挤——半个小时前，有人抱着一线希望去请了他。

汤姆把车开得很慢，拐过那个弯之后，他才下定决心似的使劲儿踩下了油门，小轿车于是开始在茫茫黑夜里飞驰。过了一会儿，我听见了一声低低的呜咽，然后看到汤姆满面是泪。

"没种的东西！他竟然连车都没停。"他呜咽着说。

黑黢黢的瑟瑟作响的树木间忽然浮现出布坎南家的房子。汤姆在门廊旁停下车，抬头望了望二楼——在藤蔓间有两扇窗户的灯光亮堂堂的。

"黛西到家了。"他说。大家下车的时候，他看了看我，稍稍皱了皱眉头。

"尼克，我该让你在西卵下车的。今晚我们什么也不能做了。"

我明显感觉到他变了，他现在说话严肃而果断。当我们穿过洒满月光的石子路走向门廊时，他三言两语、干脆利落地对我和乔丹进行了安排。

"我去打电话找辆出租车送你回家。等车的时候，你和乔丹去厨房让人给你们做点晚饭——如果你们想吃的话。"他边说边推开大门，"进来吧。"

"不用了，谢谢，我就在外面等着。不过还得麻烦你替我叫辆出租车。"

乔丹挽起我的胳膊。

"进来吧，尼克。"

"不了，谢谢。"

我觉得心里很不好受，想一个人待着，但乔丹好像还有兴致进去流连一下。

"现在才九点半。"她说。

反正我是无论如何都不想进去了。这一天我看他们几个人真是看够了，一瞬间我觉得也包括了乔丹。大概从我的表情中看出了点什么，她猛地掉转身，跑上门廊的台阶进了屋。我双手抱头坐了几分钟，屋子里有打电话的声音，是男管家在叫出租车。我站起身，沿着房前的汽车道慢慢走开，打算到大门口去等出租车。

没走二十码我就听见有人叫我，接着我看到盖茨比从灌木丛中走了出来。我想，我当时肯定有点精神恍惚，因为我除了注意到盖茨比那套在月光下闪闪发光的粉红色衣服外，其他的什么也没想。

"你在干什么？"我问他。

"就在这儿站着，老兄。"

不知怎的，我突然觉得他这种行为很可耻。他好像准备打劫这幢房子似的。我想如果这时从他后面黑黢黢的灌木丛中钻出很多"沃尔夫斯海姆式"的邪恶面孔，我也丝毫不会感到奇怪。

"你在回来的路上看到什么事情了吗？"过了一会儿，他问我。

"看见了。"

他犹豫了一下。

"她被撞死了吗？"

"是的，死了。"

"我当时就料到了。我跟黛西说可能撞死人了。一下子大惊一场倒还好些。她表现得还算坚强。"

听他的口吻，仿佛他在乎的只有黛西的反应。

"我从小路把车开回了西卵，把它停在了我的车房里。"他接着说，"我觉得没人看见我们，但也不敢肯定。"

听到这里，我觉得他简直面目可憎，因此，我不想提醒他他想错了。

"那个女人是什么人？"他问我。

"她丈夫叫威尔逊，就是那个车行的老板。我想知道这事故到底是怎么发生的？"

"哦，当时我想把方向盘扳过来的……"他突然停住了，欲言又止。我一下子猜到了真相。

"难道是黛西在开车？"

"是的，"他犹疑了一会儿说，"但我当然得说是我在开。当时的情况是这样的：我们从纽约走的时候，黛西的精神特别紧张，她认为开车能让她镇定点。没想到半路冲出那个女人，迎面又正好有一辆车开来。前后也就不到一分钟，我觉得那个女人好像要跟我们说话似的，她可能把我们当成她认识的人了。黛西一开始躲过了那个女人，但迎面又来了那辆车，于是她惊慌失措地又把方向转了回去。我的手碰到了方向盘，但已经来不及了，我感到了震动——肯定撞上那个女人了。"

"简直撞开了花……"

"别说这个了，老兄。"他畏缩了一下，"总之，当时黛西拼命地踩油门。我让她停车但她根本停不下来，最后我只好拉上了紧急刹车。然后她就晕倒在我的膝盖上了。接着我就继续开。"

"明天她就没事了。"过了一会儿他又说，"我在这儿等等，看他会不会为下午的事找黛西的麻烦。她回自己的房间了，还锁上了门，如果他干什么野蛮的事，她会把灯关掉再打开。"

"他不会碰她的，他现在可没心思想她。"我说。

"我没法信任他，老兄。"

"那你准备在这里等多久？"

"如果有必要的话，我就等一晚上。起码得等到他们都去睡觉。"

我突然想到一种可能：如果汤姆知道是黛西开车撞的人，他会不会认为事出有因？他什么都会怀疑。我看了看那座房子——楼下有两三个房间亮着灯，二楼黛西的屋子里映出粉红色的亮光。

"你在这儿等着，我过去看看他们有没有吵架。"我说。

于是我沿着草坪的边缘又走了回去。我轻轻地跨过石子车道，踮起脚走上游廊。客厅没拉窗帘，里面没人。接着我穿过阳台——三个月以前那个六月的晚上我们在这里吃过晚餐，走到一扇窗前，这儿有一小片长方形的灯光，它大概是餐厅。窗户拉着遮帘，但留下了缝隙，我通过那个缝隙往里看。

在厨房餐桌的两端，黛西和汤姆面对面坐着，中间放着一盘冷的炸鸡，还有两瓶啤酒。隔着桌子，汤姆在专心致志地跟黛西说着话，他握着黛西的手，看上去热切诚恳。黛西听得也很认真，不时抬头看看他，边听边点头。

他们这个样子，不能说快乐，炸鸡和啤酒两人都没动——但也不能说他们不快乐。房间里的气氛亲密、自然，谁看见都会说他们在商量一些机密的事。

当我踮着脚走下阳台的时候，我听见了出租车开过来的声音。盖茨比还在我刚才和他说话的地方等着。

"怎么样？上面一切正常吗？"他焦急地问。

"是的，一切正常。"我犹疑了一下该怎么跟他说，"你回家去吧，没什么事了。"

他摇了摇头。

"我得继续留在这儿，一直等到黛西上床睡觉才能安心。晚安，老兄。"

他把两手插在上衣口袋里，转过身继续目不转睛地端详着那座房子，我的在场不但多余而且仿佛有损于他神圣的守望。于是我走了，留他独自在月光下，坚持他空空的守望。

第八章

　　我整夜难眠。海湾上，雾笛在不停地呜呜响着。我仿佛病了一样，在狰狞的现实与可怕的噩梦间辗转反侧。天快亮的时候，我听见有出租车开上了盖茨比的汽车道，我立刻跳下床穿衣服。有些话我必须跟他说，有些事我必须马上警告他，等到早晨也许就太迟了。

　　我穿过他的草坪，看见他的大门敞开着，他靠着桌子站在门厅里，看上去很颓废——可能还在为昨天的事沮丧，也或者因为瞌睡而疲惫。

　　"我一直等在那里，什么事也没发生，"他惨淡地说，"四点左右，她到窗口站了一会儿，然后关了灯。"

　　那晚他的别墅好像特别大特别空。我们想在那些大房间里找盒香烟来抽。我们先是推开帐篷布似的厚门帘，接着又摸索着似乎无尽头的黑暗墙壁寻找电灯开关，有一回，我还不小心轰隆一声摔在了一架幽灵似的钢琴的键盘上。房间里到处是莫名其妙的灰尘，每间屋子都好像很久没通过风似的，散发着浓重的霉味。终于，我在一张从没注意过的桌子上找到了烟盒，里面只剩两根干瘪的、变了味的纸烟。我们打开客厅的落地窗，坐下来对着外面的黑暗抽烟。

　　"你应该离开这里，"我说，"他们肯定要追查你的车子。肯定的！"

　　"你让我现在离开，老兄？"

　　"是的，暂时到大西洋城①去待一个星期，或往北到蒙特利尔②去也行。"

　　我的建议根本不在他的考虑范围之内。除非他知道黛西的打算，否

---

① 美国新泽西州的一座城市。

② 加拿大的一座城市。

则他绝不可能离开她。他就像个溺水的人，拼命抓着最后一根救命稻草不肯撒手，而我也不忍心让他撒手。

就在那天夜里，他跟我讲了他跟丹·科迪年轻时代的离奇故事。"杰伊·盖茨比"这一形象像玻璃一样被汤姆的恶意击得粉碎，那段漫长的秘密狂想剧也终于落下了帷幕。这个时候他已经没有什么秘密需要保留了，但是他依然只想谈黛西。

黛西是他所认识的第一个"大家闺秀"。其实他之前也以各种身份跟这类人接触过，但每次都像有一层无形的铁丝网阻隔着。而黛西，简直让他神魂颠倒。一开始他跟泰勒营的其他军官一起到她家里去，后来就变成了一个人单独去。她的家让他感到惊异，他从来没进过那么美丽的住宅，尤其因为黛西住在那里，那房子更有了一种扣人心弦的强烈的情调和魅力，而这房子对黛西来说，却像军营里的帐篷给盖茨比的感觉一样平淡无奇。对盖茨比来说，这房子充满了引人入胜的神秘气氛，仿佛暗示楼上有比其他房屋更美丽凉爽的卧室，走廊里到处是欢歌笑语，还有风流韵事——这些都不是陈旧发霉的，而是活色生香让人浮想联翩的。它能让人联想到雪亮的汽车，或者鲜花尚未凋谢的舞会。很多男人曾爱过黛西，这一点也让盖茨比激动不已，在他看来这也增加了黛西的身价。他觉得她家里到处是他们的气息，那些感情的阴影和回声依然在空气中弥漫、颤动。

但是，他清楚地知道，他能出入黛西家纯属偶然。或许作为杰伊·盖茨比，他会有无比锦绣的前程，但目前他还只是一个默默无闻、一文不名的青年，并且他的军服随时可能从他的肩上滑落。因此，他必须充分利用他有限的时间占有他想得到的东西，哪怕狼吞虎咽、肆无忌惮也在所不惜。终于，在十月一个静谧的夜晚，他占有了黛西。说占有，是因为他本来连摸她手的权利都没有。

他用欺骗的手段占有了她，他也许应该鄙视自己。这并不是说他利用了他那虚幻的百万家财，但他确实有意给黛西营造了一种安全感——他让她相信他有跟她差不多的出身，相信他完全能够照料她。但实际上，他并没有这么大的本事——没有富裕的家庭在背后给他撑腰，并且只要那冷酷的政府一声令下，他就必须奔向世界上任何地方的战场。

可是盖茨比没有鄙视自己，事情也没有像他预想的那样发展。也许最初他只是图一时的享乐，完了事就拍拍屁股走人，但后来他发现自己已经陷入一种追求理想的高尚情结中不能自拔。他知道黛西不同寻常，但他不知道的是像她那样的"大家闺秀"究竟有什么不同寻常。她抛下他就可以退回到她豪华的住宅、丰富精彩的生活里，而他什么也不会剩下，于是他感觉已将终生托付给了她，仅此而已。

两天之后再次见面，盖茨比显得心慌意乱，好像上当受骗的是他。她家的阳台沐浴在灿烂的星光下，柳编的时髦长靠椅吱吱作响，她转过身让他吻她那张奇妙、可爱的嘴。她着凉了，声音比平日更沙哑，也更动人。那一刻，盖茨比深切地体会到了财富如何保存了青春与神秘，也体会到了什么叫人靠衣装，而黛西安然高踞于穷苦人惨烈的生存斗争之上，像白银一样熠熠发光。

"发现自己爱上她以后，我没法跟你形容我有多么惊讶，老兄。有一阵子我甚至希望她甩了我，可她没有，她也爱上了我。她觉得我懂很多事，也许因为我懂的那些恰好都是她不懂的……唉，我就那样抛开了雄心壮志，分分秒秒都深陷情网，越陷越深，而且忽然之间我变得什么都不在乎了。如果向她描述一下我的本事就让我很快活，那么我有什么必要真去干出什么伟大的事业呢？"

出发去海外前的最后一个下午，他搂着黛西，默默地坐了很长时间。那个寒冷的秋天的下午，他们在屋子里生了火，火光把她的两颊烘得通红。她不时地移动一下，他也随着挪动一下胳膊，忍不住亲吻她那乌黑光亮的头发。他们已经平静下来，气氛安谧，仿佛是为了给他们的记忆留下一个深刻的印象，为他们第二天即将开始的长远分离做好准备。她静静的吻落在他的肩头，他无限温柔地抚摩她的指尖，仿佛她犹在梦中。这一个月的爱恋，从未像这个下午这样亲密温馨，他们也从未如此深刻地互诉衷情。

他的从军之路一帆风顺。还没到前线，他就成了上尉，阿尔贡战役之后，他当上了师机枪连的连长，晋升少校。战争结束以后，他发疯似的急着回国，但由于混乱时期的阴差阳错，他却被送到了牛津。他开始烦恼——黛西的信里已经流露出紧张的绝望情绪。她不明白为什么他回不来，外界的压力让她害怕，她需要他，需要他陪在身边，给她安慰，鼓励她，支持她，陪她继续这爱情之路。

黛西毕竟太年轻了，而且她的世界里满是兰花香、愉快的社交和乐队，正是这些乐队定出了新的节奏和曲调，演绎着这个年代人生的悲欢离合。整夜，萨克斯鸣咽着奏出绝望的《比尔街爵士乐》，同时一百双金银舞鞋扬起了闪亮的尘埃。每到晚茶时分，这种低沉、甜蜜、狂热的乐曲总要在一些房间里不停地震颤，飘来飘去的鲜亮面庞游荡其间，仿佛是被哀怨的喇叭声吹落舞池的玫瑰花瓣。

就在这个朦胧忙碌的世界里，黛西也跟着复苏活跃了——重新开始每天和五六个男人订五六次约会的生活，玩到破晓才困顿不堪地入睡，床边的地板上胡乱丢着珠饰品、雪纺绸晚礼服和凋零的兰花。在此期间，她在心里做了一个重大决定，她要结婚，刻不容缓——更重要的是，这决定必须源自近在眼前的力量——爱情、金钱，以及实实在在的东西。

春天过了一半的时候，汤姆·布坎南的到来成全了她的这个决定。他的身材和身价都很有力量，让黛西觉得有光彩。当然，最初她也经过了一番思想斗争，最后自然是如释重负。盖茨比收到信时，还在牛津过着苦恼的生活。

这时候长岛的天已微明，我们把窗子都打开，让渐渐发白、渐渐金黄的亮光照进来。树影投在露水上，轻灵的鸟儿在枝头歌唱。不是风，而是空气中一种愉快的声音，宣告天气将会凉爽宜人。

这时，盖茨比从一扇窗前转过身来，用挑战的神气看着我说："我坚信她从未爱过他。你看见了，老兄，她下午实在太紧张了。他把我说成一个一文不值的骗子，他说的那些话让她害怕，以至于她都不知道自己在说些什么。"

他闷闷不乐地坐了下来。

"当然她也可能爱过他，刚结婚那阵子。但就算在那个时候，她更爱的也是我，你明白吗？"

忽然他又说了一句让人费解的话。

"不管怎么说，这都只是自己的事。"他说。

这句话应该怎么理解呢？或许是他对这件事的看法中有一种难以估量的强烈感情。

他从法国回来后，汤姆和黛西的结婚旅行还在进行。痛苦不堪的盖茨比不由自主地用他剩余的最后几块军饷去了路易斯维尔。他用一个星期的时间重访了旧地——十一月的夜晚并肩散步的街道，开着她那辆白色跑车去过的那些偏僻地方。黛西家的房子在他眼里一直比别的房子更加神秘和欢乐，而路易斯维尔这座城市虽然没有了黛西，但在他眼里依然有一种别样的忧郁美。

离开的时候，他依然觉得是自己不够努力，不然或许可以找到黛西。但现在他不得不走了。他已经身无分文，只能乘坐热得不透气的三等车厢。他在敞篷通廊找了一张折叠椅坐下，火车开了，一幢幢陌生的建筑物从他眼前掠过。火车驶过春天的田野，一辆黄色电车跟火车并排飞驰了一会儿，或许电车上的某个人曾无意间在街头见过她那张迷人的脸庞。

火车拐了一个弯，把太阳甩在了后面。西沉的太阳光芒四射，仿佛在为这个她曾生活过的、此时正慢慢消退的城市祝福。他绝望地伸出手，仿佛想抓住空气，在这个因她而可爱的地方留下一个碎片。可是泪眼模糊之中，一切都不受控制地飞逝，他知道，有些东西他永远失去了，生命中最新鲜最美好的那一部分，已经永远离他而去。

吃完早饭，我们来到外面的阳台上，时间已经是上午九点了。一夜之间天气骤变，昨天还热得要命，今天空气中已秋意弥漫。盖茨比的众多老用人如今只剩下一名园丁，这时他来到台阶前。

"盖茨比先生，我想今天把游泳池的水放掉。秋天来了，树叶很快就会落满地，那样就要把水管子堵塞了。"

"今天先别弄了。"盖茨比说。他略带歉意地转身对我说："你看，老兄，这个夏天我都没进过那个游泳池！"

我看了看表，站了起来。

"我那一班车还有十二分钟就到了。"

我其实不愿意进城。并不仅仅因为那工作让我提不起精神，而是我真有点不愿意离开盖茨比。我没赶上那班车，并且又耽误了下一班，最后才勉强离开。

"我打电话给你。"我最后说。

"一定，老兄。"

"我中午前后打给你。"

我们慢慢地走下台阶。

"我觉得黛西也会给我打电话的。"他有点神色不安地看着我，希望从我这里得到证实。

"我觉得她应该会的。"

"嗯，好，那么再见吧。"

我跟他握了握手就走了。走到树篱前的时候，我又想起了什么，于是转回头。

"那些人都是浑蛋，"我隔着草坪大声喊道，"他们全部加起来都不如你一个。"

后来我一直为我说了这句话而高兴。我对他就说过这一句好话，因为我从来都不赞成他。他先是礼貌地点了点头，接着露出乐滋滋的会心的微笑，好像我们俩在这件事上已经达成了足够的默契。他那套华丽的粉红色衣服衬着白色台阶构成一片鲜艳的色彩，这让我想起三个月前我第一次到他古色古香的别墅里参加晚会的那个晚上。当时那些猜测他所犯的罪行的人挤满了他的草坪和汽车道，而他就像今天这样站在台阶上，怀揣着他那永不腐蚀的梦，向他们挥手告别。

我感谢了他的殷勤招待。我跟其他人一样，总是为了这个跟他道谢。

"再见了，"我对他喊道，"谢谢你的早饭，盖茨比。"

到了公司，我胡乱抄了一会儿那些不计其数的股票行情表，然后就不知不觉坐在转椅里睡着了。快到中午的时候，电话铃声把我惊醒，我吓了一跳，脑门上直冒汗。是乔丹·贝克打来的。她经常会在这个时候给我打电话，行踪不定的她总是出入大饭店、俱乐部和私人住宅，我很难联系上她。通常她电话里的声音都是清凉悦耳的，就像从碧绿的高尔夫球场飘进办公室窗口的草根土①，但这天她的声音显得生硬枯燥。

"我离开黛西家了，"她说，"现在我在亨普斯特德，下午就动身去南安普敦。"

她应该离开黛西家，但我看不惯她的做法。她接下来的话让我更加生气。

"昨晚你那样对我可不怎么好。"

"那种情况下有什么好计较的？"

片刻的沉默过后，她说："不管怎么说……我想见你。"

"我也想见你。"

"那我下午进城，不去南安普敦了，怎么样？"

"不行……今天下午不行。"

"随便你好了。"

"今天下午确实不行，有很多……"

我们就这样磨叽了一会儿，后来突然卡了壳似的都不说话了。我现在也搞不清当时是谁啪的一下先挂掉了电话，但我知道自己已经不在乎了。那天我绝对不可能跟她面对面地喝茶聊天，哪怕她这辈子都不再搭理我了也不行。

---

① 打高尔夫球时，球棒从场地上削起的小土块。

过了几分钟，我打电话到盖茨比家去，占线。我连续打了四次，最后接线员很不耐烦地跟我说这条线路在专等底特律的长途电话。我拿出火车时刻表，在三点五十分那班车上画了个小圆圈。这时才到中午，我靠在椅子上，安静地想了会儿事情。

那天早上乘火车路过灰堆时，我特意去了车厢的另外一边。我猜那里肯定整天都围着好奇的人——小男孩们在尘土中寻找黑色的血斑，还有爱唠叨的人一遍遍地讲事情的经过，添油加醋，一直讲到他自己越来越迷惑，最后实在讲不下去了，到那时默特尔·威尔逊的惨剧也就被人遗忘了。现在我要倒回去讲讲那天晚上我们从车行离开后那里发生的事情。

他们几经周折才找到她的妹妹凯瑟琳。她那天晚上肯定是破了不喝酒的规矩，到现场的时候已醉得昏头昏脑，根本没法理解救护车已经开去法拉盛区[①]了，等他们让她明白过来，她马上晕了过去，好像这才是整个事件中最让她难受的部分。有个人出于好奇或者好心，让她上了他的车，追着她姐姐的遗体一路开了过去。

一直到了后半夜，车行前面的人潮还是川流不息，乔治·威尔逊也仍然在里面的长沙发上摇来晃去。办公室开着门，到车行来的人都忍不住朝里面张望。后来有人觉得不像话就关上了门。米夏埃利斯和另外几个男人轮流陪着他。开始有四五个人，后来只剩下两三个人。最后，只剩了一个陌生人，米夏埃利斯不得不要求他再待十五分钟，以便他自己回店去煮一壶咖啡。此后直到天亮，他就一个人待在那儿陪着威尔逊。

三点左右，威尔逊不再哼哼唧唧地胡言乱语，渐渐地安静下来，开始谈到那辆黄色的车子。他说他有办法查出车子的来历。他还脱口说出两个月以前他老婆鼻青脸肿从城里回来的事。

但话一出口，他似乎就吃了一惊，又开始哭哭啼啼地叫喊："我的上

---

① 纽约皇后区内的一个区域。

帝啊……"米夏埃利斯笨嘴拙舌，努力寻找话题分散他的注意力。

"你结婚多久了，乔治？好啦，安静一会儿吧，回答我，你结婚多久了？"

"十二年。"

"生孩子了没有？好啦，乔治，坐好，回答我的问题。你有孩子吗？"

不时有硬壳的棕色甲虫撞到暗淡的电灯上。每当外面的公路上有汽车疾驰而过，米夏埃利斯就会觉得那是几个小时以前那辆没停的车。他不愿去汽车间，因为那张停放过尸体的工作台上还留有血迹。他在办公室里走来走去，没等天亮他就熟悉了里面的每样东西。他还要不时地在威尔逊身旁坐下来，好让他安静一点。

"你经常去哪个教堂，乔治？你好久没去过了吧？不过我可以打电话请牧师过来，让他跟你谈谈，好吗？"

"我不属于任何教堂。"

"你应该找个教堂，乔治，这种情况下你就用得上了。以前你肯定做过礼拜吧，婚礼肯定是在教堂里举行的吧？听我说，乔治，难道你不是在教堂里结的婚吗？"

"那是很久以前的事了。"

对问题的思考影响了威尔逊来回摇晃的节奏，他终于安静下来，很快，他无神的眼睛又恢复成原来那种半清醒半迷糊的状态。

"把那个抽屉打开看看。"他指着书桌说。

"哪个抽屉？"

"那个——就是那一个。"

米夏埃利斯把离手最近的那个抽屉打开，里面只有一根小小的贵重的狗链，是由牛皮和银编织带制作的。显然，它还是新的。

"这个吗？"他举起狗链问。

威尔逊瞪着眼点了点头。

"我昨天下午发现的。她想方设法跟我解释它的来由，但我觉察出了其中的蹊跷。"

"你说你太太吗？"

"她拿薄纸包着放在她的梳妆台上。"

米夏埃利斯没看出它有什么蹊跷，给威尔逊说了十来条理由，以解释他老婆为什么会买这条狗链。但很明显，其中的某些理由默特尔肯定也对威尔逊说过，因为他又开始哼哼："我的上帝啊！"这生生把米夏埃利斯还没来得及说出口的几个理由给噎了回去。

"那就是他杀害了她。"威尔逊说。他恍然大悟似的张大了嘴巴。

"谁杀害了她？"

"我有办法查出来。"

"别胡思乱想，乔治，"他的朋友说，"你受的刺激太大，你已经不知道自己在说什么了。尽量安静些吧，天亮就好了。"

"他杀了她。"

"那是交通事故，乔治。"

威尔逊不以为然地摇了摇头。他把眼睛眯成一条缝，嘴巴微微地咧开，轻轻地哼了一声。

"我知道了，"他肯定地说，"我从不轻易怀疑别人，可一旦弄明白是怎么回事，我心里就有数了。就是车里的那个男人。她跑过去想跟他说话，但他不肯停车。"

他说的情况，米夏埃利斯也目睹了，但他没看出其中有这层意思。他觉得威尔逊太太只是从她丈夫那里冲了出来，并不是奔那辆车去的。

"她怎么会弄成那样？"

"她这个人有些深沉。"威尔逊说，仿佛这就是答案，"啊——哟——哟——"

他又开始摇晃起来。米夏埃利斯站在旁边，无奈地搓着手里的狗链。

"你有什么朋友吗，乔治？我打电话找他们来帮忙吧。"

话未出口他就知道希望渺茫。连老婆都照管不了，威尔逊怎么可能有朋友？过了一会儿，他终于可以高兴一下了——窗外渐渐发蓝，他知道天快亮了。大约五点，天色更蓝，屋子里不用开灯了。

威尔逊呆滞的眼睛望向外面的灰堆，天空中奇形怪状的灰色云朵在黎明的微风中飞来飞去。

"我跟她谈过，"沉默了半天他又开始喃喃自语，"我跟她说她可以骗我，但绝对骗不了上帝。我把她领到窗口，然后我说：'你做了什么，上帝都一清二楚。你能骗我，但上帝你是骗不了的！'"

他说着，吃力地站起来，走到后窗前，把脸紧紧地贴在上面。

米夏埃利斯站在他背后，顺着他的眼神望过去，看到埃克尔伯格大夫那暗淡无光、巨大无比的眼睛正从消散的夜色中慢慢地显现出来。

"上帝知道一切。"威尔逊又重复了一遍。

"那只是一幅广告。"米夏埃利斯说。不知怎的，他不想再看外面，就把视线转回了屋内。威尔逊却在那里站了很久，脸紧贴着窗玻璃，对着曙光不住地点头。

六点的时候，米夏埃利斯已是筋疲力尽。听到外面有车子停下的声音，他顿时满心感激。来的是昨晚帮忙的，答应过早晨再来。那人做了三份早餐，但只有米夏埃利斯和那人自己吃了。看威尔逊已经平静下来，米夏埃利斯就回家睡觉了。大约四小时之后他醒来，赶忙又跑回车行，这时威尔逊已经不见了踪影。

事后他的行踪才被查明——他一直是步行的，他先到了罗斯福港，然后向盖德山进发，在那里买了一块三明治，但没吃，还买了一杯咖啡。大约是太累了，他走得特别慢，到达盖德山的时候已经是中午了。到这时为止，他的行踪和时间都可以得到确认——有几个男孩子看到过一个"疯疯癫癫"的男人，几个开车的人也记得这个在路边古里古怪盯着他们的人。但此后的三个小时他就踪影全无了。根据他对米夏埃利斯说的那句"有办法查出来"，警察推测：那三个小时他在遍访各家车行，打听那辆黄色汽车。但这一推测没有得到任何一家车行的证实。也许他有更容易、更可靠的办法，打听到了他想知道的事。下午两点半，他到了西卵，有人证明他问过去盖茨比家的路——由此可见，那时他已经知道了盖茨比的名字。

下午两点的时候，盖茨比穿上了游泳衣。他跟男管家说，要是有人打来电话就去游泳池通知他。然后他在汽车房拿了一个夏天供客人们娱乐用的橡皮垫子，司机帮他打足了气，他跟司机说无论如何都不要把那辆敞篷车开出来。可是车子前面左边的挡泥板需要修理，所以司机觉得很奇怪。

盖茨比扛着垫子，向游泳池走去。他曾经停下来调整了一下，司机想要帮忙，他摇头拒绝了，然后他就消失在叶片渐黄的树林中了。

没有电话打来。男管家没睡午觉，一直等到四点——那以后就算有电话也找不到接的人了。我觉得盖茨比可能也知道不会有电话打来，或许他已经不在乎了。如果真是这样，那么他肯定领悟到以前那个温暖的世界已离他远去了，他为一个抱得过久的梦付出了高昂的代价。他抬头仰视，一定因为透过那些可怕的树叶看到了一片陌生的天空而感到毛骨悚然；他发觉了玫瑰的丑恶肮脏，阳光照在刚露头的小草上其实是多么残酷。眼前这个新的世界，充满物质和虚幻，在这里充斥着可怜的幽魂，他们呼吸着空气般的梦，四处游荡……就像那个灰蒙蒙的古里古怪的人形那样，穿过杂乱的树木悄悄走近他……

那个汽车司机——他是沃尔夫斯海姆手下的一个人——听到了枪声，事后他只能说自己当时没怎么当回事。我从火车站直接开车到了盖茨比家，等我急匆匆冲上前门的台阶时，屋里的人才发觉出了事。但我固执地相信，他们早知道了。于是司机、男管家、园丁和我，我们四个人，几乎一言不发地匆忙奔向了游泳池。

清水从泳池一端放入，排水管在泳池的另一端；从水面上几乎看不出水的流动。那只负着重物的橡皮垫子，随着隐隐的涟漪在池子里盲目地漂着。微风吹不皱水面，却足以扰乱它那载着偶然重负的偶然航程。一堆落叶使它慢慢地旋转着，并在水面上画出一道细细的红圈。

我们抬起盖茨比向屋里走去，随后园丁在不远处的草丛里发现了威尔逊的尸体——大屠杀至此宣告结束。

第九章

两年以后，我又回想起出事后的情景：那天晚上和第二天，一批又一批的警察、摄影师、新闻记者穿梭在盖茨比家门前。大门口拉了一根绳子，一名警察守在那里，阻挡看热闹的人进入，但很快小男孩们就发现可以通过我的院子绕进去，所以游泳池旁总少不了目瞪口呆的孩子。那天下午，有一名像是侦探的神态自信的人，在检视威尔逊的尸体时用了"疯子"这两个字，他偶然但权威的语句给第二天早上所有的报纸定了基调。

那些报道大多数是捕风捉影的渲染，离奇古怪，煞有介事，像噩梦般不真实。后来米夏埃利斯在验尸时说了一些证词，透露了威尔逊对他妻子的猜疑，当时我以为这肯定会被那些黄色小报添油加醋搞出一堆故事来。但本可以信口开河的凯瑟琳，这回竟然什么都没有说，简直魄力惊人——她用两只坚定的眼睛从她那描过的眉毛下直直地盯着验尸官，发誓说她姐姐从没见过盖茨比，也从未有过任何不端的行为，并且她姐姐和姐夫一直过着非常幸福美满的生活。她说得言之凿凿，把自己都说服了，还拿手帕捂着脸痛哭，仿佛谁要有这样的疑问她都无法忍受。威尔逊最终被归结为一个"悲伤过度精神失常"的人，案情极其简单，这个案子也就此画上了句号。

其实这一整套程序对我来说，都是不痛不痒、无关紧要的。我发现只有我一个人站在盖茨比一边，只有我一个人。从我打电话到西卵报告惨案之后，所有关于他的猜测、每一个实际问题，都汇集到了我这里。最初我真有点惊讶和迷惑，后来时间一点一点过去，盖茨比躺在那里一动不动，没有声音，没有呼吸，我才渐渐明白这个事情必须由我来负责，因为除了我没有谁对这个有兴趣——我的意思是，人过世后，多少有点权利获得亲朋故旧的深切关心，而他一个也没有。

在我们发现盖茨比的尸体半小时之后，我本能地、毫不迟疑地拨打了黛西的电话，但我得到的回答是，她和汤姆那天下午很早就出门了，并且随身带了行李。

"他们留下地址了吗？"

"没有。"

"他们说几时回来了吗？"

"没有。"

"知道他们去哪儿了吗？怎么能联系上他们呢？"

"不知道，不知道。"

我是多么想给他找来个人。我真想到他躺着的那间屋子里去安慰一下他，对他说："别着急，盖茨比，我一定给你找来个人。你相信我好了。放心，我一定给你找来个人……"

我查了电话簿，没找到迈耶·沃尔夫斯海姆的名字。我问男管家要了他在百老汇的办公室的地址，然后打电话到电话局去问号码，等到有了号码已是五点多了，已经没人接电话了。

"麻烦你再摇一下好吗？"

"我已经摇过三次了。"

"真的有非常紧急的事。"

"对不起，那里可能没有人。"

我又回到客厅，里面挤满了人，起初我以为是那些不速之客，后来才知道他们是官方人员。他们掀开被单，用惊恐的目光看着盖茨比。我的脑子里又响起他的抗议：

"我说，老兄，你一定得想法子替我找个人来。我一个人实在受不了这个罪啊。"

有人过来问我一些事，我没理他，径自跑上了楼，匆忙翻了一下盖茨比书桌上那些没锁的抽屉。他从没明确跟我说过他父母是否在世。我什么也没找到，除了丹·科迪的那张照片。它从墙上凝视着下方，提醒着那段被人遗忘的粗野狂暴的生活。

　　第二天早晨，我派男管家去纽约送了封信给沃尔夫斯海姆，向他打听一些消息，并恳请他搭最快的一班火车赶过来。写这个的时候我觉得有点多此一举，如果他想来，看见报纸就会赶来，就像黛西，如果有心，中午之前肯定会发电报来的。可事实是怎样的呢？没有电报，也没有人来。谁也没来，除了更多的警察、摄影师和新闻记者。看完男管家带回的沃尔夫斯海姆的回信后，我开始鄙视他们这些冷血动物，我觉得我可以和盖茨比团结一致，横眉冷对他们这些人，我们可以傲视一切。

　　亲爱的卡拉韦先生：

　　　　听到这个消息我震惊不已，我真不敢相信这是真的。我们大家都该好好想想那个疯子的那种疯狂行为。我现在不能过去，我还有一些非常重要的业务需要处理，所以目前我不能牵连到这件事当中。过些日子你如果需要我，请派埃德加送封信给我。这件事让我太震惊了，我觉得天旋地转，简直都不知道自己在哪儿了。

　　　　　　　　　　　　　　　　　您忠实的

　　　　　　　　　　　　　　　　　迈耶·沃尔夫斯海姆

下面又匆匆附了一笔：

　　　　请告知关于丧礼的安排。又及：根本不认识他家里人。

　　那天下午电话铃响，长途台说是从芝加哥打来的，我满心以为是黛西，接起来却是个男人的声音，轻飘飘的，很遥远。

　　"我是斯莱格尔……"

　　"嗯？"很生疏的名字。

　　"那封信真是不怎么样吧？收到我的电报了吗？"

　　"什么电报也没有。"

"小帕克栽了，"他语速飞快，"他在柜台上递证券的时候被逮住了。就在五分钟前他们收到了纽约的通知，把号码列上了。你能想到会发生这种事吗？在这种乡下真是没法预料……"

"喂！喂！"我一叠声地打断了他的话，"听我说，我不是盖茨比先生。他死了。"

电话那头沉默了。好一阵之后，只听见一声惊叫……然后咔嗒一声，电话挂断了。

我记得大概是第三天，从明尼苏达州一个小城镇寄来了一封署名亨利·C.加茨的电报。发报人说他马上动身，要求葬礼等他到达后再举行。

来的是盖茨比的父亲。老头子很庄重，这样暖和的九月天就裹上了一件蹩脚的长外套，看上去可怜而沮丧。我把旅行包和雨伞从他手里接过来，他激动得眼泪流个不停，不住地伸手去拉他那撮稀疏的花白胡须。我费了好大的劲儿才帮他把大衣脱下来。他看上去快要垮掉了，我一边领他去音乐厅坐下，一边打发人去弄点吃的来，可是他不肯吃东西，手哆哆嗦嗦的，把牛奶也洒了出来。

"我看了芝加哥的报纸，"他说，"报纸上都登了，我看到就马上动身了。"

"我没办法通知您。"

他四处看着，可好像对什么都视而不见。

"是个疯子干的，"他说，"肯定是疯了。"

"您喝杯咖啡吧。"我劝他。

"不用，我什么都不要。我现在没事了。那么您是……"

"卡拉韦。"

"哦，我现在好了。吉米在哪儿？"

我把他领到客厅里他儿子躺着的地方，让他一个人留在那里。有几个小男孩跑到门口，爬上台阶，往客厅里张望。我告诉他们谁来了，他们才勉强离开。

过了一会儿，加茨先生打开门走了出来——他张着嘴巴，脸微微有点红，眼睛里滴下几滴泪水。到了他这个年纪，死亡已经不是一件骇人听闻的事了。这时他第一次抬眼看了看周遭，他看见了富丽堂皇的门厅，一间间彼此贯通的大屋子，于是他的悲伤与一种敬畏的骄傲混合在了一起。我扶他去了楼上的卧室，在他脱上衣和背心的时候，我跟他说所有的安排都推迟了，等着他做决定。

"我当时不知道您的安排，盖茨比先生……"

"我姓加茨。"

"哦，加茨先生，我想可能您会把遗体运到西部去。"

他摇了摇头。

"吉米一直喜欢待在东部。在东部，他拥有了现在的一切。你是我孩子的朋友吧，先生？"

"我们是知己。"

"他有着远大的前程，你知道的。他还很年轻，而且他非常聪明。"

他郑重地用手碰了碰脑袋，我也点点头表示赞同。

"如果他活下去，他会成为像詹姆斯·J. 希尔[1]那样的大人物，建设国家。"

"肯定会的。"我开始感到局促不安。

他笨拙地把绣花被单扯来扯去，大概想把它从床上拉下来，然后直挺挺地躺了下去，接着就睡着了。

那天晚上还有一个人打来电话，非要知道我是谁他才肯报上自己的姓名。

"我是卡拉韦。"我说。

"哦！"他似乎感到一点宽慰，"我是克利普斯普林格。"我也感到一点宽慰，终于可以多一个送盖茨比的朋友了。我不愿意登报，不愿意招

---

[1] 詹姆斯·J. 希尔（James J. Hill，1838—1916），美国铁路大王。

来一大群看热闹的，所以我自己打电话通知了几个人。他们实在不好找。

"明天出殡，"我对他说道，"下午三点，就在盖茨比家里。请你转告那些想参加的人。"

"哦，一定，"他急忙说，"不过我是不太可能见到什么人的，但是如果我碰到的话一定转告。"

他的语气让我怀疑和反感。

"你自己肯定会来吧？"

"哦，我想办法参加。我打电话是想问问——"

"等等，"我打断了他的话，"先说你一定来参加，怎么样？"

"呃，事实是……实际上是这样的，我现在正在格林威治的朋友家里，他们计划明天让我跟他们一起野餐什么的。当然了，如果走得开我一定去参加。"

我忍不住叫了一声"嘿"，他肯定也听到了，因为他很紧张地继续说："其实我打电话是因为我有一双鞋还在那里。能不能请你让男管家寄给我。那是双网球鞋，我不能没有它，我的地址是 B.F.……"

不等他说完，我就挂了电话。

这之后，我真为盖茨比感到羞愧——还有一个人接到我的电话时竟然说他该死。话说回来，这是我的错，他正是那种喝足了盖茨比的酒之后就大骂盖茨比的人，我给他打电话本来就是个错误。

出殡那天早晨，我去纽约找迈耶·沃尔夫斯海姆，除此之外，我想不出还能用别的什么办法找到他。在开电梯的男孩的指点下，我推开一扇写着"万字控股公司"的门。屋里好像没有人，我高声"喂"了几声也没人答应，突然我听到一扇隔板后传出争辩声，接着里面一扇门的门口出现了一个漂亮的犹太女人，用带有敌意的黑眼睛打量着我。

"没人，"她说，"沃尔夫斯海姆先生去芝加哥了。"

起码"没人"这句话明显是在撒谎，因为我听到里面有人在吹口哨——跑调的《玫瑰经》。

"请跟他说卡拉韦先生要见他。"

"难道我能从芝加哥把他叫回来吗？"

就在这时，有人在门那边喊了一声"斯特拉"，正是沃尔夫斯海姆的声音。

"把你的名字留在桌上吧，等他回来我告诉他。"她匆忙说。

"我知道他就在里面。"

她向我跨近一步，两手气呼呼地在臀部上上下下地搓着。

"你们这些自以为是的年轻人真是够呛，你们以为这里是可以随便闯进来的吗？"她骂道，"真要烦死人了。我说他在芝加哥，他就在芝加哥。"

这时我提了一下盖茨比的名字。

"哦……啊！"她又打量了我一下，"请您稍等……您贵姓？"

她转身不见了。过了一会儿，迈耶·沃尔夫斯海姆庄重地出现在门口，伸出两只手把我拉进了他的办公室。他一边给我递烟，一边说这种时候大家都很难过，口气虔诚至极。

"我还记得我第一次见到他时的情形，"他说，"那时候他还是一名刚离开军队的年轻少校，胸口挂满了在战场上赢得的勋章。他很穷，连便服都买不起，只能继续穿军服。我第一次见到他时，他正走进四十三号街瓦恩布雷纳的台球房，想找份工作，那时候他已经两天没吃饭了。'跟我一起去吃午饭吧。'我对他说。没过半个小时，他就吃了超过四美元的饭菜。"

"他的生意是你帮他做起来的吗？"我问。

"帮他？是我造就了他。"

"哦。"

"我把他从阴沟里捡起来，从零开始培养他。见他第一眼，我就觉得这个年轻人仪表堂堂、文质彬彬，等他跟我说他上过牛津，我就知道他能派上大用场。我让他加入了美国退伍军人协会，后来他在那里获得了很高的地位。他一出马就去奥尔巴尼①帮我的大主顾办了一件事。我们

---

① 纽约州首府。

在所有事情上都像这样亲密，"说着他把两根肥胖的指头举了起来，"永远在一起。"

我很想知道，他们的亲密合作是不是也包括一九一九年世界棒球联赛那笔交易。

"现在他死了，"隔了一会儿我说，"既然你是他最亲密的知己，那你肯定会去参加他下午的葬礼。"

"我很想去。"

"那你来就是啦。"

他鼻孔里的毛微微颤动着，接着他摇了摇头，泪水盈眶。

"我不能去……我不可以被牵扯进去。"他说。

"不会牵扯到你什么事的，事情都已经过去了，什么事都不会有的。"

"凡是命案，我都不愿意与之有任何牵连。我绝对不会介入。我年轻的时候不是这样的——那时，如果有朋友死了，不管什么原因，我都会帮忙帮到底。可能你觉得我太感情用事了，但我说到做到，我会一直拼到底。"

我看出来了，他坚持他的理由，他是绝对不肯去的，于是我站了起来。

"你上过大学吧？"他突然问我。

有那么几秒钟我以为他这是要找什么"关系"，但他最后只是点了点头，跟我握了握手。

"我们都应该学会在朋友活着的时候好好相处、讲情义，而不是等人死了以后，"他说，"人死之后，我的原则是不管闲事。"

我从他的办公室出来的时候，天阴沉起来，我冒着蒙蒙细雨回到了西卵。换过衣服之后，我去了隔壁。加茨先生正在门厅里兴奋地走来走去。看得出来，他儿子和他儿子的财物给了他持续增长的自豪感，现在他有一样东西要给我看。

"吉米把这张照片寄给了我，"他用哆嗦的手指掏出了钱包，"你看看。"

那是这座房子的照片。照片的四角都裂开了，由于被很多只手摸过，显得脏脏的。他热切地指给我看照片上的每个细节。"你看！"他说完又看看我眼中有没有赞赏的神情。他肯定把这照片给无数人看过了，我相信在他看来，照片比这所房子更真实。

"吉米寄给我的。真是很好看，照得很好。"

"是非常好。您最近跟他见过面吗？"

"两年前他回家看过我，我现在住的房子就是他那次回家给我买的。当然，他以前从家跑掉的时候我们都很伤心，现在我知道他为什么要走了。他清楚地知道自己有远大的前程。他发达之后，对我一直都很好很大方。"

他好像很不愿意收回那张照片，又在我眼前举了一会儿，才依依不舍地放了回去。他把钱包装起来，又从口袋里掏出一本破破烂烂的旧书——《牛仔卡西迪》。

"你看看，这是他小时候看的书。真是从小见大。"

他翻开书的封底，掉转过来让我看。在最后的空白页上，我看到端端正正的"时间表"几个字，标着日期"一九〇六年九月十二日"。下面是：

起床	上午 6：00
哑铃、体操及爬墙	6：15—6：30
学习电学等	7：15—8：15
工作	8：30—下午 4：30
棒球及其他运动	4：30—5：00
练习演说、仪态	5：00—6：00
学习有用的新发明	7：00—9：00

个人决心

不要浪费时间去沙夫特家或（另一姓，字迹不清）

不要再吸烟或嚼烟

每隔一天洗一次澡

每个星期读一本有益的书或杂志

每个星期储蓄五元（涂去）三元

对父母更加体贴

"我是无意中发现这本书的，"老头说，"可真是从小见大，是吧？"

"是的，真是从小见大。"

"吉米经常制订这样的目标，他注定会出人头地。你有没有注意他是怎么提高修养的？他从来都很注意这些方面。有一次他说我吃东西跟猪似的，结果被我揍了一顿。"

他捧着书，舍不得合上，他很大声地把每一条念了一遍，然后巴巴地望着我。我觉得他可能认为我应该把那张表抄下来照着做。

快三点的时候，从法拉盛来的那位路德教会的牧师到了。我不由自主地朝窗外望了又望，盼望能有别的车子来。盖茨比的老父亲跟我一样。但时间一分一秒过去，没有人，也没有车。用人们都站在门厅里等候，老人着急地眨着眼睛，不知所措地说起外面的雨。牧师不住地看表。我把牧师拉到一边，跟他说再等半个小时。但是半个小时很快过去了，谁也没有来。

五点左右，我们一共三辆车子开到了墓地——最前面是灵车，又黑又湿，非常难看；加茨先生、牧师和我坐着大型轿车跟在后面；最后面是四五个用人和西卵的邮差，他们坐在盖茨比的旅行车里。大家都被淋得湿透了。当我们穿过大门进入墓地的时候，我听见有车辆停下来，接着听到有人踩着湿透的草地从我们后面追上来。我回头一看，竟然是那个戴猫头鹰眼镜的人——就是三个月以前的那个晚上我在盖茨比图书室见到的那个人，当时他对盖茨比图书室里的书大为惊叹。

那天晚上以后，我没再见过他。我不知道他如何得知盖茨比今天下葬，我甚至连他叫什么都不知道。雨水顺着他的厚眼镜片往下流，他把眼镜摘下来擦了擦，看工人把盖茨比墓穴上的挡雨帆布卷起来。

那一刻我很想回忆一下盖茨比，可是他已经离我远去。我只想起黛西没来电报，也没送花，但我对此已不再感到气恼。隐隐约约我听到有人喃喃念道："上帝保佑雨中的死者。"然后是戴猫头鹰眼镜的那个人洪亮的声音："阿门！"

我们陆陆续续冒雨跑回到车子上。在大门口，我跟戴猫头鹰眼镜的人说了一会儿话。

"我没来得及赶到别墅。"他说。

"其他人也都没去。"

"啊！真的？"他大吃一惊，"啊，我的上帝！以前他们可都是好几百人一起来啊。"

他摘下眼镜，里里外外地擦了一遍。

"这家伙真他妈的可怜啊。"他说。

在我的记忆中，一个很鲜明的景象就是每年圣诞节的时候，我从预备学校以及后来从大学回到老家的情景。一般在十二月某天的黄昏六点，去芝加哥以远的地方的同学会在那座古老、幽暗的联邦车站集合，跟几个家在芝加哥的朋友匆匆话别——他们已经提前进入了节日的欢乐气氛。我记得那些穿着皮大衣从东部某某私立女校回来的女学生，记得在寒冷的空气中叽叽喳喳的说笑声，记得我们碰到熟人打招呼时挥动的手，记得争相发出的节日邀请："你去奥德韦家吗？赫西家呢？舒尔茨家呢？"我记得我们戴手套的手里紧紧捏着的长条绿色车票。我还记得停在月台旁轨道上的那些昏暗的黄色客车——芝加哥—密尔沃基—圣保罗，一看就感觉它们满溢着圣诞节的欢乐。

寒冬的黑夜里，火车在雪地上奔驰。那是真正的白雪，属于我们的雪，沿着路边伸向远方，迎着车窗闪耀。火车经过威斯康星州的小车站，灰暗的灯火从眼前掠过，一股寒气突然袭来，让人神清气爽。吃过晚饭，我们穿过寒冷的车厢连接处往回走，深深地呼吸几口这沁人心脾的寒气，在这神奇的一小时里难以言喻地意识到自己与这片乡土的血肉联系，然后我们将不留痕迹地融入其中。

这就是我的中西部——不是麦田，不是草原，也不是瑞典移民的荒凉村镇，而是我年轻时代激动人心的还乡的火车，是寒冷冬夜里的街灯，是雪地里雪橇的铃声，是圣诞冬青花环被窗内的灯火映在雪地上的影子。而我，也是其中的一部分，它那漫长的冬天让我习惯了矜持，在卡拉韦公馆里成长让我难免有点自满——在那里，人们的住宅世世代代都被称作某某公馆。我现在才明白，这个故事从头到尾就是一个西部的故事——汤姆和盖茨比、黛西、乔丹和我，我们都是西部人，或许西部人有一些同样的缺陷，这决定了他们无法适应东部的生活。

即使在东部最令我兴奋的时候，即使在我感受到它无与伦比的优越性的时候——过了俄亥俄河，尽是些枯燥乏味、乱七八糟的城镇，那里除了老人和儿童，人人都被无休止的闲言碎语所包围——即使是在这种时候，我还是觉得东部的生活有点畸形。尤其是西卵那个地方，我在做荒唐的梦的时候，总是梦见它。在我的梦里，西卵就是埃尔·格列柯[①]画中的一幅夜景：在阴沉沉的天空和暗淡无光的月亮下，蹲伏着一所所既平常又怪异的房屋。在画面的前边是四个板着面孔、身穿大礼服的男人，他们抬着一副担架正沿着街道行进；担架上躺着一个喝醉的身穿白色晚礼服的女人；这个女人的一只手耷拉在一边，上面戴着的珠宝闪耀着亮晶晶的寒光。这帮人郑重其事地走进一所房子——其实他们走错了。没人知道这个女人是谁，也没人关心这个问题。

盖茨比死后，东部在我心中就变成了这样——鬼影，面目全非，我的眼睛已经无法适应并矫正它们。所以，在烧枯叶的蓝烟弥漫空中、晾衣绳上的湿衣服被寒风吹得硬邦邦的时候，我决定回到我的西部老家去。

离开之前，还有一件尴尬、不愉快的事情要办。或许我可以让它不

---

① 埃尔·格列柯（El Greco，约 1541—1614），西班牙画家。作品多以宗教为题材，并用阴冷色调渲染超现实的气氛。

了了之，但我习惯于善始善终，不指望那博大无情的大海来替我收拾烂摊子、冲洗垃圾。我跟乔丹·贝克见了一面，把我们两人之间发生的事情从头到尾谈了一遍，我也跟她说了我后来的遭遇。她一动不动地躺在一张大椅子上，听着我说。

我记得那天她穿着打高尔夫球的衣服。我当时就觉得她很像一幅美丽的插图——下颌神气地微微翘起，头发是如秋叶般的黄褐色，面色跟她放在膝盖上的浅棕色无指手套相得益彰。听我说完以后，她跟我说她已经跟人订婚了，此外再无他言。虽然我知道只要她一点头就有好几个人等着跟她结婚，但我不相信她所说的。不过我故意表示惊讶。有那么一瞬间，我琢磨自己是不是正在犯错误，但很快我就想清楚了，便站起来跟她告辞。

"不管怎么说，是你把我甩了，"乔丹忽然说，"那天在电话里，你甩了我。现在我已经完全不把你当回事了。但发生那种事对我来说还真挺新鲜，让我晕头转向了好一阵子。"

我们俩握了握手。

"对了，你还记不记得我们有一次谈到了开车？"最后她又加了一句。

"哦……不太记得了。"

"你说一个不小心开车的人只有在碰上另一个不小心开车的人之前才是安全的。看吧，我这个不小心开车的人就碰上了另一个不小心开车的，是不是？我的意思是我还真是不小心，竟会看错人，把你当成了一个非常老实又正直的人。我本以为你暗暗以此为荣。"

"我已经三十岁了，"我说，"如果退回去五年，也许我还可以骗骗自己，说我以此为荣。"

她没有回答。我又气又恼，对她有几分依恋，同时又很遗憾，我转身离开了。

十月下旬的一个下午，我在第五大道碰到了汤姆·布坎南。他在我前面走着，还是那样机警和盛气凌人——两手微微离开体侧，一副要击退对手的进攻的模样，他的头依然不停地忽左忽右转动着，跟他那双溜溜转的眼睛配合得天衣无缝。我正想走慢点以免赶上他，他停了下来，皱着眉头看一家珠宝店的橱窗，突然看见了我，转身朝我走来，并伸出了手。

"怎么了，尼克？难道你不愿意跟我握手吗？"

"是的，你知道我怎么看你就好。"

"你疯了吧，尼克，"他急忙说，"你真是疯得厉害。我不知道你为什么会这样。"

"汤姆，"我质问他，"那天下午，你是怎么跟威尔逊说的？"

他瞪着我，一言不发。我知道，我猜对了——那天有几个小时，威尔逊的行踪不明。我忍不住掉头就走，但他跟上来抓住了我的胳膊。

"我跟他说的是实话，"他说，"他到我家来找我，那时我们正准备出门，我让人跟他说我们不在家，但他疯了似的要冲上楼来。如果我不跟他说那车子是谁的，他真会发疯杀死我的，在我家的时候他的手一分钟都没离开过他的口袋，那里面放着一把手枪……"他突然停住了，态度变得强硬起来，"就是我告诉他的又怎么样？都是那家伙自己找死。他迷惑了黛西，也迷惑了你。他心肠有多狠毒你看到了，他把默特尔撞死就跟撞死一条狗似的，他连车都不停。"

我无话可说，我知道事实但是说不出来。真实的情况根本不是这样的，我在心里呐喊着。

"你觉得我就不痛苦不难受吗？告诉你，我去退掉那套公寓的时候，看见餐柜上还放着那盒倒霉的喂狗的饼干，我就忍不住像个小婴儿一样坐在地上号啕大哭，天哪，太难受了……"

我无法宽恕他，更不可能喜欢他。可我看得出来，他觉得他做的一切都是有道理的。一切都是那么的粗心大意和混乱不堪。粗心大意的人，比如汤姆和黛西，明明是他们毁坏了东西，毁灭了人，但他们只会退缩，在金钱铸就的宫殿里麻木不仁，自顾自地待在里面，留下混乱不堪的烂摊子让别人收拾……

最后我还是跟他握了握手，我还没无聊到用不肯握手来表达自己的厌恶，更何况在我眼中他突然变得跟小孩子一样了。后来他走进那家珠宝店，也许他要去买一串珍珠项链，或者一副袖扣也说不定——就此便把我这个乡下佬的责备抛到了九霄云外。

我离开西卵的时候，盖茨比的别墅依然空着，草坪上的草再长下去就比我高了。镇上有个出租车司机每次拉客人经过的时候都要停车，向着盖茨比的空房子指点一番。或许出事那天就是他开车送盖茨比和黛西去的东卵，也可能他自己已经自以为是地编造了一个别出心裁的故事。每次我都避免坐他的车，因为不想听他的故事。

每个星期六的晚上我都在纽约度过，因为我忘不了隔壁那些灯火辉煌、光彩炫目的宴会。每到星期六，我就恍惚听到有音乐声和欢笑声从盖茨比的房子里飘过来，我还能听到车道上一辆辆汽车来来往往的声音。有一个晚上，我真真切切地听到来了一辆汽车，汽车灯照在门口的台阶上，但我没去证实来的是什么人。我觉得可能是最后一位来参加宴会的客人，他刚从天涯海角归来，不知道宴会已经永远地结束了。

离开之前的最后一个晚上，所有的行李已经装箱，车子也卖给了杂货店的老板，我去隔壁最后看了一眼那座庞大杂乱、象征着失败的别墅。不知道哪个男孩用砖头在白色大理石台阶上涂了一个"脏"字，在月光下它分外刺眼，我走过去把它擦掉，鞋子刮得大理石台阶沙沙作响。然后我又溜达着去了海边。我仰躺在沙滩上，最后望了一回盖茨比望过的星空。

海边那些大别墅现在多数已经关闭，海湾上除了一艘渡船发出幽暗闪烁的灯光外，周围几乎没什么亮光。明月渐渐地升起来，那些房屋显得越来越微不足道，最后慢慢地消逝了，我的眼前逐渐浮现出当年让荷兰水手的眼睛放出异样光芒的这座古岛，这是一个崭新碧绿的世界——那些为给盖茨比的别墅让路而被砍伐的、消失了的树木，它们曾经迎风招展，低声应和着人类最后也最伟大的梦想。在那奇幻的瞬间，看到这个新世界的人一定会屏息静气，不由自主地陷入一种他不理解也不会奢求理解的美学思考中。那是历史上人类面对这种奇观的最后一次机会。

当我沉浸在对那个古老而未知的世界的缅怀中时，我也感受到了盖茨比第一次认出黛西家码头尽头的那盏绿灯时所感到的惊奇。他走过漫长的道路，终于来到了这片绿色的草坪，他的梦想近在眼前，仿佛触手可及。可他不知道的是，那个梦想早已丢失，丢失在这座城市那一片无垠的混沌中，在那里，合众国黑黝黝的原野在夜色中，滚滚伸向远方。

盖茨比信奉这盏绿灯，这极乐的未来，尽管这未来在我们眼前一年一年渐行渐远。它曾经从我们手中逃脱，但是没有关系，明天我们继续追逐，我们会跑得更快一些，把胳膊伸得更远一点……相信总有一天……

于是，我们如逆水行舟，奋力地划向前方，然后被往后推，被带回到了过去。

本杰明·巴顿奇特的一生

第一章

　　远在一八六〇年，在家里生孩子是非常合宜的事情。但是现在，据说高高在上的医学之神规定，空气中飘散着麻醉剂气味的医院——并且最好是最时髦的那种——才是新生儿第一声啼哭产生的环境。如此说来，一八六〇年的夏天，当年轻的罗杰·巴顿先生和他的夫人打算在医院里生下他们的第一个孩子的时候，他们的行为整整超越了他们的时代五十年。他们的这个时代错误与我下面将要讲述的这段历史是否有关，就永远不能被知晓了。

　　我把事情的前因后果叙述出来，你可以自己来判断。

　　在南北战争之前，罗杰·巴顿夫妇在巴尔的摩 ① 就已经是拥有显赫社会地位的上流人士了，并且非常富有。好多名门望族都是他们的亲戚，每个南方人都知道，他们这种显赫的社会地位让他们获得了参加南部联盟庞大的贵族俱乐部的资格。巴顿先生显得非常紧张，因为这是他们第一次生小孩，而生小孩是一个多么古老、迷人的习俗啊。巴顿先生非常希望生个男孩，这样就可以送他去康涅狄格州的耶鲁大学，因为他自己在那个地方生活了四年，其间一直有个很显然的"袖口 ②"的外号。这是一个九月的早上，似乎有什么重要的事情要发生，因此显得格外神圣。巴顿先生六点就起床了，梳洗完毕穿戴整洁，就迈着快速的步伐，沿着巴尔的摩的街道向医院走去。巴顿先生迫切地想知道是否有一个新生命已经诞生在夜色的怀抱之中。

　　在距离马里兰私立医院不到一百码时，巴顿先生看到自己的家庭医

---

① 美国马里兰州最大的城市，美国重要的海港城市。

② 原文为"cuff"，有袖口、护腕之意，在这里是领袖的意思。

生基恩正从医院前门的台阶上走下来，并且一边走一边做着医生这个职业那不成文的规定性动作——像是洗手一样来回地搓着手。

罗杰·巴顿，这位五金批发公司的董事长，急切地向家庭医生跑去，似乎忘记了这个时代南方绅士应有的风度。"基恩医生，基恩医生！"他喊道。

基恩医生听到叫声，环顾四周，然后站在台阶上等着。在巴顿先生快走到他面前的时候，他严肃的脸上流露出一种奇特的神情。

"医生，怎么样了？"巴顿先生来不及喘口气就问道，"是男孩还是女孩？母子平安吗？怎么样，是男孩吧？什么……"

"有话就清楚地说出来！"基恩医生不耐烦地吼道，像是生气了。

"我的孩子出生了吗？"巴顿先生诚恳地问道。

基恩医生皱起了眉头，说："是的，我想是这个样子的——应该算是出生了吧！"他又以一种奇特的目光审视着巴顿先生。

"那么我的妻子还好吗？"

"她很好。"

"那么我的孩子是男孩还是女孩？"

"行了，"基恩医生生气地说，"不要问我啦，真是荒唐啊，你还是自己去看清楚吧。"他几乎用一个音节就把最后几个字甩了出来。他愤愤地转过身，嘴里还嘟囔着："这样的产例除了会毁坏人的声誉还会有什么用呢？它会提高我的职业声誉吗？要是再有一个这样的例子，就会毁了所有的人，包括我！"

"是什么情况，到底怎么啦？"巴顿先生问道，"难道是三胞胎？"

"不是三胞胎，这怎么可能，"基恩医生生气地说道，"还是你自己去看看是怎么一回事吧！年轻人，是我把你带到这个世界上来的，我为你们家族做了整整四十年的家庭医生，但是从此以后我们没有任何关系了，你去请另外的家庭医生吧！我不愿意再看到任何一个与你们家有关的人！再见！"

基恩医生再也没有说什么，头也不回地钻进了路边的敞篷马车。

目瞪口呆、全身发抖的巴顿先生站在人行道上不知所措。到底发生了什么事？他似乎失去了进入马里兰私立医院的欲望——休息了一会儿，他才迈着艰难的步子登上台阶，向医院的前门走去。

大厅里光线昏暗，只有透过窗户射进的一丝阳光。一名护士无精打采地坐在一张桌子后面。巴顿先生看到她，忍着羞辱向她走去。

"早上好！"护士抬起头，亲切地说。

"早上好。我是巴顿先生，请问……"

听到这句话，一种恐惧的表情出现在护士脸上。她从椅子上站起来，似乎想冲出大厅，然后又靠着极大的毅力才慢慢地把自己控制住。

"请问，我可以看看我的孩子吗？"巴顿先生问道。

护士几乎是尖叫着回答道："哦，当然可以。"她显得有点歇斯底里。"你的孩子在楼上，他在楼上。你上去看吧！"

巴顿先生顺着她指的方向，跟跟跄跄地转身，满头冷汗地开始上楼。刚一上楼，巴顿先生就看到一个护士端着盘子向他走来。"我是巴顿先生，"他艰难地说道，"请问我可以看看我的……"

随着当啷一声，护士端着的盘子掉到了地板上，又当当啷啷地滚下了楼梯，似乎连盘子也感觉到了这位绅士带来的恐惧。

巴顿先生到了崩溃的边缘。"我要看看我的孩子！"他几乎是尖叫着说。

当啷一声，盘子到达了一楼。护士控制住自己的情绪，轻蔑地瞥了巴顿先生一眼。

"好的，巴顿先生，"她用低低的声音说，"我希望今天早上发生的事情可以让你明白，它是多么荒唐，它给我们带来了多么严重的后果，它简直可以让我们医院名誉扫地。"

"快点说，"他声音沙哑地叫起来，"我快受不了了！"

"好吧，巴顿先生，那么请你这边走。"

巴顿先生迈着艰难的步子，拖着疲惫的身子跟在护士身后。在那长长的走廊尽头，有一间充斥着各种呼叫声的屋子——后来人们将之命名为"啼哭室"。

巴顿先生急切地走了进去，上气不接下气地问道："哪个孩子是我的？哪个？"

"在那边！"护士说。

顺着护士手指的方向，巴顿先生看到了这样一幅场景：一个大约七十岁的男人，身上裹着宽大的白色毛巾，蜷缩着，被勉强塞进了摇篮里；他的头发稀疏，而且几乎都是白色的；他银灰色的胡须从下巴上垂下来，随着窗外吹来的风不断地飘着。看到巴顿先生进来，他那暗淡无神的眼睛里立刻充满了疑惑。

"我是不是疯掉了？"巴顿先生由恐惧变成了愤怒，喊道，"你们医院在跟我开什么恐怖玩笑吗？"

"这并不是玩笑，"护士严肃地说道，"不管你有没有疯，那个的确是你的孩子。"

巴顿先生的头上冒出了更多的冷汗，他紧紧地闭了一下双眼，然后慢慢地张开，他希望这样一来眼前的一切都可以改变。可是没有任何改变发生，他看见的正是一个七十岁的人——一个七十岁的"婴儿"，双脚垂放在本应在睡觉时用的摇篮的外面。

老人平静地打量着眼前的两个人，然后用老年人的沙哑嗓音对巴顿先生说道："你是我的父亲吗？"

这句话让他眼前的两个人大吃一惊。

"如果你是的话，"他继续说道，"我希望你可以带我出去，或者你们可以在这里放一个舒服一点的摇篮。"他甚是不满。

"以上帝的名义，你到底是谁？你是从哪里来的？"巴顿先生怒气冲冲地问道。

"我怎么能准确地告诉你呢？我才出生几个小时，"他哀怨地说道，"不过我能肯定的是我姓巴顿！"

"简直莫名其妙。你一定是在说谎，你在冒名顶替！"

老人疲惫而无奈地转向护士。"你们就是以这样的方式欢迎新生儿降生的吗？"他继续用微弱的声音哀怨地说着，"你们为什么不告诉他，他错了呢？"

"巴顿先生，你的确是错了，"护士严肃地说道，"这的确是你的孩子，你还是既来之则安之吧。我们希望你能够尽快接他回家。对，就是今天。"

"回家？"巴顿先生简直要崩溃了，他不能相信自己的耳朵。

"是的，你今天必须带他回家，我们真的不能让他待在这里。请你带他回家，马上！"

"我非常愿意回家，"老人不紧不慢地说道，"这地方要是安静一点也就罢了，可是这里整天这样哭哭啼啼，我根本没法睡觉。我想要睡觉，我要吃东西，"说到吃东西，老人提高嗓门表示抗议，"在这里他们只给我喝了一瓶牛奶！"

巴顿先生在靠近老人的一张椅子上坐下来，双手掩面。"我的上帝，这到底是怎么一回事？"他恐惧地自言自语，"人们会怎么看待这件事？他们会说些什么？我到底该怎么办啊？"

"你必须把他接回家，"护士坚定地说道，"现在马上带他回家！"

顿时这个可怜的人看到一幅荒唐的画面——城市拥挤的街道上，一个恐惧的老年人跟在他的身后，慢慢地行走着。"不行，这样不行，这怎么行得通呢！"他哀号着。

如果行人停下来跟他说话怎么办？他该怎么介绍身后这个看起来像七十岁的老人呢？他应该说"这是我刚刚出生的儿子"吗？这样怎么行呢！然后这位老人再裹一下自己的毯子，他们两人迈着沉重的步伐缓缓前行。他们沿着马路向前走，经过生意兴隆的商店，经过贩卖黑奴的市场——有那么一瞬间，他甚至希望自己生的是一个黑人——经过豪华住宅区，经过老年人公寓……

"好吧，站起来吧。"护士命令道。

"你们看，"老人突然大声说道，"你们不会让我自己裹着毯子回家吧？"

"婴儿都是用毯子裹着的。"

老人接着又拿出一件婴儿服，生气地抖着。"看！"他用颤抖的声音说道，"这就是你们为我准备的衣服。"

"婴儿穿的衣服就是这个样子。"护士一本正经地说。

"好吧，"老人无奈地说道，"再过几分钟，我这个婴儿只好一丝不挂了。裹着这个毛毯让我浑身发痒，你们至少该给我准备一张床单。"

"裹着它，裹着它。"巴顿先生急切地说道，然后他又转向护士，"这该怎么办呢？"

"你到城里去给你儿子买几件衣服吧。"

巴顿先生转身离去。走过大厅时，他身后传来儿子的声音："父亲，还有手杖，我需要手杖。"

砰的一声，巴顿先生狠狠地关上了大门。

第二章

巴顿先生走进切萨皮克纺织品公司，紧张地向店员说道："早上好！我想给我的孩子买几件衣服。"

"好的，先生。请问你的孩子多大了？"

"出生不到六个小时。"巴顿先生不假思索地说道。

"哦，先生，您需要的是婴儿用品。婴儿用品部在后面。"

"我不认为我必须到那边去买，我孩子的个头跟平常的小孩不太一样，哦，他的个头特别大。"

"那边有尺码大一点的婴儿服。"

"男童服装部在哪边？"巴顿先生突然改变了主意，他觉得店员一定是发现了关于他儿子的那件丢人的事情。

"就在这边。"

"啊……"巴顿先生支吾起来。让儿子穿成人衣服是一件令他无法接受的事。如果能有一件大号的童装那也不错，那样的话，他还可以剪去儿子那长长的飘在胸前的胡须，将儿子白色的头发染成黄色，这样一来就可以把儿子最糟糕的部分掩盖起来了。这样做也许还能保留几分自尊——更不用说保住在巴尔的摩的社会地位了。

但是，令他失望的是，找遍了整个童装部，他也没有找到一件适合新出生的巴顿穿的衣服。当然，他责怪的是这家服装店——在这样一种情况下，责怪的当然是服装店了。

"请问你刚刚说你的儿子几岁？"店员耐心地问道。

"哦，他是……他十六岁。"

"啊，非常抱歉，我还以为你说的是六小时。下一个区间是青年服装部，你可以去那边看看。"

巴顿先生异常痛苦，却没有任何办法。他转身离开。突然，他停下来，面色开朗地指着陈列橱窗中的模特，激动地说道："就是那件，我要买那件衣服。"

店员不由得睁大了眼睛。"为什么呢？"他不满地抗议道，"那并非童装。也许，也许那是童装，是一件很正式的你都可以穿的童装。"

"请把它包起来，"巴顿先生紧张不安但依然坚定地说，"那正是我需要的。"

店员非常惊讶，不过还是照办了。

巴顿先生匆忙回到医院，走进婴儿房，他几乎是用扔的方式把衣服给了新出生的巴顿。"这是你的衣服，快点穿上。"他满是怨气地说道。

老人慢慢地将包裹打开，用惊奇的目光打量着里面的东西。

"这衣服我怎么能穿呢，这看上去有些可笑吧！"他抱怨地说，"我可不想被当作猴子一样耍来耍去……"

"你已经把我耍了！"巴顿先生气冲冲地说道，"你不要管那么多，我不管你看上去可不可笑。快点把衣服穿上，否则我……我……打你屁股。"最后这个词让巴顿先生感到很不舒服，他咽了一下口水。不过，他认为这样说还是很恰当的。

"好吧，我的父亲，"他用一种尊重的口吻说道，"你是我的父亲，比我年长，你知道的比我多，我照你说的做。"

听到这一声"父亲"，巴顿先生还是跟之前一样，被吓得心惊肉跳。

"快点穿上衣服。"

"我正在穿呢，父亲。"

等到儿子穿好衣服，巴顿先生依旧心情沉重。他仔细地打量着儿子：斑斑点点的袜子，粉红色的裤子，白色系腰带的大宽领衬衫。衬衫的领子外面，是长长的几乎垂到腰部的胡子。这样的装扮看起来效果并不怎么好。

"等一等！"

巴顿先生一把抓起桌上的医疗剪刀，咔嚓咔嚓连续三剪子，将儿子的大半部分胡子剪了下来。可是，虽然做了如此改进，儿子的整体形象看起来却仍不能让人满意——头发如刷子一般，眼睛泪汪汪的，牙齿衰老。这模样与那光鲜亮丽的服装非常不协调。但是，巴顿先生已经打定了主意，他将自己的手一伸，坚定地说道："走吧！"

儿子信赖地抓住了父亲伸过来的手。"父亲，你打算怎么称呼我呢？"在他们走出婴儿房的时候，他声音微弱地问道，"在你想好我的名字之前，亲爱的父亲，你能不能喊我'宝贝'？"

巴顿先生无奈地哼了一声。"我不知道，"他冷漠地小声说道，"我认为我应该喊你玛士撒拉①。"

---

① 《圣经》中的人物，活了九百六十九岁。

第三章

　　巴顿先生家新添的这位成员，稀疏的头发已被剪短并被染成不自然的黑色，脸也已被刮得闪闪发光，还穿上了令人目瞪口呆的裁缝替他缝制的合体男童装。但是巴顿先生还是不得不承认这样一个事实：他的第一个儿子确实不怎么能拿得出手。尽管他的儿子老得弯腰驼背，本杰明·巴顿——他们还是给他取了这个名字，并没有再刻意恶毒地称他为玛土撒拉，虽然对他来说，玛土撒拉这个名字是非常恰当的——仍然有五英尺八英寸[①]高，他的衣服不能将这一点掩盖起来。虽然他的眉毛经过了特殊的修剪和染色，但是仍然不能掩盖他那双泪水汪汪、暗淡无光、无精打采的眼睛。事实上，产前预定的保姆，只看了他一眼，就愤怒地走掉了。

　　虽然这样，巴顿先生仍然认为，既然本杰明是一个婴儿，那么他就应该有婴儿的样子，就应该得到婴儿所拥有的一切。所以，他声称如果本杰明不喝热牛奶，那么就什么东西都不要吃了；但是最后，巴顿先生还是做出了让步，允许儿子吃面包、奶油，还有燕麦片。有一次，他从外面买了一个拨浪鼓带回家，吩咐本杰明"好好玩"。老人只好无奈地接过来，每过一会儿就顺从地摇晃几下。

　　毫无疑问，拨浪鼓对本杰明来说是一件很无聊的东西，不过，他似乎已经找到了很多可以让自己消遣的事情。比如，巴顿先生发现他上个星期抽的雪茄比以前任何时候都要多很多，这个问题困扰了他好几天，直到几天之后，他才得到了答案：那天，巴顿先生偶然走进婴儿室，屋子里充斥着蓝色的烟雾；本杰明则是一脸内疚，正慌忙将吸剩的烟头藏

---

① 英美制长度单位。1 英寸合 2.54 厘米。

起来。按理说，做了这样的事，应该受到打屁股的惩罚，但是巴顿先生发现自己下不了手，最后，他只能警告儿子，抽烟会"影响发育"。

尽管如此，他依然一如既往地坚持自己的看法。他买回来很多锡兵、玩具火车、用棉花做的可爱玩具。为了把这种幻觉营造得更真实，他认真地询问玩具店店员诸如"如果婴儿将粉红色的鸭子放进嘴里，上面的颜料会不会脱落"之类的问题。尽管巴顿先生非常努力地营造环境，但本杰明仍然对这些东西没有任何兴趣。他偷偷地从后面的楼梯溜下去，将一本很大的《大英百科全书》带回婴儿房，专心致志地读了一下午，却将棉花牛、挪亚方舟扔在地上，不屑一顾。巴顿先生有了这样一个儿子，所有的辛苦自然也就付诸东流了。

巴顿先生家的这件事情从一开始就在巴尔的摩引起了很大的轰动。但是，巴顿家为此付出的代价似乎没有多么严重，因为南北战争爆发了，并将这座城市所有的注意力都吸引了过去。可是仍然有那么几位彬彬有礼的人想要恭维一下本杰明的父母，他们绞尽脑汁，最后终于想出了办法，他们认为这是一条妙计——他们说这个婴儿像他的祖父。这是谁也摆脱不了的事实，因为衰败对所有七十岁的人来说，都是一种常态。巴顿夫妇对这种说法非常不满意，本杰明的祖父更是感觉受到了莫大的侮辱。

本杰明自从离开医院，就一直过着逆来顺受的生活。有几个小男孩被带到他们家，本杰明勉勉强强跟他们一起玩了一个下午，想要培养自己玩陀螺和玻璃弹珠的兴趣，为此他甚至不小心用弹弓将厨房的一块窗玻璃弄坏了，这倒是让他父亲暗地里感到一阵高兴。

自此之后，本杰明天天都会打破点什么东西。他这样做完全是因为他知道别人希望自己这么做，因为他天生就是一个愿意服从别人的人。

后来，祖父对本杰明的那种敌意也消失了，本杰明与这位老先生从他们之间的友谊中得到了莫大的欢乐。尽管本杰明与祖父之间的年龄与经历都相差甚远，但是他们在一起一坐就是几个小时，如同老朋友般不知疲倦地谈论着当天发生的郁闷的事情。本杰明也觉得在祖父面前比在父母面前更加逍遥自在——他们似乎总有点怕他；并且，他们虽然对本杰明有绝对的权威，但是常常称他为"先生"。

如同其他人一样，本杰明也对自己从一出生就具有的这种心理年龄和身体年龄的巨大超前性感到迷惑不解。就此问题，他翻阅了大量的医学书籍和杂志，却发现自己的这种情况以前从来没有发生过。在父亲的鼓励下，本杰明开始真心实意地与其他男孩一起玩耍。他参加的活动一般是一些比较温和的活动——橄榄球这种剧烈的体育运动让他心惊肉跳，他常常担心自己这把老骨头会因为剧烈运动而折断，并且永远无法康复。

五岁的时候，本杰明上了幼儿园。在那里，他开始像其他同龄的孩子一样学习将绿色的纸贴在橘黄色的纸上，学习拼彩色地图，制作纸项链。可是在学习这些东西的过程中，他往往是无精打采的，甚至有的时候还睡着了，这使年轻的老师又生气又害怕。可是，事情的结果仍然让本杰明高兴，在她向他的父母告状之后，他离开了幼儿园。巴顿夫妇对朋友们说，他们认为本杰明的年纪还是太小了。

到十二岁的时候，本杰明的父母已经习惯了他。的确，习惯具有强大的势力，以至于他们已经不再觉得巴顿与其他小孩有什么不同了——除了有时候他们会被一些奇特的反常现象提醒。可是，一件惊人的事情在他十二岁生日之后发生了，有一天本杰明在照镜子的时候突然发现了些许改变。是他的眼睛欺骗了他，还是在十二年的生活中头发因为染色剂的掩盖从白色变成了银灰色？他脸上那密如蛛网的皱纹是否变得不那么明显了？他那松弛的皮肤是不是变得更加结实有力量了？这些他并不知道，他只知道自己不再像以前那样弯腰驼背了，他现在的健康状况比以前好多了。

"这是不是说明……"他想情况或许是那样，可是又不敢那样想。

他急忙去找自己的父亲。"我现在已经长大了，"他认真地说道，"我要穿长裤子。"

父亲还在迟疑。"哦，我不是很清楚十四岁是否到了穿长裤的年纪——实际上你只有十二岁。"

"可是有一件事情你必须承认，"本杰明反驳道，"我比其他同龄人长得要高。"

巴顿先生看着本杰明，陷入了长久的沉思。"可是我不这样认为，"他说，"我在十二岁的时候也像你这般高。"

这并非事实，巴顿先生之所以这样说，完全是因为想要说服自己：儿子很正常，与其他人没有任何不同的地方。

最后，父子俩达成了协议：本杰明继续染头发，积极地参与同龄男孩的游戏，在街上走路的时候不再戴眼镜或者拄拐杖；作为让步，父亲首次允许他穿长裤。

第四章

　　本杰明·巴顿在十二岁至二十一岁之间的事情我不想多说，唯一要指出的是这些年他没怎么长大。十八岁的时候，本杰明像一个五十岁的人，身材挺拔，步伐有力，头发变得更加稠密，并且变成了深灰色，声音由从前沙哑颤抖的嗓音变成了现在健康的男中音。巴顿先生将本杰明送到康涅狄格州去参加耶鲁大学的入学考试。本杰明顺利通过了考试，成为耶鲁大学的一名新生。

　　开学第三天，本杰明接到了学院注册员哈特先生的通知，要他到办公室去制订自己的学习计划。本杰明习惯性地照了一下镜子，发现自己的头发需要用黄色染料染一下。于是他急忙寻找自己的染料，却没有找到。最后他终于想起来，头发染料在昨天已经用完，就连瓶子也被他扔掉了。

　　本杰明陷入了进退维谷的境地：没有染料，但又必须在五分钟之内赶到注册室。最后没有办法，本杰明硬着头皮来到了注册室，是的，他来了。

　　"早上好！"注册员很有礼貌地问道，"请问你是来打听你儿子的情况的吗？"

　　"怎么啦？我就是巴顿……"本杰明开始说话，但是立刻被哈特先生打断了。

　　"非常高兴见到你，巴顿先生。我正在等你的儿子，他随时都会来报到的。"

　　"你说的那个人就是我！"本杰明坚定地说道，"我就是今年的新生。"

"什么？"

"我说我就是新生！"

"先生，你在开玩笑吧？"

"我怎么可能开玩笑呢？我说的是事实。"

注册员不禁皱起了眉头，看了一下眼前的注册信息。"可是这上面明明写着本杰明·巴顿的年纪是十八岁呀！"

"那就是我的年龄，我的确是十八岁。"本杰明斩钉截铁地说道，但是脸色微微发红了。

这时候注册员不耐烦起来。他说："巴顿先生，你不会认为我相信你说的话吧？"

本杰明勉强笑了一下。"我确实是十八岁。"他重复道。

注册员脸色铁青，指着门口说道："出去！请你马上离开，请你离开我们的校园，离开我们的城市。你简直就是一个危险的疯子。"

"我是十八岁！"

哈特先生起身将门打开。"这简直太可笑了！"他喊了起来，"你这种年纪的人怎么能跑到这个地方来冒充新生呢？十八岁吗？那么，我给你十八分钟，请你离开这里！"

本杰明不卑不亢，转身走出了注册室，他发现等在门外的五六个新生正以一种惊奇的目光望着他。他又走了几步，然后回过头来，对那个站在门口、仍带着怒气的注册员说道："我的确是十八岁！"

在那些新生的嘲笑声中，本杰明向外面走去。

但是命运似乎不那么眷顾他，不让他这么轻易地离开。在走向火车站的途中，本杰明发现有几个大学生一直尾随着他。人越来越多，由几个人变成了一群人，然后又变成了密密麻麻的一大片人。这些人不断地说，一个疯子通过了耶鲁的入学考试，还要冒充一个十八岁的年轻人。整个学校都因为本杰明的到来沸腾起来。校园里出现了这么一道景观：男人们不戴帽子就纷纷冲出教室；橄榄球队的队员们停止了训练，加入到围观的队伍中来；教授夫人们的帽子都被挤歪了，她们的撑裙也没有穿正，她们跟着队伍不断地喊叫。人群中一连串的闲言碎语均指向感情脆弱的本杰明。

"他肯定是一个流浪汉！"

"像他这样的年纪应该上预备学校才对！"

"大家快来看看这位神童呀！"

"难道他以为我们的学校是老年人之家吗？"

"还是上哈佛去吧！"

本杰明不禁加快了步伐，最后索性跑了起来。他要让他们瞧一瞧！他要上哈佛，他要让他们因为这些不负责任的嘲弄后悔！

在成功登上开往巴尔的摩的火车后，本杰明把头伸出了窗外。"总有一天，你们会后悔的！"他大声喊道。

"哈哈！"那些学生大笑起来。"哈哈，哈哈！"又一阵笑声传来。这是耶鲁大学有史以来所犯的最大的错误。

第五章

一八八〇年，本杰明·巴顿二十岁。他以在罗杰·巴顿五金批发公司从事经营工作作为自己的生日庆典。也是在这一年，他进入了社交圈——本杰明的父亲带着他参加了几次时髦的舞会。罗杰·巴顿现在五十岁，他越来越喜欢自己的儿子，喜欢跟儿子在一起——其实，这个时候，本杰明已经不再染发了，他看起来跟父亲年纪相仿，如果说他俩是兄弟，人们也会相信。

八月的一个晚上，本杰明与父亲穿着礼服，乘着敞篷马车，前往巴尔的摩近郊的谢夫林乡村舞厅参加一个舞会。那晚，一轮满月给乡间小路洒下了柔和的银光，迟开的花朵在静谧的夜空里散发着阵阵诱人的清香，广阔的原野上覆盖着闪闪发光的如地毯般的麦子。这真是一个美好的夜晚，几乎所有人都会为这样的夜色而陶醉。

"从事纺织品行业非常有发展空间。"罗杰·巴顿说。他并非一个注重精神追求的人，实际上，他的审美水平只是初级而已。

"像我这么大年纪的人不适合学习新东西了，"罗杰·巴顿意味深长地说，"你们这些人是光明未来的拥有者。"

在远远的道路的尽头，就是谢夫林乡村舞厅摇曳的灯光，不时有阵阵叹息般的声音传来，让人分不清是小提琴的哀怨声，还是月光底下银色麦浪发出的声音。

父子俩在一辆漂亮的马车后停了下来，车上的乘客正在下车。最先下来的是一位妇人，紧随其后的是一位年长的绅士，最后下来的则是一位非常漂亮的小姐。本杰明顿时眼前一亮，似乎有一个化学变化溶解和重组了他身体中的所有要素。他浑身颤抖，热血上涌，两颊绯红，心跳加速，就这样，本杰明第一次坠入了爱河。

这个漂亮的女孩子身材苗条纤细，头发在月光的照射下呈现出灰白色，在门口那噼啪作响的煤气灯的照射下却又呈现出蜜黄色。女孩的身上搭着一条点缀着黑色蝴蝶的柔黄色的西班牙披巾，双脚就像是撑开的裙角边闪闪发光的纽扣。

罗杰·巴顿凑到儿子面前，说："那个女孩是希尔德加德·蒙克里夫，她是蒙克里夫将军的千金。"

本杰明只是冷漠地点点头。"真是一个美人。"他脱口而出。在黑人招待将马车拉走之后，他又说了一句："父亲，也许你可以介绍我们认识。"

父子俩加入到以蒙克里夫小姐为中心的人群中间。她按照传统在本杰明面前行了一个深深的屈膝礼。这就说明他可以请她跳舞，是的，可以请她跳舞了。但他只是谢了她，然后很犹豫地走开了。

等待无聊而漫长。本杰明默默地站在墙角，仔细端详着这位漂亮的小姐，并用一种恶毒的眼神看着那些年轻的纨绔子弟。这些人满脸崇拜，一个个围绕在希尔德加德·蒙克里夫身边。在本杰明看来，他们是那么惹人讨厌，他们红润的脸庞让他难以忍受，而他们唇边那弯曲的棕色小胡子更是让他反胃。

但是，他的机会终于来了。本杰明和希尔德加德小姐进入了刚刚从巴黎传来的华尔兹舞曲中，这个时候，他内心的怒火、嫉妒完全消失了。本杰明陶醉了，他觉得美妙的生活才刚刚开始。

"你跟你兄弟与我们一起到达，是这样吗？"希尔德加德用她那珐琅般的碧眼望着他问道。

本杰明非常犹豫。她把父亲当成了他的兄弟，他是不是应该纠正她的错误呢？可是，他想起了当年在耶鲁的经历，最终决定保持沉默。他认为反驳一位女士是一件非常不礼貌的事情，自己的荒唐身世可能会破坏这美好的夜晚。他决定暂时不去纠正她，也许以后会纠正吧。在仔细考虑之后，本杰明点点头。他面带微笑，非常高兴地倾听她说话。

"我喜欢你这种成熟的男人，"希尔德加德说，"年轻一些的男孩看起来傻里傻气的。他们经常跟我说的就是他们在学校里喝了多少香槟、玩牌的时候输掉了多少钱。只有像你这种年龄的男人才知道如何欣赏女人。"

此刻的本杰明甚至觉得自己都要向她求婚了，他费了很大的力气才控制住这种冲动。

"你现在正处于一种浪漫的年龄，"她接着说道，"五十岁真的很好。二十五岁的人太老于世故，三十岁的人肯定会因为劳累过度而脸色苍白，四十岁的人常常会花抽一整支雪茄的时间来讲一个故事，至于六十岁的人——六十岁太接近七十岁了。但是五十岁真真切切是一个成熟稳健的年纪。我喜欢五十岁的人。"

这个时候的本杰明似乎也认为五十岁是一个荣耀的年纪，他甚至激动地希望自己就是五十岁。

"我常常这样说，"希尔德加德继续说道，"嫁一个三十岁的男人，婚后只能是你来照顾他；与其这样，还不如嫁一个五十岁的男人，这样婚后他就会照顾你。"

那天晚上剩余的时间，本杰明一直沉浸在一种粉红色的烟霭中。希尔德加德跟他跳了好多支舞。在短暂的交流中，本杰明发现他们对任何问题的看法都是那么一致。他们约定下个星期天出去兜风，这样他们就可以对一些问题进行更深入的讨论了。

本杰明与父亲回家的时候已经是拂晓时分。第一群蜜蜂正从巢中飞出来，月色在晨露中慢慢消失。本杰明还沉浸在对舞会的回味中，他隐隐约约听见父亲在谈论与五金制品批发相关的事宜。

"你认为在锤子和钉子之后，什么东西最有发展前景？"老巴顿问道。

"爱情。"本杰明心不在焉地回答道。

"你说的是吊耳^①吗?" 老巴顿说,"可是我刚刚已经谈过吊耳了呀!"

本杰明茫然地望着父亲。东方的天空突然露出了缕缕曙光,一只黄鹂在一棵茂盛的树上醒来,发出了刺耳的鸣叫声。

---

① "爱情"的英文 love 和 "吊耳"的英文 lug 读音相近。

第六章

六个月以后，有关希尔德加德·蒙克里夫小姐与本杰明·巴顿先生订婚的消息被公开了（之所以说是"被公开"，那是因为蒙克里夫将军很不高兴，他声称自己至死也不会同意这门婚事），巴尔的摩的社交界一下子兴奋起来，对这件事情的关注几乎到了疯狂的程度。原本人们对本杰明的身世已经淡忘，但是现在它又被翻了出来，并且被看作是一件不可思议的事。而且，好多人还添油加醋地进行宣传。有人说本杰明是罗杰·巴顿的父亲，有人说他是罗杰·巴顿在监狱中度过四十年的兄弟，有人说他是改头换面之后的约翰·威尔克斯·布思[1]，还有一种说法更夸张，说他的头上长了两个小小的尖角。

纽约的许多报纸在星期日副刊上用了许多有趣的漫画对这件事情进行肆意妄为的宣传。在漫画中，本杰明有时候是人头鱼身，有时候是人头蛇身，最后他的头甚至长在了铜板上。在新闻界，本杰明有一个特殊的称呼——马里兰神秘客。但是，就像时常发生的那样，有关本杰明的真实情况很少有人提及。

所有人都同意一个观点，这也是蒙克里夫将军坚信的：本来，像希尔德加德这样活泼可爱的女孩子可以嫁给巴尔的摩的任何一位求婚者，她却选中了这样一个五十岁的男人，投入他的怀抱，这简直就是一种"罪孽"。罗杰·巴顿先生很无奈，他用很大的字体在报纸上一个醒目的位置公布了本杰明的出生证。可是，没有人相信这个所谓的出生证。人们认为只要亲眼看一下本杰明就足够了。

---

[1] 美国戏剧演员，于 1865 年 4 月 14 日刺杀了林肯总统。

但是两位当事人毫不动摇。有了这么多关于未婚夫的不切实际的言论，以至于希尔德加德连本杰明的真实情况也不相信了。蒙克里夫将军对希尔德加德说，五十岁的男人——至少看起来像是五十岁——死亡的概率是非常高的。可是希尔德加德仍然不打算改变自己的想法。蒙克里夫将军警告希尔德加德说，五金业是一个非常不稳定的行业，这对她来说也毫无作用。希尔德加德决心为成熟而结婚，也确实这样做了。

第七章

其他方面先不说，至少希尔德加德的朋友们在一件事情上是错误的：五金批发行业惊人地兴旺，发展也异常迅速。从本杰明结婚的一八八〇年到老巴顿退休的一八九五年的十五年间，他们家的财富翻了一番——这主要归功于公司的年轻成员。

最终，巴尔的摩接受了这对夫妻。甚至蒙克里夫将军在本杰明出资为他出版曾经被九家知名出版社拒绝的二十卷《南北战争史》的时候，也跟女婿和解了。

在这十五年间，本杰明更是发生了巨大的变化，他似乎全身都充满了新的活力。他认为自己现在正处于轻松愉快的状态中：清晨伴着阳光醒来，步伐轻快地走在熙熙攘攘的人群中、洒满了和煦阳光的大街上；做锤子发货、钉子装运之类的工作是一种莫大的快乐。一八九〇年，本杰明在商界实行了一项有名的变革，他提出动议：所有运钉箱上的钉子都应该算作收货人的财产。这个动议最后得到了大法官福西莱的支持，并被批准成为法令，仅此一项每年就为罗杰·巴顿五金批发公司节省了超过六百枚钉子。

另外，还有一件事让本杰明非常开心，他发现自己越来越为生活中快乐的事情所吸引。他的享乐欲望日益增强，他还是巴尔的摩第一个拥有和驾驶汽车的人。此时，他的同龄人看到他，都会流露出羡慕的眼神，因为他活力充沛，身体健康。

"他好像每年都会发生变化，每年都会变得更年轻一点。"人们议论道。如果说现在已经六十五岁高龄的老巴顿在儿子刚出世时没有给他应得的热情欢迎，那么现在他改变了，他用一种近乎谄媚的殷勤进行了弥补。

在这里，我们似乎遇到了一个不愉快的话题，这个话题我们最好还是一笔带过。这件事情让本杰明非常伤脑筋，那就是他发现妻子对他来说已经没有吸引力了。

此时的希尔德加德已经三十五岁了，有一个十四岁的儿子，叫作罗斯科。在他们刚刚结婚的时候，本杰明非常崇拜希尔德加德，但是，随着时间的推移，她那美丽的蜜黄色头发变成了让人没有兴致的褐色，她那珐琅般的碧眼现在如同廉价的陶瓷一般——更重要的是，她太过习惯于自己已有的生活方式，变得过于平淡、自足、缺乏生气，而且她的品位也越来越严肃。刚结婚的时候，是她拉着本杰明去参加各种各样的舞会和晚宴。现在的情形则完全相反。她的热情已被惰性消耗殆尽。这是一种我们每个人都具有的惰性，而且一旦沾染上我们就再也无法摆脱。

本杰明的不满情绪与日俱增。一八九八年西班牙战争爆发的时候，家庭生活的枯燥乏味让他毅然决定参军。由于在商界有很大的影响力，他首先被任命为上尉，后来由于出色的工作表现，他当上了少校，最后被提升为中校。随后，他在有名的圣胡安山激战中负伤，获得了一枚奖章。

活跃而刺激的军旅生活让本杰明非常迷恋，在离开的时候他非常不舍，可是他要照顾生意，最后还是退伍回到了家中。在火车站，一个铜管乐队迎接了他，并且将他送到了家门口。

第八章

在本杰明回家的时候，希尔德加德在家门口挥着一面大旗子欢迎他。可是，本杰明发现这三年的损失实在是太大了，他的心情变得非常沉重，尤其是在他亲吻妻子的时候。此时的希尔德加德已经快四十岁了，她的头发中隐约夹着丝丝白发，这种场景使他非常抑郁。

在楼上，他在那面熟悉的镜子中看到了自己。他靠得更近一些，发现自己的脸又发生了变化。他迅速找出战争爆发前自己的照片，拿它与现在的模样进行对比。

"天哪！"他惊奇地喊出声来。事情还没有结束，他看起来像一个三十岁的人。确实是这样。但是他并没有因此感到高兴，相反倒是很不安——他越来越年轻了。他一直以为，随着时间的变化，他那外表与实际年龄之间的不协调能够得以改变，这样他出生时的那种荒唐现象就会消失。想到这里，他不禁打了个冷战。他的命运怎么会如此可怕，如此不可思议呢？

下楼的时候，他发现希尔德加德正在等他，并且很不愉快。他不能确定是不是她发现了什么。晚餐时，本杰明为了缓解与妻子之间的紧张气氛，用一种自认为非常谨慎的方式提到了这个问题。

"亲爱的，你看，"他故作镇定地说道，"好多人都说我比以前更加年轻了。"

希尔德加德轻蔑地看看他，冷冷地笑了一声，说道："你认为这是什么值得夸耀的事情吗？"

"我并没有自我夸赞。"本杰明不安地说。

"其实这只是一个过程，"希尔德加德冷笑道，"我认为你应该有足够的骄傲来让它停止。"

"我怎么可能做到呢？"本杰明反问道。

"今天我是不会与你争论什么的，"希尔德加德反驳道，"做事情有正确与错误之分。如果你执意要保持自己的特殊性，做一个与众不同的人，我可能不止你，但我必须告诉你，我认为这样做是非常自私的。"

"亲爱的希尔德加德，对于这件事我真的没有任何办法。"

"其实你还是有很多办法的，只是因为你固执己见，不想有所改变而已。你故意与别人保持不同。之前你是这个样子，之后你也会是这个样子。话又说回来，如果世界上的每个人都像你这样考虑事情该怎么办呢？这样一来，世界将会变成什么样子呢？"

本杰明听着。他只觉得这些话是一种空洞的、无法回应的说辞，他想不出任何应对的答案。在这以后，本杰明与妻子之间的隔阂越来越大，裂痕越来越明显。本杰明很纳闷儿：以前她怎么会对自己有吸引力呢？

随着新世纪的到来，本杰明对娱乐产生了越来越强烈的欲望，这件事情使夫妻关系雪上加霜。在巴尔的摩，你随便参加一个聚会，就能够发现本杰明的身影。本杰明往往是与最漂亮的女子跳舞，与最受欢迎的女子谈天说地；并且，本杰明觉得，与她们相处是一件让自己愉悦的事情；他的妻子希尔德加德则呈现出老年贵妇的形象，她经常坐在一群年长的女伴中间，有时候会傲慢地表示一些不满，有时候会以一种严肃、疑惑、责备的目光看着本杰明。

"快看！"人们经常这样评论道，"这样年轻的一个小伙子竟然会与一个四十五岁的老妇人拴在一起！这是多么可惜的一件事情呀！他肯定比自己的妻子年轻二十岁。"人们似乎已经忘记了——人们似乎是健忘的——早在一八八〇年的时候，他们的父母也曾对这对不相称的夫妻评头论足过。

本杰明在家中有许多烦恼，不过他也从许多新的兴趣爱好中得到了补偿。此时，本杰明开始打高尔夫球了，并且成绩非常好。另外，本杰明的舞蹈也非常好：一九〇六年，他是跳波士顿舞的专家；一九〇八年，他则成为跳马克西克斯舞的专家；一九〇九年，他那独具特色的城堡舞被城里所有的年轻人所羡慕。

显而易见，本杰明的社交活动影响了他的生意。但是他苦心经营五金批发行业已经有二十五个年头了，他认为自己很快就可以退休，将生意交给儿子打理，他的儿子罗斯科刚从哈佛大学毕业。

很有意思的一点是，人们经常将本杰明与他的儿子弄混。这使本杰明很高兴，他忘记了刚从美西战争中回来时曾有的恐惧，对自己的事情产生了一种天真的快乐。不过事情也非件件顺心，与妻子同时出现在公共场合就令他甚为厌恶。这个时候的希尔德加德已经快五十岁了，一看到她，本杰明就感觉异常荒唐。

第九章

在本杰明将罗杰·巴顿的五金批发公司交给年轻的罗斯科·巴顿经营一段时间之后，大约是在一九一〇年九月的一天，一个看起来只有二十岁的男子申请入读哈佛大学。当然，本杰明没有愚蠢到说自己其实已经年过半百，更没有说自己的儿子十年前已经从这所学校毕业。

本杰明很快就被批准入了学，没过多久，他就成了全班同学公认的风云人物，其中的原因可能是他看起来比其他新生更成熟些——其他新生的平均年龄只有十八岁。

本杰明最大的成功来自他在与耶鲁的橄榄球比赛中的精彩表现。赛场上的本杰明冷酷凶猛，他凭借娴熟的技巧为哈佛获得七次触地得分和十四次射门得分，甚至有一回，本杰明让十一个耶鲁橄榄球运动员不省人事地逐个被抬出了场。自此之后，本杰明成了大学里最有名的人物。

有一件事情非常奇怪，三年级的时候，本杰明几乎无法完成队伍中主力的任务，他的教练认为这是因为他的体重变轻了，但是细心的本杰明感觉到自己的个子似乎在一天天变矮。本杰明再也没有得过触地得分——其实，他被留在橄榄球队最重要的一个原因，是他对耶鲁队还能产生巨大的压力，瓦解他们的士气。

等到四年级的时候，本杰明在橄榄球队里已经毫无作为了。因为此时的他是如此瘦弱，甚至会被二年级的学生当成新生，这让他感觉非常丢脸。人们有时候会议论他，把他看作神童，认为他肯定不超过十六岁就上了四年级。很多时候，本杰明会对班上一些同学世俗的行为感到厌恶。课程对他来说似乎有点难度了，他觉得它们太高深了。有一次，本杰明听到同班同学在谈论圣米达斯学校，这是一所有名的预备学校，他们中的许多人就是从那里考入大学的。本杰明决定毕业之后去那里。与那些跟他身高差不多的男孩子在一起，甚至是躲在他们身后，对本杰明来说是非常合适的。

一九一四年，本杰明在口袋中揣着哈佛大学的毕业证书回到了自己的家乡巴尔的摩。现在，他的妻子已经搬到意大利居住了，所以他与儿子罗斯科住在一起。虽然本杰明还算受欢迎，但有时候罗斯科显然对他不够热情，某些时候罗斯科甚至认为自己的父亲在屋子里就像一个无所事事的青年一样，妨碍了他的生活。现在的罗斯科已经成年、结婚，在社交界非常有名，他可不希望家里有什么不好的事情传出去。

本杰明已经不再受刚进社交界的年轻女子欢迎，对大学生也没有了吸引力。他现在觉得自己除了能与邻居家几个十五岁左右的男孩子交往以外，几乎没什么事情可做。去圣米达斯学校读书的想法又出现在本杰明的脑海中。

"是这样的，"他跟罗斯科说道，"之前我跟你说过几次想要去上预备学校的事。"

"你想去就去吧。"罗斯科显得非常不耐烦。这件事让他感到郁闷，他希望可以永远避免谈论这个话题。

"可是我一个人没法去，"本杰明无奈地说，"首先你必须帮我申请入学，然后还需要你把我送到学校去。"

"我没有那个时间。"罗斯科坚决地说道，然后他眯起眼睛，满是忧虑地望着自己的父亲，"说实话吧，"他接着说，"你最好不要再这样胡闹下去了，我请求你现在立刻停下来，你最好……最好……"他的脸憋得通红，他停下来以便寻找更确切的词汇表达自己的想法，"你最好现在就马上掉头，向着另外一个方向走去。现在你开的玩笑简直是太大了，这件事情已经变得非常严肃了，这不是闹着玩的。你现在……你现在简直是瞎胡闹。"

本杰明呆呆地望着自己的儿子，委屈之情溢于言表，他的眼泪都快流出来了。

"还有一件事跟你说一下，当家里有其他人的时候，"罗斯科继续说道，"你最好叫我叔叔，不要叫我的名字，请你叫我叔叔。你明白了吗？你看起来只有十五岁的样子，像你这样的小孩叫我名字岂不是太荒唐了？你以后可以在任何时候都叫我叔叔，这样的话，你就会慢慢习惯的。"

　　罗斯科说完，严厉地看了一眼自己的父亲，然后就离开了。

第十章

在不愉快的谈话结束之后，本杰明满心凄凉地上了楼，来到自己的房间，他端详着镜子中的自己。现在的他已经三个月没有刮胡子了，可是脸上什么东西都没有，除了那根几乎可以忽略的细细的白绒毛。其实，在他刚从哈佛毕业回家的时候，罗斯科就曾建议他去配副眼镜戴上，然后再粘上假胡须。照现在的情形看，本杰明早年生活的闹剧似乎又要开始了。粘上胡须虽然会让他看起来不那么稚嫩，但是会使他发痒。他难受得哭了，最后，罗斯科很不情愿地让了步。

本杰明翻开一本叫作《比米尼湾的童子军》的儿童故事书开始阅读。尽管如此，本杰明也会时时想起战争。上个月美国加入了协约国。本杰明想再次入伍，可遗憾的是，入伍要求最小年龄为十六岁，本杰明看起来却没有那么大。当然，依他的实际年龄——五十七岁，他也没有入伍的资格了。

"咚咚咚"，有人敲门。男管家拿着一封信走了进来。信的一角上有一枚大大的官方印记，是寄给本杰明先生的。本杰明迫不及待地打开信，兴奋地读起来。信中说，许多参加过美西战争的后备军官都可以回到部队继续担任更高的军职。随信还附有任命他为美国陆军准将，并命令他马上报到的委任书。

本杰明激动得跳了起来，这是他一直向往的。他迅速抓起帽子，不到十分钟就赶到了查尔斯街的一间大型成衣店，他用尖细、犹疑的声音要求量身定制军服。

"亲爱的小弟弟，你是想要扮士兵吗？"一个店员随口问道。

本杰明立刻满脸通红。"嘿，别管我要干什么，"他很生气地说，"我是巴顿，在弗农山居住，这样你就知道我付得起钱了吧？"

"这样就好了，"店员有点犹疑地说道，"我想，如果你付不起的话，你的父亲也付得起。"

店员为本杰明量了尺寸，一个星期以后，军服做好了。可是他仍然遇到了困难，他想要一枚合适的将军徽章，可是店主坚持认为一枚漂亮的基督教青年会徽章看起来更适合他，也更好玩。

一个晚上，本杰明没有跟罗斯科打招呼，就独自搭上火车，前往位于南卡罗来纳州的莫斯比军营。他很期望尽快到达那里，因为他将要指挥一个步兵旅。在一个燥热的四月天，他到达了军营。向出租车司机支付了从车站到这里的车费后，他转身走向值班室。

"找个人给我提行李！"本杰明轻松地说道。

但是值班室的警卫以一种责备的目光看着他。"小弟弟，你穿得这么神气是要去什么地方呀？"他说。

本杰明，这个美西战争中的老战士，两眼几乎都要喷火了。可是，他的声音仍然是童音。

"立正！"本杰明大吼一声，然后停下来深吸一口气。突然他发现哨兵竟然把脚跟一并，将枪放在了胸前。一种满意的笑容爬上本杰明孩童般的脸庞，但是他立刻就失望了，因为当他回头的时候，他发现这位哨兵服从的不是他，而是一位炮兵上校——他骑着一匹精神抖擞的马，正威风凛凛地向他们走来。

"上校！"本杰明尖声喊道。

上校在本杰明面前收住缰绳，从容地向下看了一眼，满脸愉悦。"你是哪家的孩子呀？"上校亲切地问道。

"很快你就会知道我是谁家的孩子啦！"本杰明凶狠地说，"现在你先从马上下来！"

上校哈哈大笑起来。

"你需要这匹马吗，将军？"

"喂，你读一下吧！"本杰明无奈地喊了起来。他将委任书递给上校。

上校读了委任书，眼珠子都要掉出来了。

"这委任书你是从哪里得到的？"他问道，同时把这份文件塞进了自己的口袋。

"这是政府发给我的，你很快就会知道的！"

"你跟我过来，"上校带着一种古怪的眼神说道，"我们到司令部谈一下吧，我们需要坐下来谈一谈。"

上校转身牵着马往司令部的方向走去，本杰明跟在他后面。他装出一副高傲的样子，同时暗下决心一定要好好报复他一下。

可是，事情总是不尽如人意。两天之后，他的儿子罗斯科从家乡风尘仆仆地赶了过来，护送这位没有了军服的将军回家了。

第十一章

　　一九二〇年，罗斯科·巴顿的第一个孩子出生了。可是，在随后的庆典中，没有人记得提及一件事——那个外表看起来大约只有十岁，正在屋子里玩锡兵及迷你马戏团的脏男孩，是这个新生儿的祖父。

　　所有人都喜欢这个时候的本杰明：他稚嫩活泼，脸上有一丝忧伤。可是他的存在对罗斯科来说是一种烦恼。在罗斯科这个年代，从他们这一代人做事的风格来看，罗斯科并不认为"这件事情"是"有效率"的，他甚至觉得自己的父亲不是一个血气方刚的男子汉，因为他的父亲看起来根本就不像六十岁。罗斯科就喜欢用这种奇怪的反常方式来看待自己的父亲。的确，只要把这件事想上半个小时，他就会崩溃。罗斯科相信人们应该保持一种健康向上的心态，但是把事情做到这种地步，真的是有点……有点没有效率。想到这里，罗斯科就不愿再想下去了。

　　五年之后，罗斯科的小孩看起来跟本杰明差不多大了，他俩甚至可以在同一个保姆的照料下一起玩儿童游戏。在同一天，他们被罗斯科送进了幼儿园。在幼儿园，本杰明觉得玩彩色纸条、制作垫子和链子，还有绘制奇特美丽的小图案都很有趣，它们可以说是世界上最有趣的娱乐。有一次，因为表现不够好，他被罚站在角落里，他还大哭了起来。大部分时间，他过得还算愉快，在宽敞明亮的教室里，明媚的阳光照进窗户，本杰明在贝莱小姐轻轻的抚摩下变得非常幸福快乐。

　　一年以后，罗斯科的儿子上了一年级，可是本杰明仍然留在幼儿园。他过得非常快乐。有时候，其他小孩会讨论长大之后做什么，而他那幼稚的脸上就会掠过一丝阴影；他以一种模糊的、孩子气的方式知道，那些是自己以后再也不能触及的事情。

日子还是照样一天天地过下去，本杰明在幼儿园里已经待了三年了。他现在变得更小了，已经不知道那些闪闪发光的小纸条是用来做什么的了。他非常喜欢哭，因为其他小孩子太大，他害怕他们。老师跟他说话，他虽然尽力想要听明白，可仍然听不懂。

　　最后，本杰明被从幼儿园接了回来，保姆纳娜穿着上过浆的方格裙照顾他——这就是他小小世界的中心。阳光明媚的时候，纳娜会带本杰明去公园散步，并指着那巨大的动物说："象。"然后本杰明就会跟着学。到晚上脱衣服睡觉的时候，本杰明就会反复大声地说："象，象，象。"有时候，纳娜会让本杰明在床上跳跳，对小小的本杰明来说，这是一件非常有趣的事情。因为跳完之后坐在床上，如果时机刚刚好，人就会很自然地再一次跳起来。如果你在跳动的时候"啊"地大声叫，你就会听到自己的声音变成了另外一种声音，这真是有趣极了。

　　衣帽架上有一根很大很大的手杖，本杰明喜欢拿着它四处走动，一边走还一边说："打，打，打。"如果有人在场，年老的妇女会向他发出咯咯的声音，这会让本杰明很高兴，年轻一点的妇女则会亲吻他，他只能略带厌烦地忍受。大约在下午五点，漫长的白天即将过去的时候，纳娜会带他上楼，用汤匙喂他吃一些诸如燕麦粥之类的柔软可口的糊状食物。

　　在本杰明儿童般的睡梦中，没有任何烦恼的记忆，大学时代那些美好的日子，那些被很多女孩子所喜欢的岁月，都没有给本杰明留下任何印记。现在本杰明的生活范围只限于：一个有牢固围栏的摇篮、纳娜、一个偶尔来看他的男人、一个橘黄色的大球。每天黄昏，当他昏昏欲睡的时候，纳娜就会指着那个橘黄色的大球说："太阳。"当太阳落山时，本杰明就会闭上双眼，然后睡去。他没有梦，再也没有梦来让他烦恼。

　　那些曾经的往事——圣胡安山上的枪林弹雨；婚后头几年为了喜爱的希尔德加德日日辛苦地工作直到深夜；在那之前，与他的祖父在阴暗的房子里抽烟到深夜。现在，这一切都像虚幻的梦境一样，在他心中消失不见了，就好像这些事情没有发生过一样。

他记不清自己喝的最后一口牛奶是热的还是冷的，日子是怎样过去的——只有他的摇篮和纳娜熟悉的面孔，其他的他什么都不记得了。当他饿的时候，他就哭，就是这样。整个下午和晚上他都在呼吸，周围轻轻的呢喃声和低低的说话声他几乎听不见；各种气味、光明和黑暗，他仅仅是能感觉到而已。

然后是一片漆黑。他那白色的童床，在他上面不停晃动的朦胧的影子，还有牛奶发出的香甜气味，都一起从他的脑海中消失了。

富家公子

第一章

　　如果从个体入手，你会发现你能够在不知不觉中创造出一种类型；如果从一种类型入手，你会发现你毫无所获，什么也创造不出来。这是因为我们都是一群古怪的人，在我们的面貌和声音背后，我们远比我们想要别人知道的古怪，也远比我们自己了解的自己古怪。如果一个人说自己"踏实、正直、开朗"，那么我可以很肯定地说，他一定有某种可怕的反常心理要刻意隐瞒，他所谓的"踏实、正直、开朗"，正是一种他提醒自己隐瞒真相的方式。

　　我不打算写一种类型，更不打算写一个群体。我想写的倒是一个关于富家公子的故事，这个故事仅仅是关于他自己的，与他的兄弟没有任何关系。我一生都生活在他的兄弟当中，但我俩是朋友。而且，如果要写他的兄弟，首先我要批评的就是各种各样的谎言——穷人讲述的关于富人的谎言，以及富人讲述的关于自己的谎言。这些谎言已经猖獗到了这样一种地步：当我们拿起一本关于富人的书的时候，我们本能地觉得我们所读的内容是不真实的。即便是那些被认为是最理智、最热情的报道者，也会将富人的生活环境描写得如海市蜃楼般虚幻。

　　那现在就让我来说一说吧。让我告诉你，其实这些富裕得非同一般的人，他们与我们是不一样的。他们从小就生活在优越的环境中，他们拥有一切并享受一切，这就在某种程度上塑造了他们的性格：当我们坚强的时候，他们看起来很软弱；当我们深信不疑，表现得很虔诚的时候，他们则表现得玩世不恭——生而并不富有的人，对他们这种行为方式是无法理解的。优越的生活条件让他们觉得自己比我们优秀，因为我们必须靠自我奋斗才能得到生活的补偿和庇佑。即使有一天他们不再富有，沦落到同我们一样的地步，甚至是比我们更不如的时候，他们仍然以为自己高人一等。他们认为自己是不一样的。我唯一能够描述安森·亨特的办法，就是把他看作一个完全陌生的人，并且要坚守我自己的观点。如果我没有坚守自己的观点，哪怕只有一秒，我也会迷失自己的方向，那么我所表达的就是一种荒谬的幻象了。

第二章

安森是六个孩子中最大的那个，某一天，这六个孩子将继承一千五百万的财产。二十世纪之初，大胆些的年轻女士可以骑着摩托车在第五大道上飞驰，当时安森大约七岁，就已经达到了理智的年龄。在那个时候，他跟自己的弟弟有一个口音清晰、说话标准的英国家庭教师，因此他俩也养成了她那种遣词造句干净、清晰的好习惯，而不像我们这样说出来的话都是黏在一起的。虽然他们说话还不完全像土生土长的英国人，但是他们有了一种纽约时髦人士所特有的口音。

夏天，六个孩子从七十一号街搬到了位于康涅狄格州北部的一所大庄园里居住。那个地方其实并不是一个时髦的地方，安森的父亲想尽量推迟自己的孩子对那种时髦生活的了解。在某种程度上，他超越了自己所处的纽约社交界这一阶层，超越了他所处的势利、粗俗的时代。他希望自己的儿子养成专注的习惯，拥有强健的体魄，成长为体格健全、事业成功的人。在最大的两个儿子出去上学之前，他和妻子尽可能小心地照管自己的孩子，但是在一个大家族中，要做到这些是非常困难的——这些事情在我年少时住过的那些简陋的房子里要简单得多，我总是能够听到母亲的声音，感受到她一直在我身边，我所做的每一件事情都会得到她的赞成或者反对。

在康涅狄格州，安森稍微受到了一点美国式的尊重，这让他感觉到了自己的优越。那些与他一起玩耍的小孩的父母都会询问他的父母，如果邀请他们到家里玩，他们更会表现出一种隐约的兴奋。安森理所当然地接受了这些，并且观其一生，他都对那些不以他为中心——不管是在金钱还是在地位、权力上——的团体表现出一种不耐烦的态度。

他不屑与其他孩子一较高下，因为他觉得自己本来就比他们优秀，否则他宁可退回家中。他的家庭非常富有，而这就足够了，因为在他家所在的东部地区，金钱在某种程度上带有封建色彩，能够很好地凝聚家族。在势利的西部，情况完全相反，金钱将家族分割成了一个个小集团。

安森十八岁的时候来到了纽黑文，长时间的校园生活使他长得高大健康，面色红润。他那黄色的头发显得有些滑稽，再加上他那鹰钩鼻，让他与帅完全沾不上边。但他很自信，做事风格粗犷，上流社会的人一看到他就会明白：他是一个富家子弟，并且在最好的学校上学。可是，他的优越感阻碍了他在学校里的成功，他将以自我为中心误认为是一种独立的表现，他不仅自己不接受耶鲁大学的规范，甚至鄙视那些遵守规范的人。因此，在离毕业还很遥远时，他就将生活的重心转移到了纽约。

在纽约，他如鱼得水。这里有他自己的房子，里面有现在再也找不到的忙忙碌碌的仆人；在他的家庭中，在那些淑女名媛初入社交界的晚会上，在男人俱乐部这种真正的男人世界里，在与风流女郎的狂欢中（在纽黑文，这些姑娘只能在下等区才可以看到），他所具有的幽默感和独特的活力，使他很快成为家族的中心人物。他的抱负很普通——甚至包括某天他将结婚这一无可争议的预感，但他与其他人不同的地方在于，他把自己的抱负看得清清楚楚，其间既没有所谓的"理想主义"的成分，也没有幻想。安森完全接受了这个纸醉金迷、放荡不羁、由势利特权组成的世界。大多数人的生活以妥协告终，但安森恰恰相反，他的生活是以妥协开始的。

我与安森的初次相遇是在一九一七年的夏末。那时他刚从耶鲁大学毕业，与其他人一样，他也被卷入了战争的狂潮中。穿着海军独有的蓝绿色飞行员制服，安森来到了彭萨科拉。旅馆乐队奏着《亲爱的，对不起》，我们这些年轻的军官与女孩子们共舞。尽管安森会与酒徒一起逃跑，尽管他算不上一个优秀的飞行员，但是所有人都喜欢他，连教官也敬他三分。不管什么时候，安森总会用他那充满自信、条理分明的声音与别人长谈，这常常能够把他自己，更多的时候是把其他的年轻军官从麻烦中解救出来。安森最喜欢的就是交际，他寻欢作乐，追求享受。所以，在他与一位保守、一本正经的姑娘相恋之后，人们都非常吃惊。

这位美人皮肤黝黑，表情严肃，来自加利福尼亚州，叫葆拉·勒让德尔。她家在城外有一所过冬的别墅。她虽然有些拘谨，却非常受欢迎，因为很多自以为是的男人无法忍受女人的脾气。但安森不是那种人，因此我实在搞不清她的所谓"诚挚"——这是她的主要特点——对看起来敏锐、玩世不恭的安森有什么吸引力。

虽然有这么多不清楚的地方，但他们还是相爱了——按照她所提出的条件，安森不再参加酒吧的黄昏聚会；不管什么时候人们看到他们，都会发现他们在进行着严肃而冗长的谈话，就好像那是一个已经持续了好几个星期的谈话。很久以后，他告诉我这些谈话只是一些幼稚的毫无意义的谈话——其中的情感因素与其说是因为这些语言，还不如说是因为一种严肃的态度。那是种催眠术。他们之间的谈话经常会被我们这些朋友苍白无力的幽默打断，但是当他们又单独在一起的时候，他们还是会严肃、低沉，以一种双方都觉得在氛围上和思想上融为一体的方式将谈话继续下去。他们开始讨厌一切打断他们谈话的干扰。对生活中积极向上的一面他们毫无反应，对同时代的人他们怀有一种蔑视。只有当谈话继续进行，那种严肃的氛围又笼罩他们的时候，他们才会感到快乐。他们的谈话往往被激情打断——但对于这种形式的干扰，他们是从不厌恶的。

说来奇怪，安森和她一样，竟然也对谈话全神贯注，并且深受感动；但是同时，在谈话的过程中，安森也意识到自己所表现出来的是一种虚假，她则表现出一种天真。在最开始的时候，安森也很蔑视她情感世界的单纯，不过随着他的爱情的发展，她的性情慢慢地变得深刻了、美好了，因此他也就无法蔑视她了。安森觉得，如果自己能够融入葆拉那温暖安全的生活，他一定会很快乐。他们之间这些漫长的谈话清除了他们之间的障碍——安森把从那些更有冒险精神的女人那里学到的东西教给她，她则报以心醉神迷的热诚。一天晚上，舞会结束之后，他俩决定结婚。他给自己的母亲写了一封很长的信，向母亲介绍她。第二天，葆拉告诉他一个好消息：她拥有一笔将近百万的财产，是一个很富有的人。

第三章

　　就像他们说的，"我们俩什么东西都没有——要穷大家一起穷"一样，当然，他们很高兴他们很富有，这让他们可以拥有共同的生活经历。那年的四月，安森请假离开，葆拉和她的母亲同他一起到了北方，这时葆拉开始对安森家族在纽约的显赫和排场有了深刻的印象。葆拉和安森一起待在他小时候住过的房间里，满心舒适和幸福，好像她正处在一种安全的、备受呵护的环境中。房间里有很多安森的照片：第一次上学时戴着帽子的安森，在神秘的夏日里与"小甜心"一起骑在马背上的安森，在朋友的婚礼上被一群迎宾员簇拥着与女傧相一起合照的安森。这些照片让葆拉非常妒忌安森以前的生活。安森这位权威人士如此完美地总结和代表了他的财富，这让葆拉不禁渴望立刻与他结婚，然后以安森太太的身份返回彭萨科拉。

　　但是，他们从来没有商量过立即结婚的事，甚至连订婚的消息都打算在战争结束之后再宣布。可是，当安森还有两天就要归队的时候，葆拉变得非常不满，她想要安森与她一样迫不及待。那天他们打算开车到乡下去吃饭，葆拉决定就此事与安森讨论一番。

　　葆拉的一位表姐与他们一起住在里茨饭店。她是个比葆拉更严肃而且有些忧郁的姑娘。她对葆拉既喜欢又嫉妒，尤其嫉妒葆拉有一桩引人注目的婚约。当葆拉在房间里忙着打扮自己的时候，她的表姐在客厅里接待了安森。

　　五点的时候，安森出去与朋友聚会，他们在一起畅饮了几乎一个小时。然后，他准时离开了俱乐部，乘坐母亲的车回到了饭店。这个时候的安森已经与平时完全不一样了，客厅里那热热的暖气让他感到头晕目眩，他也意识到自己有些失态，觉得这样既有趣又不好意思。

葆拉的表姐虽然已经二十五岁了，但非常天真，刚开始她完全没弄清楚是怎么一回事。她与安森此前从未见过面，看见安森胡言乱语，甚至差点从椅子上摔下来，她非常吃惊。在葆拉从房间里出来之前，她甚至没有意识到安森身上散发出来的是威士忌而非干洗剂的气味。当然，葆拉马上就明白是怎么一回事了。现在葆拉唯一的想法就是在安森被母亲看见之前将他弄走。看到葆拉的眼神，表姐才明白是怎么一回事。

当葆拉和安森上车的时候，她发现车里还有两个喝得酩酊大醉的男人在呼呼大睡。他们是与安森在耶鲁俱乐部一起喝酒的人，也要参加晚上的派对，可是安森早将他们忘得一干二净。在前往亨普斯特德的路上，他们缓慢地清醒过来，开始唱歌。平常的时候，葆拉会尽量容忍安森的口无遮拦，可这会儿听到他们唱一些粗俗的歌曲，她还是露出了羞惭和厌恶的表情。

回到饭店，表姐非常不安、困惑。她仔细想了一下刚才发生的事情，然后进了勒让德尔太太的卧室。

"你有没有觉得他非常滑稽？"

"你指的是谁？"

"我说的是亨特先生啊。难道你不觉得他很滑稽吗？"

勒让德尔太太满脸疑惑地望着她。

"你怎么知道他滑稽了？"

"他说他是法国人，可是我怎么一点都不知道呢？"

"这真是荒唐。我想你一定误会了，"勒让德尔太太笑着说道，"他只是在开玩笑而已。"

虽然勒让德尔太太这样说，可是表姐仍然固执地摇了摇头。

"他怎么可能是在开玩笑呢？他说他从小就住在法国，而且他不会说英语，所以他才不跟我说话。他真的不会说英语！"

表姐的一席话让勒让德尔太太非常不耐烦，她将目光移向了另一个方向。表姐又若有所思地说："这也可能是因为他喝得太醉了。"然后，她就走出了房间。

其实表姐说的完全是实情。当时安森意识到自己声音混浊，口齿不听使唤，于是想出了这么个不同寻常的理由来为自己开脱：声称自己不会说英语。很多年以后，安森还经常说起这件事，而且每次都会笑得前仰后合。

在接下来的一个小时里，勒让德尔太太往亨普斯特德连续打了五次电话才终于接通，又等了十分钟才听到葆拉的声音。

"乔表姐告诉我，安森喝了很多酒。"

"不是的……"

"是的，乔表姐是这样说的。安森告诉她说自己是法国人，而且还从椅子上摔了下来。她还说安森看起来像喝了很多酒的样子。你不要跟他一起回来了。"

"妈妈，其实他挺好的！你不要担心……"

"我能不担心吗？这真是太可怕了。我要向你说明一下，你不要跟他一起回来了。"

"妈妈，这些事情我都能应付得很好……"

"可是我不希望你和他一起回来。"

"好吧，妈妈。再见了。"

"亲爱的葆拉，你一定要记住，叫别人送你回来！"

葆拉慢慢地将听筒从耳边拿开，挂了电话，她的脸因为郁闷无助憋得通红。在楼上的房间里，安森正四仰八叉地躺在床上呼呼大睡；而在楼下，晚宴已接近尾声。

一个小时的车程已让安森清醒了一些——他的抵达只引起了一点点喧闹——葆拉暗暗期望晚会不要因为他的大醉而被糟蹋了。可是晚会前，安森又喝了两杯鸡尾酒，于是一切就彻底完了。晚会上，他向来宾发表了大约十五分钟的毫无礼貌的讲话，然后就毫无征兆地溜到了桌子底下，就像老照片里的人一样——但有一点与老照片不同，他的样子很恐怖，一点都不古雅。在场的所有女士都没有对这件事发表看法，似乎这种事只能以沉默来应对。安森的叔叔与另外两个人费了很大的力气将他抬到了楼上。就在这个时候，葆拉接到了她母亲打来的电话。

安森一个小时之后才从神经紧张的迷雾中醒来。过了一会儿，他迷迷糊糊地意识到门边站着的是罗伯特叔叔。

"我说……你有没有好一点呀？"

"你说什么？"

"你感觉有没有好些，老伙计？"

"啊，我真的很难受呀！"安森说。

"我可以再给你喝一些苏打水。如果你能把它喝下去，你就可以睡得更舒服些。"

费了很大的力气，安森才把腿移到床边，站了起来。

"我现在没事了……"他迟钝地说道。

"不要着急。"

"我说，你要是……要是再给我一杯……一杯白兰地的话，我想我就可以顺利地走下楼了。"

"这坚决不行……"

"可以的，真的没事。我现在感觉非常好……我想我在下面应该是闹笑话了。"

"他们知道你有些不舒服，"罗伯特叔叔以一种略带责备的口吻说道，"不过，你不用担心。斯凯勒来都没来，因为他一直在高尔夫球场的更衣室里消磨时间呢。"

虽然安森对除葆拉之外任何人的看法都无所谓，但他还是想挽回些什么东西。于是在洗了一个冷水澡之后，他返回了宴会，这个时候大部分宾客已经离开了，连葆拉也打算起身回家了。

来到车上，俩人又展开了严肃的讨论。葆拉承认自己知道安森喜欢喝酒，但发生今天这样的事还是超出了她的预料——在葆拉看来，或许他俩根本就不合适，因为他们对生活的态度相差太远了。葆拉说完一些诸如此类的话，安森也清醒地说了话。然后葆拉说她需要时间斟酌，今天晚上她不会做出任何决定。她并不生气，但是非常难过。虽然她不让安森与她一起进饭店，但她在下车时，还是在他的脸上闷闷地吻了一下。

第二天下午，安森来到饭店。他与勒让德尔太太进行了一次长时间的谈话，葆拉则坐在一边沉默地听着。最后，他们达成了一致：让葆拉好好想一段时间，然后再做决定。如果母女俩都觉得合适的话，她们就与安森一起回彭萨科拉。安森真诚、庄重地道了歉，仅此而已。尽管勒让德尔太太手握每一张牌，可是在安森面前她并没有占上风。安森既没有承诺，也没有露出任何谦卑之情，相反，他那几句关于人生的较为严正的说辞，让他在最后时刻取得了道德上的优势。三个星期以后，心满意足的安森与如释重负的葆拉一起回到了南方。可是他们没有意识到，最恰当的时机已经一去不复返了。

第四章

安森支配着葆拉，吸引着葆拉，同时又时时让葆拉心中充满焦虑。安森就是这样一个人：稳健但也放纵，多愁善感但也玩世不恭。所以说，葆拉那温和的头脑根本无法解析这些不和谐。经过一段时间的困惑，葆拉认为，这是因为安森身上有双重性格存在，而且它们会交替出现。安森独处时，参加正式聚会时，或者与下属交往时，都会保持一种伟岸、迷人的气度，葆拉会为他这种气质和父亲般的通情达理感到万分自豪。但是在其他时候，她又会感到局促不安，因为安森彬彬有礼的绅士风度从另一方面来说就是一种粗俗、滑稽、不顾一切的寻欢作乐。这让葆拉感到非常吃惊，她甚至一度疏远了他，在此情况下，葆拉还与一位她从前的追求者有了一段短暂的交往。尽管如此，他们之间的关系还是没有实质性的改变——因为被安森充沛的活力包围了四个月之后，任何其他的男人在她眼中都显得苍白乏力。

七月，安森奉命出国，他们之间的温柔与渴望也渐渐地强烈起来。葆拉考虑要不要在最后一分钟结婚——她立刻否定了这个想法，因为现在安森天天喝酒，就连他的呼吸中都夹杂着鸡尾酒的味道。可是，两人之间的分离还是让她悲伤过度，大病了一场。安森离开后，葆拉写了很多信，为他们因等待而错过的爱的时光而叹惋。八月，安森驾驶的飞机在北海坠落，他在海水中泡了一个晚上，最后被救上了一艘驱逐舰，安森带着肺炎进了医院。停战协议签订后，安森被送回了家。

现在他们之间没有了空间上的阻隔，机会又来了。但是他们性情中不协调的地方又冲突起来，他们之间的亲吻和眼泪干涸了，他们的声音在对方的耳中没有原来那么响亮了，他们内心的亲密碰撞迟钝了。

最后，他们只能通过写信进行远程交流。一天下午，一名社会新闻记者为了证实他们之间的婚约，在亨特家等了足足两个小时。安森矢口否认了，但是，早先付印的报纸还是在头版头条将这条未经证实的消息报道了出来——"经常有人看见二人一起出现在南安普敦、温泉城和塔克西多公园"。但是，他们之间以前那种严肃的交谈现在变成了永无止境的争吵，他们之间的爱情似乎已经走到了尽头。有一次，安森因为酗酒耽误了两人的约会，葆拉不得不对安森在行为上做出某种限制。在骄傲与自知之明面前，安森感到了前所未有的绝望：看来婚约要被毁了。

"我的至爱，"他在信中写道，"亲爱的，我的至爱，每每午夜，梦醒之时，当我意识到一切都已不再，我真的想立即结束我的生命。我觉得自己已经没有办法继续活在这个世界上了。我觉得，或许今年夏天我们可以见面好好谈一谈，做出一个与上次不一样的决定——那天是我太激动太伤心了。我没有你，根本活不下去，除了你，我的生命中再没有任何人了……"

但是，当葆拉在东部沿海四处游荡的时候，也会在信中写到自己的快乐时光，希望激起安森的好奇心。但安森是一个非常敏锐的人，他一点都不好奇。葆拉在来信中甚至会提到别的男人的名字，这时安森对她就更加放心了，甚至有些不屑——在此类事情上，他从来都是超然的。可是，安森内心深处仍然希望可以跟葆拉走进婚姻殿堂。

这个时候，安森热情洋溢地投入到了战后纽约的喧嚣之中。他进了一家证券交易所，还参加了五六个俱乐部，他跳舞跳到深夜，每天都游走在三个世界中——他自己的世界、年轻的耶鲁毕业生的世界、以百老汇为界的半个纽约的世界。虽然如此，安森每天仍然会有八个小时的时间全身心地投入到华尔街的工作中。安森的家族关系、聪明才智以及充沛的体力，使他的事业蒸蒸日上。安森有一种得天独厚的优势，那就是他可以将工作与玩乐划分得非常清楚。很多时候，安森睡了还不到一个小时就能够精神抖擞地出现在办公室里——需要说明的是，这也不是一种经常出现的情况。到了一九二〇年，安森的工资和奖金超过了一万两千美元。

当耶鲁的经历渐渐成为过去，安森在他纽约的同学中成为一个越来越受欢迎的人。他念大学时，人缘并没有这么好。他住在豪宅之中，当然就能够介绍小伙子们认识另外很多也住在豪宅中的人。更何况，安森的生活已经非常优越安全，那些青年中的大部分则处在险象环生的生活起点上。一方面为了娱乐，另一方面为了出路，这些人开始仰仗安森，同时安森也有求必应，从帮助他人、安排他人的生活中寻找乐趣。

葆拉的来信中再也没有提及其他男人，可是出现了一种前所未有的柔情。安森从多个途径得知，一个名叫洛厄尔·塞耶的波士顿人正在热烈地追求葆拉。尽管他非常肯定葆拉还爱着自己，但他还是有些不安。除了那意犹未尽的一天，葆拉已经差不多五个月不在纽约了。谣言越传越凶，安森也越来越急切地想见到葆拉。二月，安森请假来到了佛罗里达。

在如蓝宝石般闪烁的沃思湖和青绿色的大西洋沙洲之间，棕榈滩尽情地舒展开来，这儿那儿停泊着一些大游艇。沙滩边耸立着布雷克宾馆和黄蝴蝶宾馆，周围是格莱德舞厅、布拉德利赌场，还有十几家时装店、帽子店，店里商品的价格比纽约高三倍。在布雷克宾馆那搭着很大棚架的阳台上，有两百个女子一会儿向右踩，一会儿向左踩，一会儿旋转，一会儿滑动，正做着当时非常流行的柔软体操。音乐突然停止的时候，能听到两百条手臂上两千只手镯上下跳动的叮当声。

夜幕降临了，安森、葆拉、洛厄尔·塞耶以及另外一个人，在埃弗格雷德俱乐部打桥牌。在打牌的过程中，安森仔细打量着葆拉，他发现葆拉那张亲切而严肃的脸显得十分苍白和疲惫——葆拉进入社交界已有四五年，而他们相识也有三年了。

"两个黑桃。"

"要香烟吗？……请原谅。过。"

"过牌。"

"三个黑桃，加倍。"

房间里有十几桌人在玩牌，空气中弥漫着香烟的味道。安森的眼光接触到葆拉的眼光，即使塞耶的目光落在他俩身上，安森依然紧盯着葆拉。

"刚才叫的是什么牌？"他心不在焉地说。

华盛顿广场的玫瑰，

坐在角落里的几个年轻人唱道：

在地下室的空气里，
我渐渐凋零……

房间里烟雾腾腾，门一开，空气中就旋动着幽灵般的奇幻色彩。一双小而明亮的眼睛从牌桌旁掠过，要去休息室在那群毫不掩饰的英国人当中找寻柯南·道尔先生。

"这个你可以用刀切开。"

"……用刀。"

"……刀。"

一局牌打完了。葆拉突然站起身，以一种低沉、紧张的声音与安森说起话来。然后，他们一起出了门，完全没有理会洛厄尔·塞耶。他们走过长长的石阶，不一会儿工夫，就牵着手漫步在月光下的海滩上了。

"亲爱的，亲爱的……"月光下，他们热情相拥……葆拉将脸侧向一边，好让安森说出她想听的话——当他们再次接吻的时候，葆拉能感觉到安森正在说话……她再次挣脱他的怀抱，倾听着。可是当安森把她拉近时，她才知道原来他什么也没说。安森只是用那种总能使她哭泣的深沉、悲伤的声音呼唤着她："亲爱的，亲爱的。"就这样，葆拉谦卑、顺从地屈服了，两行眼泪从她的眼中滑落，她的心却在呐喊："安森，亲爱的，问我吧，你快问我吧！"

"葆拉……亲爱的葆拉……"

每一句话都搅动着葆拉那脆弱的心。安森已经感到了葆拉的颤抖，他知道，感情已经足够了。现在，他什么也不用说了，不用将他们的命运交托给暧昧不明的话语了。当他能再次这样拥抱她的时候，为什么还要再等待一年呢？他在为双方，尤其是为她考虑着。当葆拉想要回饭店的时候，安森犹豫了，首先他想到的是："是时候了，"可是又一想，"不，还是再等等吧，反正她是我的。"

安森忘了一件事：葆拉的内心已被三年的沧桑折磨得疲惫不堪了，她以往的心情在那一夜完全消散了。

第二天早上，安森怀着难以平静的不满回纽约去了。同车回去的还有一个他认识的漂亮女人，有两天时间他俩都在一起吃饭。起初，安森告诉了她一些葆拉的事，编造了一些令人无法理解的他不能与葆拉在一起的理由。这是一个性格奔放冲动的女孩子，只有安森那种自信的态度才可以让她感到满足。就像吉卜林笔下的士兵，在到达纽约之前的很长一段时间里，安森可以充分地拥有她。幸好，安森的头脑还算清醒，有足够的自制力。四月底，在毫无征兆的情况下，安森收到了一封葆拉从巴尔港发来的电报，她告诉他她已与洛厄尔·塞耶订婚了，而且很快就要在波士顿结婚。安森从不相信会真正发生的事情，还是发生了。

那天早上，安森给自己准备了充足的威士忌，来到办公室之后，迅速地投入到工作当中，因为他不确定一旦停下来会发生什么样的事情。晚上，他尽量表现得与平时一样：像往常一样外出，像往常一样精神亢奋，幽默十足，一心一意。可是有一件事情他不能控制——在连续三天的时间里，不管在什么地方，与什么人在一起，他都有可能像个孩子一样抱头痛哭。

第五章

一九二二年，安森与一位年轻的合伙人一起出国去调查一些有关伦敦贷款的事，这次出行表明他要成为合伙人了。这一年安森已经二十七岁了，身体微微发福，但并不是那种很胖的样子，他依旧幽默风趣，看起来比同龄人成熟。不管是老一点的还是年轻一点的人都很信赖、喜欢他，母亲们也都愿意把自己的女儿托付给他。他不管走进哪个房间，都能给人一种可以与那里最年长、最保守的人平起平坐的感觉，他就像是在说："你和我，我们是很可靠的。这，我们都明白。"

安森对人们的弱点有着一种很自然的宽厚的理解，这使他像牧师一样更加注重外在的形式。他常常会抽出星期日上午的时间去一个时髦的圣公会主日学校教书，与昨天晚上寻欢作乐的安森相比，此时的他仅仅是洗了一个冷水澡，穿了一件燕尾服。有一次，或许是因为某种共同的直觉，几个孩子从第一排站起来坐到了最后一排。他经常讲起这个故事，而且每次都逗得其他人大笑不已。

父亲去世以后，安森成了家族实际的领导者，为家族中年轻的孩子们指引前进的道路。由于某些复杂的原因，安森没能掌管父亲的地产，它们一直由罗伯特叔叔掌管着。罗伯特是亨特家族有名的赛马专家，他性格敦厚，喜欢喝酒，属于那个把惠特利山作为生活中心的家族小圈子。

罗伯特夫妇是安森青年时代的好朋友。看到侄子没有把聪明才智用在自己最熟悉的赛马上，罗伯特多少有些失望。他支持安森进了一家美国最难进的城市俱乐部——只有"对纽约的建设做过贡献"的家族（换句话说，就是在一八八〇年之前已经很富有的家族）才能加入。进入这个俱乐部后，安森因为频繁参与耶鲁俱乐部的活动而对这个俱乐部有所忽视，罗伯特叔叔还特意找他谈过一次。另外，在安森又拒绝加入罗伯特叔叔保守的、经营不善的证券事务所后，他对安森的态度变得更加冷淡。如同一个将自己毕生所学教给学生的小学老师一样，罗伯特叔叔从安森的生活中消失了。

安森生活中的很多朋友都接受过他非同一般的帮助，但几乎他们所有的人都曾因他那粗俗的谈话和不分场合、随心所欲的酗酒而感受过窘迫。别人要是在这些方面有闪失，安森会非常不满，但是在自己身上发生的时候，他却会以诙谐幽默的态度对待。他总是喜欢将自己遇见的稀奇古怪的事配上自己富有感染力的笑声讲出来。

那年春天，我在纽约工作，常和安森一起去耶鲁俱乐部吃午饭，因为我所毕业的学校在建成自己的俱乐部之前一直借用耶鲁俱乐部。我已经看见了葆拉结婚的消息。一天下午，我向安森问起葆拉，安森突然向我讲起了他们之间发生的故事。从那以后，他经常邀我去他家吃饭，好像我们的关系非比寻常，仿佛他跟我吐露了内心的秘密之后，那些令人伤感的回忆多少也进入了我的身体。

据我观察，尽管母亲们很信任安森，可是他对于女孩子并不是什么时候都采取保护的态度。其实一切都取决于女孩子自己——假如她有什么不检点的倾向，那么她就必须照顾好自己，即使是与安森在一起也要这样。

他有时解释说："生活，让我变得愤世嫉俗了。"

当然，我们很容易猜到，他所谓的"生活"就是葆拉。有的时候，尤其是一起喝酒的时候，事情就在他脑子里改变了原来的面貌，他会认为是葆拉无情地抛弃了他。

或许是因为愤世嫉俗，或许是因为他认为天性放纵的女孩子不值得爱惜，他开始了与多莉·卡尔格的恋爱。这虽然不是这些年来他唯一的一次恋爱，却是最打动他内心的一次，也对他后来的生活态度产生了深远的影响。

多莉的母亲，人称"公关经理"，名声甚为不雅，她凭借婚姻关系才进了社交圈。多莉本人长大后进了青年联盟，在广场大饭店出现，又去了州议会。只有亨特这样的老牌家族才能够问她是否属于"名人"，因为她的照片经常出现在报纸上，她说受到这种关注让很多同属于这个阶层的女孩子非常嫉妒。但仅此而已。虽然多莉拥有深色的头发、鲜艳的嘴唇以及红润的肤色，但是由于鲜艳的色彩并不时髦——相反，维多利亚式的苍白才时兴，所以在进入社交界的第一年，她的这种红润常年被她用粉灰色的粉底遮盖着。多莉经常穿一身庄重的黑色套装，站着的时候会将双手插在口袋里，身体微微向前倾斜，脸上表现出一种幽默的克制表情。她喜欢跳舞胜过一切，除了谈恋爱。从十岁开始，她就经常一厢情愿地坠入爱河。虽然也有为数不多的两相情愿的时候，但是在短暂的约会之后，她就会变得非常厌烦了。她把自己内心深处最温暖的地方留给了那些失败。当她再遇见那些人时，她会努力再尝试一次，虽然也有成功的时候，但更多的是失败。

这个追逐镜花水月般生活的女孩并没有意识到，所有那些拒绝与她相恋的男人都有着某些共同之处，那就是他们能一眼看透她的缺点，而这种缺点并非感情上的，而是大方向上的。安森第一次见到多莉的时候就发现了她的这种缺点，由于那时葆拉刚结婚不到一个月，所以安森假装爱上了她，但是突然之间，安森放下了她，忘记了她，也因此在多莉心中占据了主宰地位。

与当时很多其他的女孩一样，多莉也有很多举止不检点、放荡的地方。比她们年长一些的女孩的反叛主要来自战争以后摒弃旧习俗的运动，但是多莉她们的反叛往往显得陈旧、拙劣。多莉发现了安森身上那种感情无能的女人才会发现的两种极端：放荡不羁与很强的保护力，正是他的这两个方面，才满足了多莉这种女孩子的天性所需。

她认识到与安森相恋不是一件容易的事，她以为安森与他的家族想要一桩更显赫的婚姻，但是她很快发现了自己的优势，那就是安森非常喜欢喝酒。

刚开始的时候，他们仅仅是在一些大型舞会上见面，但是随着多莉对安森感情的加深，两个人在一起的时间越来越多。与大多数母亲一样，卡尔格夫人也认为安森是一个可靠的人，因此不管是去遥远的乡村俱乐部还是很晚回家，卡尔格夫人从来不追问他们的行踪，也不质疑多莉的解释。起初，这些解释与实际情况还比较吻合，但是多莉对安森日益高涨的热情很快吞没了她想要俘获安森的世俗念头。他们已经不满足于计程车后面的亲吻，他们做了一件奇特的事情。

有一段日子，他们脱离了自己原本生活的世界，开辟了另外一个世界。在这个世界里，俩人的缺点如安森的嗜酒和多莉的散漫，都不那么明显。这个世界包含好几个方面的关系——几个安森在耶鲁俱乐部的朋友及他们的妻子、几个经纪人和债券推销员，以及几个刚大学毕业工作还没着落但家境富裕的人。虽然这个世界的范围和规模非常狭小，但它拥有弥足珍贵的自由。更何况，他们所建构的这种自由是以他们自己为中心的，这多多少少让多莉感到了一种纡尊降贵的快乐——安森却没有感觉到，因为他从小就生活在纡尊降贵中。

在他们交往的那个很长的狂热冬季，安森经常对多莉说，他并没有爱上她。春天到来时，安森感到了疲惫，想尽快结束与多莉之间的关系，因为他明白除非与多莉一刀两断，否则他总有一天要承担起引诱的责任。多莉家人鼓励的态度加速了他想要结束关系的决心——有一天晚上，卡尔格先生小心地敲开了安森的门，告诉他饭厅里放着一瓶陈年白兰地。当时安森觉得生活把自己圈起来了。他连夜给多莉写了一封很长的信，说自己马上就要去休假，考虑到很多方面的因素，他们以后最好不要再见面了。

六月，安森家在纽约的住房已经关闭，家人都到乡下去了，所以他就暂且住在耶鲁俱乐部。我非常清楚他与多莉之间的事情——当然我所听到的都是经过添油加醋的，因为他貌视那些不忠贞的女子，所以不愿意在自己的社会中给予她们容身之地——那天晚上，当他告诉我要断绝与多莉之间的交往时，我十分高兴。我经常见到多莉，每次都会感到同情与羞耻——我同情她的无助与挣扎，羞耻则是因为我知道太多我不应该知道的关于她的事情。她虽然长得可爱甜美，却有一种让我好奇的满不在乎的态度。如果她不是太过热情，那么她对荒废女神的奉献也就不会那么明显——她肯定是会自暴自弃的，但我很庆幸这种牺牲没有发生在我眼前。

第二天早上，安森想把写好的信放在她家。那是第五大道上少数还开着门的房子之一。安森知道，多莉的家人误解了他们之间的关系，为了给女儿提供良机而放弃了出国旅行的计划。他走出耶鲁俱乐部走上麦迪逊大街的时候，正好看见邮差经过，他尾随邮差返回了俱乐部，首先映入眼帘的就是一封来自多莉的信。

安森清楚地知道那是怎样的一封信——那是一篇孤独而悲壮的独白，整个信中所说的都是他很熟悉的责备，都是对往事的追忆，都是"我想知道如果"——所有那些回忆不起来的亲昵，宛如他在另一个时代写给葆拉·勒让德尔的。他首先看了几份账单，然后把多莉的信拿到最上面。打开信之后，让他惊讶的是那是一张非常正式的小便条，上面写着由于佩利·赫尔突然从芝加哥回来，她不能陪他去乡村度假了。上面还责备他说这完全是他咎由自取——"如果我能感到你像我爱你一样爱我，我随时都愿意跟着你。但是佩利太好了，他非常希望我嫁给他……"

安森轻蔑地笑了。这已经不是他第一次收到这样的信了。这完全是欲擒故纵，是多莉煞费苦心计划的，甚至连忠心耿耿的佩利也是多莉招呼来的，这张便条更是花了她很多心思才写成的。它既可以让安森嫉妒，又不会完全断绝两人之间的关系。与大部分的妥协一样，它没有力量，没有生命，只有腼腆的绝望。

安森突然愤怒起来。他在休息室里坐下来，反复地读着信，然后拿起电话，用一种不容分辩的、清晰的口吻告诉多莉，信他已经收到，但是五点的约会他会照计划履行。还没等多莉假装犹豫地说完"也许我可以考虑跟你见一个小时"，安森就将电话挂断了。安森起身去了办公室。在路上，他将信撕得粉碎。

并不是因为嫉妒——对他来说多莉一点都不重要，而是因为她可悲的阴谋将他身上所有的固执和放纵全都激发了出来。这完全是一种智力不如他的人的放肆行为，他绝不能不闻不问。如果她想知道她的归宿何在，她马上就会知道。

五点一刻左右，安森出现在多莉家门口。多莉穿着出门的衣服，一直重复着电话中的那句话："也许我可以考虑跟你见一个小时。"安森只是静静地听着。

"多莉，戴上帽子，我们出去走走吧！"安森说道。

他们沿着大街漫步，从麦迪逊大街一直走到第五大道。天气酷热，安森出汗了，衬衫被汗水浸湿，贴在他魁梧的身体上。他的话非常少，没有任何甜言蜜语，有的只是少许的责备。他们还没走完六个街区，多莉就已经又是他的人了，她为那封信道歉。作为赎罪，她表示再也不和佩利见面，什么事情她都愿意做。她认为安森来赴约是因为他已经爱上她了。

"真热呀，"走到七十一号街的时候安森说道，"这还是我冬天穿的外衣呢，我上楼去换件衣服。你可以在楼下等我一会儿吗？一分钟就够了。"

多莉非常高兴，她将安森的这种表现视为一种亲密；他的任何生理变化都让她感到亲密，这亲密让她非常兴奋。他们走到铁门外，安森掏出钥匙，她顿时感到一阵喜悦。

楼下非常暗。安森乘电梯上楼以后，多莉掀起一片窗帘，隔着蕾丝看对面的房子。她听到电梯停了。她想跟他开个玩笑，于是按了让电梯下行的按钮。一种不仅仅是冲动的东西促使她走进了电梯，然后电梯在她猜想他住的那一层停了下来。

"安森！"她笑着喊道。

"稍等，马上就好了。"他在卧室里答道。过了一会儿他说："现在你可以进来了。"

安森已经把衣服换好了，还在系扣子。"我的房间，"他说，"你感觉如何？"

墙上，葆拉的照片很醒目地映入眼帘。多莉出神地看着，就像五年前葆拉注视安森少年时代的"小甜心"一样。多莉是知道葆拉的——有的时候她喜欢用葆拉跟安森之间的事来折磨自己。

多莉突然走近安森，举起胳膊。他们拥抱了。窗外，柔和的黄昏已经到来，半个小时之后，屋子里将一片黑暗。这不期而遇的良机将他们吞噬，甚至要让他们窒息。他们抱得更紧了。一切就要不可避免地发生了。他们还是紧紧地抱在一起，他们抬起头，同时看到了葆拉的照片，墙上的葆拉正注视着他们。

安森忽然松开手臂，坐到桌上，拿出钥匙打开抽屉。

"来一杯吗？"安森问道。

"不了，安森。"

安森给自己倒了半杯威士忌，喝了下去。

"走吧。"安森打开通往走廊的门，说道。

多莉迟疑着。

"安森，别忘了，我们今晚可是要一起回乡下的，明白吗？"

"知道了。"安森没好气地回答道。

他们坐着多莉的车来到长岛。两人感到前所未有地接近。他们意识到将要发生什么——没有葆拉的脸来提醒他们他们之间所欠缺的，在长岛炽热又寂静的夜晚，他们什么都不在乎了。

他们度假的房子是安森一个表姐的，位于华盛顿港。安森的表姐嫁给了蒙大拿州的一个铜矿开发商。穿过大门后，车子在两排进口白杨树苗的注目下，沿着路弯弯折折地开向一幢粉红色西班牙风格的大房子。这是一段很长的路程。安森来过很多次了。

他们吃过晚饭就去林克斯俱乐部跳舞。夜晚十二点的时候，安森确定表姐妹们两点以前不会离开。他借口说多莉累了，要先把她送回去，然后他再回来跳舞。他俩兴奋得难以自持，迅速地钻进租来的车子，向华盛顿港进发。到门口的时候，安森停下车，和夜晚值班的人聊了起来。

"卡尔，你什么时候开始巡逻啊？"

"这就去。"

"要等到所有的人都回来吗？"

"对。"

"嗯。听好了，只要有车进来，不管是谁，你都要马上给我打电话。明白吗？"安森说着把一张五美元的钞票放到卡尔手上。

"知道了，安森先生。"由于来自欧洲，这个用人既没有眨眼睛，也没有微笑，可车里的多莉还是稍微把脸侧了一点。

安森开了门，立即倒了两杯酒，但是多莉并没有喝。然后安森就开始找起电话来，他发现电话只要一响，在他俩的房间就都可以听见——他们都住在一楼。

过了五分钟，安森来到了多莉的房门前。

"安森？"安森走进去，把身后的门关上了。多莉趴在床上，胳膊肘儿支着枕头，显得很是不安。安森走到床边坐下，把她搂在了怀中。

"安森，亲爱的。"

安森没有回应。

"安森……安森，我爱你……我要你说你爱我……你不想说吗？即使是假话也不说？"

他没有听。在她的头顶上方，他觉得葆拉的照片正高高地挂着。

他站起身向照片走去。月光照在镜框上，闪烁着朦胧的光辉，相片显得有些模糊——那是一张陌生的脸庞。他几乎要哭了。他转过身，厌恶地看着在床上等着他的女人。

"我真是太蠢了，"安森声音嘶哑地说，"真不知我是怎么想的。我一点都不爱你，你还是等那一个爱你的人吧。我从来都没有爱过你，你明不明白？"

他的声音都变了，说完，他就匆匆离开了。安森坐在客厅的沙发上，用颤抖的手给自己倒了杯酒，这时候表姐打开前门走了进来。

"安森，我听她们说多莉生病了……"表姐关心地说道。

"没有，"安森打断了表姐的话，声音大得多莉在房间里都可以听见，"她只是有点累，现在已经睡了。"

从那以后，安森在很长时间内都相信世上有一个保护神，会干涉人类的事情。多莉·卡尔格却盯着天花板辗转反侧，她再也不相信任何事情了。

第六章

第二年秋天多莉结婚时，安森正好在伦敦出差。多莉的婚事和葆拉的一样，举办得非常突然，但对安森的影响不同。一开始他觉得很滑稽，每当想起这事他就忍不住要笑；后来他觉得相当自卑——通过这件事他感觉自己老了。

为什么很多事情在重蹈覆辙呢？葆拉和多莉明明是两代不同的人。他感觉好像是提前体会到了一个四十岁的男人听到旧情人的女儿结婚时的那种滋味。他向多莉发了电报表示祝贺。与当初给葆拉发电报时的感觉不一样，这次的祝贺是真诚的——他可从没有真正希望过葆拉快乐。

安森返回纽约后，成了公司的合伙人。担负的责任越来越重，相应的，他的私人时间越来越少。在向保险公司申请人寿保险遭到拒绝后，安森下定决心戒了一年的酒。他说戒酒后身体变得健康起来了，我觉得他反而错过了很多快乐的体验，那曾是他二十出头那几年生活的主要组成部分。但是他从来没有放弃过耶鲁俱乐部，他是那里的名人，独具个性的一类人。他那些毕业七年的同学本打算摆脱酗酒，去找寻一些更为清醒的娱乐，但由于他的存在，这一趋势也放缓了。

起初出于骄傲和优越感，安森从没有因为忙或者累而拒绝过任何求助，现在这更变成了他的一种习惯和嗜好。总是会有各种各样的事情出现，诸如解决身在纽黑文的弟弟招惹的麻烦，调节朋友夫妇之间的争吵，帮某人求职，给某人投资。他最擅长的就是给年轻夫妇排忧解难。他对年轻夫妇的事情特别着迷，几乎将他们的公寓看成圣地——他非常清楚他们的恋爱经历，他对他们的住处和生活方式提出建议，他记得他们孩子的名字。对待那些年轻的妻子，他也小心谨慎：他从来不滥用丈夫们对他始终不变的信任——考虑到他的放荡不羁，他能做到这一点倒真令人奇怪。

他从那些幸福的婚姻中得到了一种感同身受的喜悦，从那些失败的婚姻中感到了一种近乎愉快的抑郁。几乎每个季度，他都会目睹一段婚姻的结束，也许这段恋爱正是他如父亲般一手建立的。然而当葆拉离婚之后又立刻和那个波士顿人结婚时，安森和我聊了整整一个下午。他说他再也不会像爱葆拉一样去爱别人了，但是他又坚称他并不把这件事放在心上。

"我永远都不会结婚的，"他说，"我看得太多了，幸福的婚姻很罕见。再说，我也太老了。"

但他还是相信婚姻。像所有诞生于幸福和成功婚姻中的人一样，他热烈地信任着婚姻，没有什么事可以改变他的信念。一遇到婚姻这个问题，他所有的玩世不恭和愤世嫉俗就都消失不见了。不过，他也确实认为自己已经老了。二十八岁时，他开始相信存在着没有浪漫爱情的婚姻，他毅然决然地选择了一个和他同一阶层的纽约女孩，美丽、聪明、善于交际，完美得无懈可击——他决定爱上她。曾经对葆拉或者优雅地对其他女孩说过的那些真心话，他现在只要一说就忍不住会笑，或者即使说了也感觉不到什么说服力。

他对朋友说："到了四十岁，我就成熟了。我会像其他人那样爱上歌舞团的女演员。"

即使这样，他还是不懈地努力着。他母亲非常希望能看见他结婚。而他现在也完全承担得起一场婚姻——他在证券交易所有一个席位，有高达两万五千美元的年薪。结婚确实是个很不错的提议：他大部分时间都与和多莉交往时认识的那伙人一块儿度过，然而当他的朋友们晚上都待在家里不再出来的时候，他就觉得自由是那么无聊。他甚至怀疑是不是该和多莉结婚。即使是葆拉也不如多莉那么爱他，他也懂得了在一生中遇到真正的感情是相当困难的。

正当他沉浸在这种情绪中的时候，他听到了一个让他不安的消息。

他的婶婶埃德娜，一个将近四十岁的女人，和一个放荡不羁、嗜酒如命的年轻人卡里·斯隆爆出了绯闻。所有人都知道这件事，只有他的叔叔罗伯特一无所知。十五年来，罗伯特一直在俱乐部谈天说地，理所当然地相信着妻子的忠诚。

安森无数次听说过这件事，越来越感觉不舒服，往日对罗伯特叔叔的情感再次浮现。这种情感不仅仅是他个人的，它还牵涉到家族声誉，而家族声誉正是他的骄傲赖以存在的基石。直觉告诉他，现在最重要的是别让叔叔受到伤害。这是他第一次主动干涉别人的事，但是以他对埃德娜的了解，他觉得由他来处理这件事，比由法官或者他叔叔来处理要好得多。

当时罗伯特叔叔还在温泉城。安森追查了流言的源头，排除了误传的可能性，然后约埃德娜第二天去广场大饭店吃午餐。埃德娜肯定是被他的语气给吓住了，她非常不愿意去，只是在他的一再坚持下最终才没有拒绝。

他们在广场大饭店的休息厅见了面。埃德娜穿着一件黑色的俄罗斯貂皮大衣，金色的头发，灰色的眼睛，虽然有些衰老但仍显得美丽。她那纤细的手指上戴着五枚硕大的戒指，上面的钻石和翡翠闪烁着冷光。看着这些华美的皮货、珠宝，安森突然意识到，这些让她依然保持着几分魅力的东西，凭借的是他父亲而非他叔叔的聪明才智。

埃德娜虽然察觉到了他的敌意，但还是没想到他会这么直截了当。

"埃德娜，我很诧异你竟然会做出这样的事来，起初我真不敢相信。"他用确信而又带着坦诚的语调说。

"相信什么？"她紧紧追问道。

"埃德娜，你不用再装糊涂了。我说的是卡里·斯隆。不管怎么说，你不能这么对待叔叔……"

"安森……"她刚要愤怒地说什么，却被安森蛮横地打断了。

"不能这么对待你的孩子们。你已经结婚十八年了，你应该比我更清楚利害。"

"不许你这样和我说话！你……"

"为什么不行？罗伯特叔叔一直是我最好的朋友。"他激动了起来，为叔叔，也为那三个侄子真心地感到痛苦。

埃德娜站了起来，桌上的酸苹果片鸡尾酒她一口都没喝。

"真是可笑……"

"好吧，如果你不愿意听我说话，我就只能把整件事情告诉叔叔了——反正他迟早是要知道的。我还会去找老摩西·斯隆。"

埃德娜跌坐下去。

"求你别这么大声，你的声音太大了，你可以找个隐蔽点的地方说这些疯话。"她恳求道，眼里闪着泪花。

安森没有回应。

"我知道你一直都不喜欢我，你只是想用这些流言蜚语破坏我唯一真正的友谊。我到底做错了什么，让你这么恨我？"

安森还是没有回应。她可能是想通过他对女士的殷勤以及他的同情心甚至是他那优越的教养来打动他，如果他经受住了这些考验，她会吐露真言，那他就可以对付她了。午餐时间渐渐过去，安森通过沉默，通过无动于衷，通过不断重复使用他的主要武器——真挚的情感，把埃德娜逼到了疯狂的绝境。两点的时候，她拿出一块镜子，用手帕擦干眼泪，又在泪痕的印记上略施了些脂粉。最终，埃德娜让安森下午五点到她家里去。

安森到达埃德娜家的时候，她正躺在躺椅上，躺椅上铺着印花夏凉棉布，她的眼眶中依然闪烁着午餐时被逼出来的泪花。这时安森也看到了站在冰冷壁炉边的卡里·斯隆，他有些阴郁和焦躁。

"你究竟想要干什么？你约她出去吃午饭，然后根据一些卑鄙的诽谤来威胁她！"斯隆开门见山地嚷道。

安森淡定地坐了下来。

"我没有理由认为那些只是诽谤。"

"我听说你想要把这件事告诉罗伯特和我父亲？"

安森点了点头。

"要不你自己去说，要不我去告诉他们。"

"亨特，这关你屁事！"

埃德娜赶紧说："卡里，别生气，你只要告诉他这一切是多么好笑……"

安森没等埃德娜讲完就打断她道："首先，人们议论的是我的姓氏，否则我是不会来找你的，卡里。"

"埃德娜不是你们家族的。"

"为什么不是？是我父亲的聪明才智给她带来了这所房子和她手上的戒指。她嫁给罗伯特时一无所有。"安森的怒火蹿了出来，他吼道。

所有人的眼睛都看向那几枚仿佛与这件事关系密切的戒指。埃德娜急忙作势要把戒指从手上摘下来。

"世界上也不是仅有这几枚戒指吧。"斯隆争辩道。

埃德娜委屈地哭了起来。"太荒谬了，安森，你听我解释。这件可笑的事情我知道得一清二楚。被我解雇的一个女佣去了奇利切夫家——你知道的，这些俄罗斯人都喜欢从仆人口中探听八卦，然后借题发挥、恶意诽谤。"她气愤地用拳头砸起桌子来，"我们去年冬天在南边的时候，汤姆曾经把轿车借给了他们一个月，然后……"

"你弄清楚了吧？"斯隆急切地说道，"那个女佣完全搞错了。她知道我和埃德娜是朋友，然后她又把这件事告诉了奇利切夫。俄罗斯人都认为，只要一个男人和一个女人……"

他把话题拓展开来，甚至有做一场关于高加索社会关系的学术报告的趋势。

"如果真是这样，你们为什么不向罗伯特叔叔解释清楚呢？这样的话，他听到那些谣言的时候就不会相信了啊。"安森冷冰冰地说。

他让他们去解释，他采取了午餐时对待埃德娜的方式。他知道他们有问题，而且他们的解释很快就会变成辩解，这样比他自己更能明确证实他们的罪责。七点的时候，他们终于败下阵来，说出了实情——罗伯特的疏忽，埃德娜枯燥乏味的生活，偶尔的调情最终发展成了真正的激情——但是就像其他许多真实的故事一样，他们的不幸就在于故事陈旧、千篇一律，它脆弱的身躯无效地撞击着安森意愿的甲胄。他威胁说要把这件事告诉老斯隆，这让他们慌乱不安、彻底绝望了。摩西·斯隆，这个来自亚拉巴马州的退休棉花商人，是个顽固不化的原教旨主义者。他严格掌控着儿子的花销，如果儿子有什么不轨行径，他会切断儿子的经济来源。

为了继续他们的讨论，三人选择在一家小小的法国餐厅吃晚饭——斯隆一度想要以暴力解决问题，然后两人又恳求安森再给他们点时间，但安森就是不松口。他知道埃德娜正走向崩溃，他不想让埃德娜再次燃起希望和激情。

半夜两点，在五十三号街的小夜总会里，埃德娜终于扛不住了，哭着喊着要回家，她的精神彻底崩溃了。斯隆喝了一晚上的酒，靠在桌边伤感地抱头饮泣。安森立刻提出了他的条件：斯隆两天之内必须离开纽约，六个月之内不许回来；回来后，他也不能再继续这件事；不过，埃德娜如果愿意，可以在年底的时候向罗伯特提出离婚，然后一切按正常程序进行。

安森停下来，看看他俩的脸，更有信心说完他的最后一句话了。

"当然，你们还有一个办法，"安森缓慢地说道，"如果埃德娜不想要她的孩子的话，你们可以私奔。"

"我要回家！你这一天把我们折磨得还不够吗？"埃德娜声嘶力竭地哭喊起来。

外面漆黑一片，只有六号街的街尾还有一些昏暗的灯光。借着朦胧的灯光，这对曾经的恋人最后一次望望对方惨淡的脸庞，他们明白，他们根本没有足够的力量和青春来阻止这次别离。斯隆毅然离开了，安森将正在打瞌睡的出租车司机拍醒。

将近四点了。第五大道阴森森的人行道边，污水正缓慢地流淌着；圣托马斯教堂阴暗的墙壁上，掠过两个妓女的身影。随后是安森小时候经常玩耍的中央公园孤寂的灌木丛，还有街道上像姓氏一样富含深意的越来越大的号码。安森想，这是他的城市，他的姓氏在这座城市已经光耀五代了。任何变化都无法改变这个姓氏永恒的地位，因为变化本身正是纽约精神得到他和他的家族认同的基石。强大的财力和坚强的意志——因为胁迫如果出自较弱的手，将毫无用处——为他的叔叔、他的家族，甚至是正坐在他身边颤抖的人挽回了名誉。

第二天早上，有人在皇后区大桥一个桥墩下面的架子上发现了卡里·斯隆的尸体。在黑暗和激动中，他以为水黑黑地在他的下方流过，但是不到一秒钟，这已经没什么区别了——除非他打算再想想埃德娜，在水中无力挣扎时再喊一声她的名字。

第七章

　　安森从来没有因为他在这件事中扮演的角色而责备过自己——这局面并不是他造成的。可是他突然发现他最悠久、最宝贵的友情不复存在了，他甚至连申辩的机会都没有。他永远不知道埃德娜是怎么讲述这件事的，他只知道叔叔的家以后再也不会欢迎他了。

　　临近圣诞时，亨特夫人与世长辞了，安森顺理成章地成了一家之主。家务由一位常年和他们合住的未婚姑妈管理着，她管教家里那些年轻女孩时，简直是束手无策。别的孩子都不像安森这样自立，在优点和缺点两方面他们跟普通人差不多。亨特夫人的去世，推迟了一个女儿进入社交界的时间，另一个女儿的婚礼也因此延期。此外，随着亨特夫人的去世，他们的物质状况也发生了改变，亨特家族再也不能享有不可一世、安详奢华的生活了。

　　首先，家产在交完两笔遗产税之后缩减了相当大一部分，再分给六个孩子，就不怎么可观了。安森发现，他年幼的妹妹们开始用一种尊敬的语气谈论那些二十年前还不存在的家族，她们有时候显得很势利，身上也找不到安森具有的优越感。其次，这会是他们在康涅狄格州的庄园度过的最后一个夏天，因为反对的声音太响了："谁愿意把一年中最美好的几个月浪费在这个沉闷古老的城镇里？"安森不情愿地做出了让步——在秋天出售这所房子，明年夏天再在韦斯特切斯特县租个小一点的房子。和父亲的富足而不奢侈相比，这实在是一种退步。安森虽然同情这种反抗，但也感到苦恼：母亲在世的时候，他至少每两个星期去那儿度一次周末，哪怕是最快活的夏天也不例外。

　　当然他自己也是变化的一部分。凭借对生活的强烈本能，二十多岁的时候他就避免了为夭折的闲暇阶级哀悼的命运。他自己并没有清楚地认识到这一点，仍然觉得存在一种规范、一种社会标准。事实上，根本就不存在什么规范，纽约是否存在过一种真实的规范都是值得商榷的。当一些人不惜一切代价成功跻身某个社会阶层时才发现，这个阶层并没有想象的那么美好，不过是虚有其表——而更让他们吃惊的是，他们所逃避的波希米亚式的生活方式竟然在桌旁占据了上首的位置。

等到二十九岁，安森越来越担忧自己与日俱增的孤独感。此时的他已经确定自己不会结婚了。他作为伴郎和迎宾员而出席的婚礼不计其数。他家中的一个抽屉里堆满了他参加婚礼时佩戴的各式领结，记录着那些持续不足一年的爱情故事和那些从他的生活中彻底消失的夫妻。随着参加婚礼的次数的增多，他越来越无法想象自己成为新郎的样子。在对那些婚姻的衷心祝福背后，是他对自己婚姻的彻底绝望。

三十岁近在眼前，安森却极为沮丧，他的友谊受到了婚姻特别是近期婚姻的打击。更让他不知所措的是，整个群体开始崩塌了，他投入了最多的时间和感情的那些大学时代的朋友却成了最不可捉摸的一群人。他们中的大部分整天忙于家庭琐事，有两个英年早逝，有一个迁居海外，还有一个在好莱坞写剧本：安森是他最忠实的观众。

但是，他们大多数总是在城市里工作，在郊区生活，过着以郊区俱乐部为中心的纷繁杂乱的家庭生活。安森正是在这上面强烈地感受到了他与他们的疏远。

安森在他们刚结婚时提供过许多帮助：当他们物质生活拮据时，他给他们提供建议；排除他们的疑虑，使他们安稳地在两间屋子带一个浴室的公寓里抚养孩子；尤其是他代表着外界的上流社会。现在，他们已不再拮据。他们担心的孩子，已成为引人入胜的家庭生活的一部分。他们遇见老安森还是会很高兴，但是他们为他盛装打扮，好让他知道他们有地位了，他们把困难留待自己解决，他们不再需要他了。

离三十岁生日还有几个星期时，他的最后一位单身朋友也结婚了。他以伴郎的身份参加了婚礼，赠送了一套银质茶具，夸张地对新人说了再见——一切都像以前一样。那是五月一个星期五的炎热的下午。从码头走回来时，他意识到周末的休假又开始了，他又要空闲到星期一早上了。

"去哪里呢？"他问自己。

自然是耶鲁俱乐部了。晚饭之前打打桥牌，然后到某人的房间里喝上四五杯不兑水的鸡尾酒，就这样快活而糊涂地度过一晚。让他遗憾的是，下午新郎不会来了——以前这种夜晚他们总能过得多姿多彩：他们知道怎么结识女人，然后怎么摆脱她们；根据明智的享乐原则，他们知道哪个姑娘该给多少报酬。派对上的潜规则是——你可以带女孩离开前往某处，但取乐应适度；你可以喝酒，但不能太多；到了早上的某个时候，你必须起身，告辞回家。大学里的男生、骗子、将来会缠着你结婚的女人、打架、感情用事和轻率的言行，所有这些都要远离。就是这样。否则，就是胡闹。

早上的时候，你不会太难过，也不会决心改变什么；但是假如你昨晚过于放纵，心态稍微有些失衡，那么接下来的几天你就应驾车出去旅行，对这事只字不提，直到加剧的精神空虚把你逼到另一个派对上去。

耶鲁俱乐部的接待室非常冷清。见他进来，酒吧里三个年轻的校友看了他一眼，没有半点好奇。

他径直问酒保："嘿！奥斯卡，卡希尔先生今天下午没来吗？"

"他去纽黑文了。"

"哦……这样啊。"

"看棒球比赛去了。很多人都去了。"

安森又往接待室里瞅了瞅，沉默了一会儿，然后走出俱乐部，来到了第五大道。在他的俱乐部之一的大窗户后——五年来他几乎没进过这家俱乐部——一位老人正用一双混浊的眼睛俯视着他，安森迅速挪开了目光——这个傲慢的、总是无所事事闲坐着的人，让他感到一阵压抑。他停了下来，然后又掉头回到四十七号街，打算去蒂克·沃登的公寓。蒂克夫妇以前是他最亲密的朋友，他和多莉·卡尔格交往时经常去他们家拜访。可是，蒂克太太认为她丈夫受了安森的影响才变得嗜酒如命，这件事经过添油加醋传到了安森的耳朵里，事情平息以后，他们之间的亲密友情就变得难以为继了。

"沃登先生在家吗？"他向用人问道。

"他们到乡下去了。"

他猛地一震——他们去了乡下，他却不知道。前两年，他必定知道他们去乡下的日期和时间，并在他们离开前的最后一刻来喝上一杯，然后定下他们回来后他来拜访的时间。而现在，他们什么也没告诉他就离开了。

安森看了一下手表，考虑是不是应该和家人一起过个周末，可是，去那里的车只有一辆，而且是慢车，在难耐的热气中颠簸三个多小时很痛苦。明天去乡下，然后星期天也是。他可没心情和一群客气的大学生打桥牌，在郊外的客栈吃过晚餐后去跳舞——一种他父亲曾做过准确评价的小型狂欢。

"还是不要，"他低声自语着，"不。"

他气质高贵、引人注目，除了身材稍微有点胖之外，并没有留下什么放纵的痕迹。他完全可以被当作某方面的中流砥柱——有时候你会确信他不是社会的中流砥柱，但有时候你又发现这角色——在法律界，或者在教会方面——好像非他莫属。他在四十七号街公寓楼前的人行道上静静地站了几分钟，这可能是他生平第一回感到无聊透顶。

就像是刚刚想起有个重要约会一样，安森直奔第五大道而去。掩饰是人与狗少有的几种共性之一，我以为，那天的安森就是一个有着良好教养的范例，他在一个熟悉的后门口感到了失望。他打算去看看那个曾经在所有的私人舞会上都很抢手的时髦酒保尼克，此人现受雇于广场大饭店，在迷宫般的酒窖里调制无酒精香槟。

安森迫不及待地问："尼克，一切都怎么了？"

"死了。"尼克回答道。

"威士忌酸饮。"安森把一品脱的瓶子递了过去，"尼克，现在的女孩子都变了，在布鲁克林我与一个女孩子交往，上个星期她没和我说一声就结婚了。"

"有这样的事？哈哈哈哈，"尼克圆滑地说，"她骗了你。"

"真的！前一天晚上我们还一起出去呢。"

"哈哈哈，"尼克笑道，"哈哈哈。"

"你还记得那场婚礼吗，尼克，就是在温泉城我让侍者和乐师们一起唱《上帝拯救国王》的那场婚礼？"

"那是什么时候的事啊，亨特先生？"尼克回忆着，"我记得，好像是——"

"后来他们还要再来一次，真不知道我到底给了他们多少钱。"安森继续说着。

"我记得好像是特伦霍姆先生的婚礼。"

"我不认识他。"安森赶紧打断他，他非常恼火有个陌生的名字出现在记忆中。尼克察觉到了。

"不是，不是，"尼克赶紧说道，"我记得是你的一个朋友，叫布雷金……贝克——"

"比克尔·贝克，"安森立刻回应道，"婚礼结束后，他们把我放进灵车，盖满鲜花运走了。"

"哈哈哈，"尼克笑道，"哈哈哈。"

尼克已经有点不能胜任老仆人的角色。安森上楼进了接待室。他环视四周，眼光掠过桌边一个陌生店员的目光，然后落在一朵早上婚礼用过的花儿上，他迟疑着是否该将它扔到铜痰盂里去。安森走出俱乐部，向西慢慢地走去，血红的夕阳正笼罩着整个哥伦布圆场。突然他又掉转方向，回到广场大饭店，进了一间电话亭。

后来他跟我说，那天下午他给我打了三次电话，然后又给所有可能还在纽约却多年没见的朋友打了电话，其中包括一个大学时代的艺术模特：那个有些褪色的电话号码还记在他的电话本上，但是接线员告诉他连总机都已经取消了。最后，他只能寄希望于乡下，同语气肯定的管家和用人进行了简短、让他失望的交谈。主人不在家，骑马去了，游泳去了，打高尔夫去了，乘船去欧洲一星期了。我应该告诉他是谁打来的电话吗？

一想到要独自度过漫漫长夜，他就十分难受——在强烈的孤独面前，那种对短暂闲暇的期盼已经完全失去了魅力。当然还有一种女人可以相伴，但安森认识的这种女人暂时都不见了踪影。安森是绝对不会花钱找一个陌生人来共度良宵的——他觉得这很可耻，不可告人，只有在异地旅行的推销员才会这样做。

安森付了电话费。负责收费的女孩看到这么高的话费跟他开了玩笑，可是也没让他笑出来。安森第二次离开了广场大饭店，漫无目的地游荡着。在旋转门附近，一位怀孕的女人侧身朝灯光站着。门一转，她肩上的透明米色披肩就会飘动起来，然后她就会不耐烦地朝门边看上一眼，好像已经等得十分厌倦了。一看见她，安森身上就产生出一种强烈的似曾相识的颤抖，可直到离她五英尺时，他才认出她就是葆拉。

"安森·亨特！"

"葆拉——"

"哎呀！真是太巧了！真是难以置信，安森！"

她抓起了他的双手。从她那随意的、不做作的姿态来看，安森觉得葆拉想到他时心里已经不会再刺痛了。然而他不是这样——他感到那熟悉的情绪又悄悄地涌入了脑海，过去他总是用彬彬有礼对待她的乐观，现在他却似乎担心彬彬有礼会在表面上损害她的这种乐观。

"我们在拉伊过天。皮特到东边办公事——我想你应该知道我现在是皮特·哈格蒂太太了吧，我们把孩子也带过来了，还租了房子。你一定要来看我们啊。"

"可以吗？什么时候啊？"安森直接问道。

"随时都行。这是皮特。"随着旋转门的转动，出来一个三十岁左右的男人，他高大英俊，皮肤呈古铜色，胡须齐整，他完美的身材和安森略显紧绷的外套下日益发福的身躯形成了鲜明的对比。

"别老是站在这儿啊。"哈格蒂对葆拉说道。他指着接待室的椅子说："去那边坐会儿吧。"葆拉却犹豫起来。

"我要回去了，"她对安森说道，"你……你今天和我们一起吃晚饭吧。我们现在正在安置，如果你受得了的话……"

哈格蒂也热情地邀请他。

"来吧。"

他们的车在饭店前边等着，葆拉懒懒地靠在角落里的丝绸椅垫上。

"我有太多话想跟你说，简直没办法。"她说。

"我能知道你的事情吗？"

"当然——"她对哈格蒂笑了笑，"可能要花不少时间。我有三个孩子，都是和前夫生的。大的五岁，第二个四岁，最小的三岁。我生孩子真是没有浪费时间，对吧？"

"都是男孩吗？"

"一个男孩，两个女孩。接着——又发生了很多事情，一年前我在巴黎离了婚，又嫁给了皮特。就是这样。我现在很幸福。"

他们住在拉伊的海滨俱乐部附近。赶到那所大房子时，从里面跑出来三个纤弱、有点黑的小孩，他们挣脱了家庭教师，嘴里嚷着听不懂的话向他们跑来。葆拉有点漫不经心、费劲儿地抱了抱三个孩子，可能有人教育过他们不要冲到妈妈身上，所以看起来他们好像很不习惯妈妈的抚爱。甚至与孩子们稚嫩的脸庞相比，葆拉的面容也没有显出多少倦怠；相反，她看起来似乎比七年前最后一次在棕榈滩见面时要年轻得多。

吃晚饭的时候，葆拉有点心神不定。饭后，她躺在沙发上专注地听着收音机。这让安森怀疑自己是占用了别人私人空间的不速之客。九点，哈格蒂起身，很愉快地说让葆拉和安森单独谈谈。葆拉这才细细地讲起了自己和自己的过去。

"叫达林的那个女孩子最大，是我的头一个孩子。当我知道怀了她的时候，我真恨不得自杀，洛厄尔和我就像陌生人一样。我差点以为她不是我的孩子。我给你写了一封信，可是又撕掉了。我恨透你了，安森。"

他们的交谈起起落落，这让安森觉得某些记忆又回来了。

"你原来订过婚吧？"葆拉问，"和那个叫什么多莉的女孩子？"

"从来没有。我是想订婚。可是葆拉，除了你我不会再爱上别人了。"

"哦。"葆拉应了一声。过了一会儿，她又说道："现在这个孩子是我最爱的，是第一个我真正想要的——我终于恋爱了。"

安森震惊于她对美好过去的遗忘。他没有说话。葆拉一定觉得"终于"两个字打击了他，就接着说道："我以前对你很着迷，我愿意为你做任何事情。可是安森，我们在一起是不会幸福的。你觉得我不够聪明，我觉得你喜欢将事情搞得很复杂。"她顿了顿，又说道，"我想你是不会安定下来的。"

这话像从后面打了他一下似的，他认为这是所有指责中他最不该受的。

"要是女人不像现在这样，要是我少了解一点女人，要是女人没宠坏我，要是她们保有那么一丁点的骄傲，我就能安定下来了。真希望有一天睡醒时发现我正躺在真正属于自己的家里——这就是我想要的，葆拉，这是女人在我身上发现的，也是她们迷恋我的原因。问题是，我再也回不去了。"

将近十一点，哈格蒂回来了。葆拉将桌上的一杯威士忌喝完后，站起身表示要去睡觉了。她走到丈夫身边站定。

"你到哪儿去了，亲爱的？"她问道。

"和埃德·桑德斯喝了一杯。"

"真担心你跑了。"

她将头靠在他身上。

"安森，他是不是很温柔？"

"嗯。"安森笑着答道。

"我准备好了。"她说。然后她转向安森，说道："想欣赏一下我们的家庭杂技秀吗？"

"好啊。"安森用颇感兴趣的声音说。

"那么，来吧。"

哈格蒂轻而易举地把葆拉抱在了怀里。

"这就是了，"葆拉说，"每晚他都会抱我上楼。是不是很温柔啊？"

"是的。"安森说。

哈格蒂微微低下头，两个人的脸贴在了一起。

"我刚才说过的，安森，我很爱他。对吧？"她说。

"是的。"他说。

"在这个世界上我最爱的人就是他了。是不是啊，亲爱的？好了，晚安，我们走了。他很壮是不是？"

"是的。"安森说。

"你可以穿皮特的睡衣，都放在那边了。好梦，明天见！"

"好的。"安森说。

第八章

公司里的老职员强烈要求安森夏天出国度假。他们说安森在这七年里几乎从来没有度过假，他太累了，需要改变生活方式。但是，安森拒绝了。

"要是我去了，我就不再回来了。"安森这样宣布道。

"瞎说，老伙计。三个月后你肯定就会回来的。到那时你就不会再意志消沉了，绝对会像从前那样生龙活虎。"

他倔强地摇摇头说道："不可能，一旦我停止，我就不会再工作了。我停下来，就意味着我放弃了。那样我就完蛋了。"

"我们宁愿冒险。只是休养半年，我们不相信你会离开我们。如果不工作，你会难受的。"

他们替他安排好了行程。安森身上的变化也让办公室显得死气沉沉；每个人都很喜欢他，不想看到他这样。他满怀热情，推动着业绩不断增长；他很热心，喜欢关照同事和下属；他充满活力，能振奋人心。可是在过去的四个月里，他和以前完全不同了，他变得极度沮丧和神经质，就像一个四十岁的悲观主义者。他所参与的每一桩交易，都因为他拖了后腿而让事情更加难办。

"我要是去了，就绝不会回来。"

在起程的三天前，葆拉·勒让德尔·哈格蒂在分娩中死去。由于要同行，我和他大部分时间都在一起。可是自结识以来，他首次不再谈论自己的感受了，我也丝毫感受不到他的情绪。他最在意的是他已经三十岁了这一事实，交谈的时候，他总不忘提醒你这一点，之后他就沉默了，好像他认为"三十岁"这种陈述已经可以勾起一连串想法，其本身已经足够了。

和他的合伙人一样，我也震惊于他的变化。当"巴黎"号离开港口驶入新旧两个世界之间的汪洋，把他那个天地抛在身后时，我衷心地为他感到高兴。

"去喝一杯吧？"安森提议道。

我们怀着起程之日特有的那种不顾一切的心情走入了酒吧，要了四杯马丁尼。刚喝了一杯，他就有了转变——他突然凑到我跟前，一反这几个月的消沉，满脸兴奋地拍着我的膝盖。

"看到那个女孩子了吗，戴红帽子的那个？充满活力，逗两只警犬，说再见的那个？"他问。

"确实漂亮。"我非常同意。

"我在事务长办公室查过了，她就一个人。一会儿我去找乘务员。我们和她共进晚餐吧。"

不一会儿，他就走了。不到一个小时，他与她就在甲板上散起步来。他用响亮而清晰的嗓音和她聊着天。她那顶红帽子在汪洋碧波的衬托下十分鲜亮。她不时仰起头看他，露出一头闪亮的短发，她笑得开心而又充满期待。晚餐时，我们愉快地喝着香槟。饭后，整间台球室都被安森的快乐感染了，一些看见我与他同行的人向我询问他的名字。我去睡觉的时候，他还和那女孩坐在酒吧的沙发上谈笑着。

一路上，我看见他的次数比我希望的要少。他本想安排一场双打比赛，却未能如愿。这样，我只有在吃饭的时候才能碰到他。偶尔他也会在酒吧里喝鸡尾酒，向我诉说他和"小红帽"的奇遇，他讲得风趣生动、扣人心弦。很高兴他又变回了原来的他，或者至少是我以前认识的、让我感到舒服的那个他。我想，要是没人和他恋爱，没人像铁屑被磁石吸引一样黏着他，没人帮他剖析自己，没人对他做出许诺，他是不会高兴的。我不知道这许诺是什么，可能是许诺说，这世上总有一些女人，愿意用她们最绚烂、最靓丽的青春，来维护他那份珍藏在心里的优越感。